TIERRA ELEGIDA

NOVELA SOBRE LAS LLAGAS DE LOS HOMBRES Y DE LA TIERRA

COLECCIÓN CANIQUÍ

EDICIONES UNIVERSAL, Miami, Florida, 2003

JOSÉ M. GONZÁLEZ-LLORENTE

TIERRA ELEGIDA

NOVELA SOBRE LAS LLAGAS DE LOS HOMBRES Y DE LA TIERRA

Copyright © 2003 by José M. González-Llorente

Primera edición, 2003

EDICIONES UNIVERSAL
P.O. Box 450353 (Shenandoah Station)
Miami, FL 33245-0353. USA
Tel: (305) 642-3234   Fax: (305) 642-7978
e-mail: ediciones@ediciones.com
http://www.ediciones.com

Library of Congress Catalog Card No.: 2003114573
I.S.B.N.: 1-59388-018-9

Diseño de la cubierta: Ana C. Llorente-Thurik

Foto del autor en la cubierta posterior: Alberto Romeu

Todos los derechos
son reservados. Ninguna parte de
este libro puede ser reproducida o transmitida
en ninguna forma o por ningún medio electrónico o mecánico,
incluyendo fotocopiadoras, grabadoras o sistemas computarizados,
sin el permiso por escrito del autor, excepto en el caso de
breves citas incorporadas en artículos críticos o en
revistas. Para obtener información diríjase a
Ediciones Universal.

Para Pedro Pablo,
mi hermano, mi amigo,
hombre de Dios.

«No me eligieron ustedes a mí; fui yo quien los eligió a ustedes».

Jesús de Nazareth
(Según San Juan)

«Tú, oh Dios, nos pusiste a prueba... nos echaste una carga pesada a la espalda; dejaste que cabalgaran encima de nosotros, tuvimos que pasar por el fuego y por el agua, hasta que finalmente nos diste un respiro».

Salmo 66

«Dicen que esta Isla está penando los errores de sus hijos. Y que a veces las llagas se le abren a la tierra, como se le abren a los hombres. Que la tierra es como la carne de su pueblo, y también sufre y llora... y sangra».

Aniceto Robles.
Guajiro. Filósofo de la calle.
Río Hondo, provincia Occidental

ÍNDICE

La Extraña Grieta de Río Hondo 11

CAPÍTULO I –   LOS SUEÑOS 23

    Sucesos Paralelos (Uno) 63

CAPÍTULO II –   LA NÁUSEA 67

    Sucesos Paralelos (Dos) 105

CAPÍTULO III – LOS ESTIGMAS 109

    Sucesos Paralelos (Tres) 165

CAPÍTULO IV – LA LUZ 169

    Sucesos Paralelos (Cuatro) 221

CAPÍTULO V –   EL FIN 225

CAPÍTULO VI – EL PRINCIPIO 275

La extraña grieta de Río Hondo

El capitán Florencio Risco miró firmemente la sombra ondulante que el pequeño helicóptero proyectaba sobre el campo de caña que ahora sobrevolaban.

A pesar de sus diecisiete años en el ejército, no había logrado acostumbrarse a las alturas. Esto incluía todo tipo de alturas. Las copas de los árboles si rebasaban el alto de una casa, los edificios de más de un piso, las lomas que excedieran la altura de una palma, y hasta las calles cuando eran muy empinadas. Esta *Acrofobia*, como la definían los libros de psicología que había consultado en la universidad –o síndrome de la *gallina mareada*, como la llamaba despectivamente su padre médico– lo había hecho sufrir mucho durante toda su carrera militar. Todavía sentía un pavoroso vértigo cuando recordaba sus años de entrenamiento en las altas montañas orientales y se despertaba algunas noches bañado en un sudor de pánico tras balancearse en el espacio oscuro de las pesadillas que las prácticas de paracaidismo habían sembrado para siempre en su subconsciente.

Sin embargo, ni esta condición –heredada de su madre– ni muchas otras disquisiones, olvidos voluntarios, conflictos íntimos, dudas y hasta mordeduras secretas de su torturada conciencia, habían sido obstáculo para su avance consistente e incontenible dentro del aparato militar de la Revolución. Y a los treinta y tres años de edad Florencio era un flamante capitán del ejército y un hombre pertinaz y resuelto que casi siempre conseguía cualquier cosa que se propusiera.

Con muy pocas excepciones, nadie estaba enterado de ese padecimiento suyo –¿neurológico, psíquico? Él sabía que esto se juzgaría como una debilidad, un estigma que habría limitado seriamente su progreso. Además, se resistía a pensar en ello como una enfermedad y había desarrollado meticulosamente distintos recursos para mantener a raya esa «condición» circunstancial, como prefería definirla para sí mismo. Uno de esos recursos era concentrarse en un punto del paisaje que se abría desde la altura donde estuviera. Cuando lo lograba, los espacios dejaban de girar a su alrededor, las perspectivas espirales se aquietaban y él podía domar al vértigo.

Eso era lo que conseguía ahora, al mirar atentamente la sombra del helicóptero donde viajaba, ondulando caprichosamente sobre los verdes cañaverales.

Llevaban casi media hora volando hacia el nordeste desde que despegaron de la base militar de Los Palacios, enclavada en la provincia más occidental de La Isla. Como el día era transparente y luminoso, podían verse claramente las primeras estribaciones de la Sierra Occidental. A pesar de volar a poca altura, el panorama era portentoso. La visión desde el aire de las cumbres vírgenes y las gargantas selváticas de la cordillera producía, hasta en el más opaco y menos contemplativo de los hombres, una sensación de vecindad con la grandeza y lo insondable.

Pero a él le estaba prohibido este placer. Prefería no tentar al vértigo y mantenía sus ojos enfocados en la –ahora pequeña y lejana– sombra del helicóptero que se arrastraba por los verdes suelos.

Era tal su concentración que el copiloto pensó, cuando se volteó para decirle algo, que Florencio trataba de encontrar en la superficie el fenómeno que habían ido a investigar.

–Todavía no se ve el cráter, capitán –le dijo–. Está más al noroeste, cerca de Río Hondo, en uno de los vallecitos.

Florencio no respondió. Se limitó a mirarlo a través de sus *Ray Ban* verde oscuros y sólo movió la cabeza afirmativamente. Enseguida volvió a buscar con urgencia la frágil sombra, pero no la pudo hallar. Volaban ahora sobre una extensión boscosa muy intrincada y oscura que hacía imposible ubicarla.

En la búsqueda de otro punto donde aferrar su mirada, se inclinó un poco hacia adelante y trató de concentrarse en alguna de las esferas del tablero de instrumentos. Esto no era difícil porque –contrariamente a lo que cualquiera pudiera pensar– el pequeño y antiguo aparato ruso tenía más esferas, monitores, botones, palancas y diales que un moderno *Boeing Comanche* de la Armada de Estados Unidos. Por otra parte, sus inexpugnables lentes oscuros le permitían mover sus ojos sin que los dos hombres de adelante supieran dónde los fijaba.

–¿Cuándo vieron este agujero por primera vez? –le preguntó al copiloto para distraer su tensión.

–La verdad es que no sabemos. Hay rumores entre la gente del pueblito de Río Hondo de que se formó hace ya varios meses. Pero lo habían mantenido muy callado hasta hace dos o tres semanas.

–¿Y esos rumores, de quién vienen? –insistió Florencio.

–Pues no sabría decirle, capitán. Ayer fue que la gente de la Seguridad nos habló de esto.

–¿No están los curas metidos en el asunto? –disparó otra vez.

–Oiga –respondió el copiloto, y no pudo reprimir una risita–, la verdad es que no sé. ¿Quién sabe, no?

La nave se inclinó hacia un lado y comenzó a circunvalar una cumbre desgarrada que parecía acercarse, como un *iceberg* ciclópeo y rocoso. Florencio descuidó por un momento su atención, miró la roca y tuvo la sensación de que su cabeza y su vida toda naufragaban en un vértigo centrífugo final. Entonces se agarró con firmeza del respaldar del asiento del piloto y trató de enderezarse para recuperar la verticalidad.

Su esfuerzo fue percibido por el piloto como un jalón de alguien que estuviera tratando desesperadamente de no caer, y preguntó, un poco alarmado:

–¿Todo bien, capitán?

Florencio disimuló buscando su maletín de lona bajo el asiento, clavó sus ojos en el altímetro y dijo, casi al borde de la arqueada:
–Sí... todo bajo control... Pensé que...
Pero no pudo terminar la frase. Sus palabras quedaron flotando y fueron molidas por el tableteo monótono de la hélice. Y él se llevó la mano a la boca, fingió toser y aprovechó para respirar hondo y tratar de llenar sus pulmones con el aire que entraba por su ventanilla.

El copiloto se volteó, intrigado. Iba a decir algo, pero se dio cuenta que estaban próximos a su destino y tomó los anteojos.

–Ahora sí estamos llegando –dijo, y le alcanzó los anteojos a Florencio–. Busque en el mismo centro del vallecito aquel... El que viene después de esa montaña en forma de pan.

Florencio tomó los anteojos y se concentró con todas las fuerzas de su inteligencia y su voluntad en recuperar su equilibrio físico, nervioso y psíquico. Como tenía mucha experiencia lidiando con estos síntomas, lo logró, casi totalmente.

–Señáleme otra vez el punto –le pidió al copiloto, se llevó los gemelos a los ojos y apoyó su hombro izquierdo contra el marco de la ventanilla y el codo firmemente sobre su rodilla, como quien busca inmovilizar una cámara para tomar una fotografía desde un vehículo en movimiento.

El hombre lo obedeció y Florencio trató de enfocar los anteojos hacia lo que era el objetivo final, la causa misteriosa y urgente, de aquel viaje por aire que lo tenía con los nervios de punta desde la madrugada. Y que, además, ahora parecía no querer dejarse ver, gracias a los vaivenes del helicóptero, que, para colmo de su mala suerte, bailaba en estos momentos al compás de una breve turbulencia.

Pero por fin logró verlo. Y ajustó los binoculares hasta lograr una imagen precisa y bien definida. Éste, después de todo, sería su nuevo y salvador punto de referencia al que aferrar sus ojos.

Ahí estaba. El cráter misterioso que en las últimas semanas se había convertido en el epicentro casi telúrico de los rumores que estremecían a La Isla más de lo que un terremoto hubiera logrado. Ahí estaba, pequeño todavía desde la distancia, semioculto por una bruma, la cual inflamaba aún más la imaginación histérica del pueblo y hacía más ancha y expansiva la onda de leyendas, *bolas* y chismes que recorrían el país hacia los cuatro puntos cardinales. Ahí estaba, en medio del vallecito de Río Hondo. Y se acercaba, balanceándose al ritmo que el viento le imprimía al patético helicóptero, que él percibía ahora como un desamparado cascarón volador.

Y también, aquí estaba él, con todas las cosas que tenía en su cabeza, y todos los problemas que le explotaban como granadas a su alrededor, perdiendo miserablemente su mañana, para investigar un agujero en la tierra.

Pero, ¿cómo resistirse? El propio Comandante en Jefe lo había despertado a las cuatro y siete minutos de la madrugada de hoy para decirle por teléfono: «Florencio, chico, no quiero esperar más. Ve tú mismo y averíguame qué está pasando en Río Hondo con ese asunto de la «llaga» en la tierra... Ve y dime tu opinión. Esto me tiene ya la sangre envenenada, coño. No se habla de otra cosa aquí... » Y él había respondido, tratando de anular un bostezo, «sí, comandante, ahora mismo me pongo en camino». Y mientras se ponía su uniforme y se disponía a hacer los arreglos para conseguir el maldito helicóptero, había vuelto a desear ser médico del ejército como su padre, para, si fuera el caso, curar llagas, aun a las cinco de la mañana, pero sin tener que andar por los aires en uno de estos viejos moscardones. Sin embargo, al final se consoló pensando que ser un hombre de confianza, aceptado dentro del círculo íntimo de los héroes «históricos» de la Revolución, incluido el Comandante en Jefe, tenía su precio. Ni siquiera su padre, quien conspiró junto a aquellos, había logrado llegar tan lejos.

Recordó ahora que, aunque él trataba de ignorar los rumores persistentes en torno a este fenómeno, hasta Violeta Junco, su amiga de toda la vida, le había hablado unos días atrás de este asunto. Todavía degustaba su voz por el teléfono, después de tanto tiempo sin verla, cuando le dijo con cierto aire desconfiado y hasta desafiante: «Oye Florencio, aunque supongo que no me dirás nada, quiero preguntarte qué piensa el gobierno de lo que está pasando en Río Hondo...»

Aún sin concederle ninguna importancia al rumor que ella le contaba, él había tratado de retenerla en el teléfono todo lo posible. Violeta había desaparecido de su vida de un día para otro, hacía ya más de un año. Una noche le había dicho simplemente: «No nos veremos más. Ya no soporto hablar contigo». Y se había levantado de la mesa donde cenaban juntos en un modesto paladar de la Capital, para no regresar más. Al principio él lo atribuyó a una simple reacción hormonal de mujer, aunque sabía que ella era muy resuelta y obstinada. Pero cuando pasó la primera semana sin tener noticias de ella, comprendió que esta vez había hablado en serio.

Por eso cuando tuvo su voz, respirándole en el oído, aunque fuera a través del teléfono, la dejó hablar a su gusto. La dejó preguntar, con su voz ronquita, llena de inocentes afonías. La dejó relatarle el cuento de la *llaga* de Río Hondo, sin interrumpirla, aunque prestara más atención a sus inflexiones y a su manera casi infantil de pronunciar algunas palabras, que a la historia misma que ella le contaba con agitación. Cuando ella terminó de hablar, se hizo un silencio que él no comprendió, quizás porque no había prestado la atención que ella suponía. Entonces él dijo: «¿Estás ahí todavía?». «Claro que sí», le respondió ella sorprendida, «estoy esperando que me digas qué piensa el gobierno de todo esto...» Florencio le respondió –y lamentó inmediatamente su falta de tino: «¿Estás hablando en serio, Violeta? Eso es un rumor calambuco que seguramente el cura de Río Hondo ha echado a rodar». Y cuando oyó que ella cortaba la comunicación de golpe, se sintió el ser más estúpido del mundo y comprendió que la había vuelto a perder, quien sabe si otra vez por varios años, o para siempre.

Ahora volaban en círculos, casi perpendicularmente sobre el estrecho cráter. Florencio lo examinaba con sus anteojos cuidadosamente, tan ensimismado que no reparó en que lo hacía porque estaba verdaderamente intrigado con aquel fenómeno, y no como remedio para entretener su vértigo.

Fue el piloto quien lo sacó de su absorta contemplación:

–¿Qué hacemos, capitán? ¿Quiere que busquemos un lugar para aterrizar?

Sin mover los anteojos, tenazmente concentrado en la «llaga», Florencio le pidió que descendiera un poco y volara en círculos durante unos minutos lo más lentamente posible, para seguir escudriñando aquello desde el aire y tomar algunas fotografías. Él les diría cuándo aterrizar.

El cráter estaba situado en el centro de un estrecho valle, de los que se conocen como «valles intramontanos», típicos de la topografía de esta región occidental de La Isla. Se trata de extensiones de tierra plana circundadas por montañas escarpadas y rocosas –conocidas como mogotes– ricas en vegetación y pequeñas cuevas que le dan un aspecto de esponjas gigantescas. Aunque estos estrechos valles son generalmente aprovechados para la siembra de la planta del tabaco, por la densa humedad que logran retener, éste parecía abandonado y cubierto de maleza en su mayor parte.

El cráter era largo y estrecho, oval en el centro, como un gigantesco ojal. A simple vista, desde el aire, parecía medir unos cincuenta o sesenta metros de largo, por unos catorce o quince de ancho en su parte más amplia, pero la sombra que proyectaba la luz oblicua de la hora hacía imposible calcular su profundidad.

Los dos hombres a cargo de pilotar el helicóptero también miraban intrigados la grieta y habían entrado en una especie de éxtasis silencioso.

La vegetación en las cercanías del fenómeno se había secado, y desde el aire parecía como si la tierra hubiera sido afeitada a su alrededor. Los bordes del cráter parecían redondeados y rojizos, de un rojo similar al de la tierra colorada de esa zona, pero un poco más intenso. Algunos charcos de agua o fango rojo en las depresiones del suelo circundante hacían pensar en la posibilidad de que la grieta hubiera manado agua o lodo recientemente.

–La verdad es que parece una llaga –dijo por fin el piloto–. Nunca había visto algo como esto desde el aire.

Florencio permaneció en silencio, tomó varias fotografías, les indicó que buscaran donde aterrizar y preguntó:

–¿Dónde está nuestra gente?

El copiloto le explicó que el alto mando había impartido órdenes de rodear la zona y no permitir el paso a nadie que no estuviera expresamente autorizado. Aunque ellos no los distinguían, debía haber soldados ocultos haciendo una cadena inexpugnable dentro del valle y en torno al abra que, como una puerta ciclópea, permitía la entrada al mismo.

–Hay un grupo como de sesenta hombres de las Fuerzas Especiales cuidando el sector –informó–. Están acantonados del otro lado de aquellas rocas cubiertas de bosque.

La misión de estos hombres era impedir el acceso de cualesquiera personas al pequeño valle, ya fueran periodistas, fotógrafos, investigadores, curiosos, o simplemente campesinos de las inmediaciones. Por el momento y hasta nuevas órdenes, todo lo relacionado con «la llaga de Río Hondo» debía reservarse en el más absoluto secreto.

La soledad –al menos aparente– que rodeaba al fenómeno acrecentaba su índole incomprensible e inquietante.

Finalmente, Florencio les ordenó descender en el claro más cercano que fuera posible, pero nunca demasiado cerca del estrecho cráter, con el fin de no alterar su entorno. Como ya el piloto había ubicado un punto despejado a unos cien metros, el aterrizaje sólo tomó unos pocos minutos.

La certeza física y real de estar asentados por fin sobre tierra firme devolvió instantáneamente a Florencio su confianza y su equilibrio. Sin embargo, decidió permanecer sentado por unos segundos más y tomarse su tiempo para liberarse del cinturón de seguridad. Cuando salió del helicóptero, ya las aspas de la hélice se habían detenido y varios soldados vestidos con uniforme de camuflaje, y fuertemente armados, estaban saliendo de sus escondites y se acercaban.

Uno de ellos, alto y fuerte, con ademanes e insignias de comandante, se adelantó y saludó a Florencio.

–Soy el comandante Cajigal –dijo en voz muy alta–. Nos avisaron por radio que usted vendría, capitán.

Florencio le respondió el saludo y enseguida buscó con los ojos el sitio donde estaba el cráter.

—Lléveme allá, comandante, por favor —le pidió Florencio sin demora.

Todo el grupo —formado por unos diez hombres— se movilizó de inmediato y se abrieron paso por entre una enmarañada maleza, en la cual proliferaba el marabú con una persistencia de plaga. Dos de los soldados comenzaron a abrir a machetazos un camino, y diez minutos después entraron al área donde toda la vegetación se había secado.

Por un momento el grupo se detuvo instintivamente. Florencio tuvo la extraña sensación de estar ante un límite invisible y desconocido. Sintió que continuar caminando era penetrar en una región que no le pertenecía. Seguir era como hollar una tierra ajena, que no era suya, ni de ninguno de los que lo acompañaban. Supuso que esta misma sensación era compartida por todos, porque nadie se movía. Y por un momento no supo qué hacer, aunque comprendió que no tenía mucho tiempo ya que todos lo miraban a él, como esperando su decisión.

Miró el suelo. Descubrió que realmente la vegetación en esta parte no se había secado como él había creído, al verla desde la altura. Tampoco estaba quemada o cortada. Más bien parecía que el marabú se había retirado en un acto complaciente, para dejar lugar a una yerba fina de un color similar al del trigo. Se agachó y la tocó. Suponía que esa yerba debía estar marchita o en proceso de marchitarse y que esa era la razón por la que tenía ese color. Pero se sorprendió al sentir su suavidad húmeda y sedosa. Arrancó unas hebras y las palpó. Luego las olió. No pudo identificar la fragancia sutil que, con gentileza, pareció cubrir sus dedos y penetrar sus poros y su respiración como un aliento inocente. Todo esto lo hizo con delicadeza, casi con ternura. Y entonces comprendió que estaba sobrecogido.

Miró alrededor desde su posición, todavía agachado, con la mano derecha cerca de su nariz y la otra acariciando el suelo como si se tratara de una piel humana. Y cuando vio que los siete soldados en traje de camuflaje, el comandante Cajigal y los dos pilotos que lo habían traído estaban todos mirándolo con curiosidad, se sintió ridículo, se levantó, sacudió sus manos, las limpió en su pantalón y dijo:

—Vamos a acercarnos a la grieta.

Pero sólo uno de los soldados atravesó aquel límite invisible, aunque Florencio no se dio cuenta de esto hasta que estuvo muy cerca del cráter. Él caminaba sin mirar atrás, haciendo un esfuerzo por sacudirse la impresión de que pisaba tierra prohibida. También se esforzaba por espantar de su mente la otra noción, la que verdaderamente temía. La sensación de estar caminando sobre tierra sagrada.

Mientras caminaba, cerraba las compuertas de su memoria, una a una. Levantaba diques para contener la corriente de recuerdos que sentía venir desde lejos, desde sus años infantiles, desde el barrio donde, junto con Adanel Palmares, el amigo de su vida, conquistaba los mundos circundantes. Y desde los días menos lejanos, en que él, Violeta, y también Adanel, tejían sueños...

A unos tres metros del borde del cráter se detuvo nuevamente. Y sintió a su lado la presencia del único soldado que lo había acompañado. Ambos se miraron en silencio. Miró hacia atrás y vio al resto del grupo, parado donde se había detenido por primera vez. No les dijo nada y, sin saber por qué, se alegró de estar allí solo, únicamente en compañía de este soldado, cuya presencia no percibía como un estorbo, sino como un apoyo silencioso.

A sus pies veía uno de los rojos charcos pantanosos que desde el aire imaginara como secreciones provenientes de la grieta. Se inclinó y metió sus dedos en el charco. Notó que estaba tibio. Luego hundió su mano y sintió un calor amable en toda la piel de su brazo. Su mano parecía estar mojada en sangre cuando la sacó.

Bordeó el charco y recorrió lentamente y con cuidado –con respeto– el espacio que lo separaba del borde de la *llaga*. Llegó hasta éste pero no quiso pisar el borde mismo, que se levantaba como si fuera un labio rojo y esponjoso.

Sintió otra vez al soldado, que no se había separado de él y que ahora hacía un gesto, invitándolo a mirar dentro del cráter. Se inclinó hacia adelante y miró.

Se vio a sí mismo, reflejado en la superficie del líquido rojo que llenaba plácidamente el interior de la grieta, casi hasta el límite. Se vio como en un espejo y también vio reflejado en rojo, el cielo, las nubes y una de las paredes escarpadas del vallecito. Pero la sustancia roja, que parecía tener una consistencia densa, borboteó por un momento y las ondas concéntricas que produjo arrugaron la superficie y borraron las imágenes previas. Toda la cavidad se alteró y hubo un débil temblor acuoso.

Los efluvios que siguieron llenaron el aire de una niebla vaporosa como la que había visto desde la altura y trajeron una fragancia similar al aliento inocente de la yerba color de trigo que acababa de tocar unos momentos antes.

Maquinalmente buscó su cámara y tomó algunas fotos desde el punto donde estaba, sin moverse.

Sintió un estremecimiento interior que no se parecía a su vértigo de altura, pero que le hizo temer por su equilibrio y su conciencia. Y, a pesar de las compuertas que había cerrado, los diques que había levantado y la empecinada represa que contenía su memoria, no pudo evitar que un recuerdo antiguo se filtrara hasta él.

Y entonces recordó a Adanel y su frente ensangrentada.

CAPÍTULO I

LOS SUEÑOS

Hermanos de Sangre

Adanel Palmares supo que Florencio Risco estaba pensando en él y miró sus manos ensangrentadas.
Su memoria no tenía diques alrededor, ni represas. Todo lo contrario. Desde hacía ya varios años había abierto todas las esclusas de la memoria, y las puertas y ventanas de su mente. Los recuerdos eran para él como el aire que entra y sale de una casa abierta. No tenía secretos para sí mismo ni para los demás. Había decidido abrir sus sentidos, así como su pasado, sus misterios, y hasta sus zonas oscuras. La luz llegaba en estos días hasta sus áreas más íntimas y recónditas.
Desde el mismo momento en que decidió no resistir más, su cabeza era como una antena que podía percibir algunas de las señales que proyectaban los seres más cercanos a su vida. Y, aunque no pudiera verlo, ni saber dónde estaba ni qué hacía o pensaba, Adanel sabía cuando su amigo Florencio Risco lo pensaba a él.
Sonrió y trató de imaginar por qué Florencio lo estaba recordando. Pero no logró saber nada de lo que estaba pasando.
Él nunca sabía lo que estaba pasando fuera de su celda. Su único contacto con el mundo exterior era a través del pequeño rectángulo de tres dedos horizontales de alto por ocho verticales de largo que se abría en la puerta metálica de la celda. Por ese visor entraba la luz de

un patio interior de altos muros, pero era una luz húmeda y polvorienta que casi no le hubiera permitido leer un libro. Por esa ventanita rectangular podía ver la parte del muro que estaba frente a su puerta, y nada más. A veces pensaba que si su cara fuera más delgada y él la pegara firmemente a la puerta, junto a la ventanita, podría ver un fragmento del cielo. Pero esto era solamente una especulación porque las veces que aplastó su mejilla contra el áspero metal, forzando sus ojos hacia arriba, nunca había podido ver, ni el cielo, ni otras cosas que no fueran retazos del muro lleno de costras de moho.

Pero esta pequeñísima ventana, a pesar de todo, era muy importante para él. Era su pantalla para soñar, recordar y, sobre todo, para orar con imágenes. Desde el primer día que pasó en la minúscula cárcel, comprendió que aquel visor sería la pantalla privada de sus visiones, un espacio donde convergían todos los puntos de su universo, como aquel que encendió su imaginación cuando, durante el bachillerato, había leído *El Aleph* de Jorge Luis Borges.

Por allí, además, recibía otra clase de luz. Y él procuraba, no sólo reflejarla como si poseyera un espejo interior, sin también enriquecerla, ampliarla, y así hacerse fuente y generador de alguna luz propia.

Los pocos que lo visitaban –enfermeros y paramédicos en su mayoría– no podían entender cómo Adanel lograba irradiar aquella paz luminosa, estando tan enfermo y viviendo esa existencia tan solitaria y oscura en su pequeña celda. Y cuando venían a traerle sus pobres alimentos le hacían rutinariamente la pregunta predilecta del médico jefe de aquel sanatorio de locos donde estaba recluido desde hacía algo más de diez años:

–¿Adanel, cuánto tiempo más quieres vivir?

Él no se molestaba con la pregunta, y siempre respondía, con sincera intención:

–No lo sé. No depende de mí.

Ahora, sumido en la certeza inequívoca de que Florencio estaba pensando en él, deseó verlo. Y una vez más, se complació imaginando que su amigo lo visitaría algún día, antes del fin, aunque sabía muy bien que tal cosa era casi imposible.

Miró otra vez sus manos, las juntó y notó que habían dejado de sangrar. Ahora la sangre comenzaba a secarse y era como una cáscara pegajosa.

Sintió un murmullo afuera y alzó sus ojos hacia el visor de la puerta. Y entonces comenzó a recordar, con unas imágenes coloridas, vívidas, casi reales.

* * *

«No te preocupes», le había dicho Florencio, «pronto llegaremos».

Florencio le hablaba jadeando porque apenas podía con el peso que cargaba sobre sus espaldas. Lo cargaba a él, con todo y mochila, a pesar de que era más delgado y no se distinguía precisamente por su fuerza física. Ambos andaban de excursión por unas lomas de la Sierra del Rosario, al norte de la Provincia Occidental y Adanel había resbalado cuando bajaba una pendiente sembrada de piedras movedizas. Después de muchos brincos, revolcones y hasta vueltas en tirabuzón, había quedado encajado en un zarzal que circundaba esa colina como una muralla espinosa. Con riesgo de caer también, Florencio había bajado corriendo la ladera para rescatarlo cuanto antes. Y cuando logró sacarlo de la maraña de ramas y espinas, ambos comprendieron que Adanel debía tener una pierna y varias costillas fracturadas, además de estar cubierto de arañazos, tierra y sangre. Entonces Florencio montó a su amigo sobre su espalda y comenzó a caminar en busca de ayuda.

«Casi no me pesas», le decía Florencio, pero él no se lo creía.

Cuando por fin llegaron a la casa de unos guajiros que trabajaban para la granja estatal de esa zona, era casi de noche y ambos estaban cubiertos de sangre: él, por la suya propia, y Florencio, por la que le goteaba desde el cuerpo magullado de Adanel.

«Mira», le dijo Florencio cuando lo acomodaron con la ayuda de dos campesinos sobre la mesa del comedor, «tu sangre cayó sobre los arañazos que me hicieron las espinas... Ahora somos hermanos de sangre, como dicen los indios gringos del Oeste». Y había agregado:

«Esta caída tuya y toda esta aventura vale muchos puntos. Seguro que ahora nos aceptan en la milicia, como capitanes».

Adanel recordó que, aunque ambos sólo tenían trece o catorce años, él había valorado la acción de Florencio como algo muy importante para el resto de su vida. Había oído a su padre decir que gestos como éste eran signos de una amistad madura. «Sacrificarse por el otro es una muestra muy seria de amistad», le había oído decir varias veces.

No era esa la primera vez. Desde muy niños habían compartido todo, juguetes, revistas, libros, y el escaso dinero de que disponían a esa edad. Muchas veces Florencio –más ahorrativo y organizado que él– lo había ayudado a completar lo necesario para comprar una entrada al cine o para invitar a unas amigas a tomar refrescos. Otras veces lo había defendido en las peleas del barrio, porque, aunque Adanel sabía defenderse, no siempre tenía la malicia, o la sabiduría natural, para echar mano a un ladrillo o a una cabilla cuando el otro era más grande o más fuerte.

Pero aquel día había marcado un punto de partida hacia el futuro. Y, aunque se conocían desde siempre, ya que eran vecinos de la misma calle y asistían a la misma escuela, a partir de ese momento Adanel adoptó a Florencio como un hermano de sangre, como el hermano que no había tenido y, además, gemelo, puesto que habían nacido el mismo día y casi a la misma hora.

«Nuestra amistad es indestructible», le decía a Florencio. «Es como ser hermanos de la misma sangre, pero todavía con más fuerza, porque elegimos ser hermanos». Florencio –siempre más empírico y menos sentimental– se reía y le respondía: «¿Cómo lo sabes, si tú no tienes hermanos...? Además, no tenías muchos para elegir». Pero Adanel estaba convencido de lo que estaba hablando. Aunque se sabía muy joven y estaba consciente de lo limitado de su mundo, creía poder apreciar la diferencia entre una camaradería común, de simples compañeros de barrio, y aquella amistad que los unía a él y a Florencio. Su padre, José, le había hablado muchas veces del amor y de la amistad. Y le había prestado libros de su furtiva biblioteca. Desde niño había aprendido en aquellos libros de cuentos, y más tarde en poemas y novelas, el valor de la verdadera amistad. Primero fue en aquella edición añosa y destartalada de «Corazón», de Edmundo D'Amicis. Luego en algunas obras del Siglo de Oro Español y del Romanticismo, como Lope de Vega y Bécquer. Y más tarde en José Martí y en los Evangelios. Nunca olvidó aquellas palabras de Jesucristo sobre la amistad: «Nadie tiene amor más grande que quien da la vida por sus amigos».

Su concepto de la amistad, así como otras ideas y valores nacidos de esas y otras lecturas, tenía mucho de apasionado y caballeresco. Creía en la fidelidad, el valor de la palabra empeñada, el respeto irrevocable al compromiso, la nobleza de sentimientos y la piedad por los más débiles. También creía en Dios y sentía una respetuosa admiración por Jesucristo, a quien consideraba el primer revolucionario de la Historia.

—Creo que eres un soñador —le dijo Florencio una noche en que descansaban junto a una hoguera, después de una larga jornada de entrenamiento en las montañas de Oriente.

—¿No lo eres tú también? —le respondió él.

Tenían entonces diecisiete años y ambos estaban haciendo una rápida y ascendente carrera en el ejército, no sólo por sus condiciones físicas, su coraje y su resistencia a la fatiga y a las pruebas extremas, sino especialmente por su disciplina, su voluntad de estudio y la fidelidad a sus superiores y a los mandatos de la Revolución. Ambos se destacaban por igual y sus rumbos paralelos parecían dirigirlos hacia cada vez más altos y prometedores destinos. Los «jimaguas de oro», les decían con cierta envidia sus camaradas de armas, viéndolos conquistar méritos militares y académicos.

—Sí, pero mis sueños son realistas, Adanel. Mis sueños son para la Revolución y la Revolución es mi único dios. Y yo daría la vida por ella. ¿Lo harías tú?

Adanel recordaba ahora aquella conversación, sobre el plano de sonidos nocturnos, al fondo, y bajo el portentoso cielo estrellado, más cerca de ellos desde aquellas cumbres.

Florencio le había confesado que estaba preocupado por él desde hacía un tiempo. Sabía que Adanel cumplía fielmente su deber revolucionario, tan bien como él mismo. Pero había algo en su actitud que no entendía y que no le gustaba. Estaba bien complacer a sus padres en eso de ir a misa algunas veces para que no sufrieran los pobres viejos. Pero otra cosa muy distinta era andarse por las ramas espirituales que él, cada vez con más frecuencia, trepaba. Ahora mismo, si buscaban en sus mochilas, hallarían libros muy distintos. ¿Qué hacía Adanel leyendo esos libros decadentes y piadosos? Esas no eran las lecturas lógicas de un hombre posmoderno... y, además, revolucionario.

–¿Me has registrado mi mochila? –le preguntó Adanel, riendo, pero muy sorprendido–. No tienes que hacerlo, si me lo pides, la vacío ahora mismo aquí...

–Ese no es el punto ahora –le insistía Florencio.

¿Qué tenía que ver la *Historia de Cristo* de Giovanni Papini con la realidad actual del mundo y de La Isla? ¿Cómo perder el tiempo leyendo a un jesuita trasnochado como Teilhard du Chardin en momentos críticos de la guerra en Angola y los recientes cambios de mando en la Unión Soviética? ¿Y, además, de dónde sacaba libros como esos?

–Me los presta mi padre, y me gusta leerlos –le había explicado pacientemente Adanel–. Hay vida en ellos, hay una sabiduría eterna. Y eso no quiere decir que no lea *Pravda*. Puedo discutir contigo los titulares de hoy sobre las ideas de Gorbachov... Y te puedo recitar de memoria el manual de guerrillas del *Ché*.

–Es que no se puede ser revolucionario de verdad y arrodillarse delante de un cura... Te he visto yo –dijo Florencio con una dureza casi cruel, y se puso de pie, y arrojó al suelo con rabia su propia cantimplora, al comprobar que estaba vacía.

Adanel le tiró la suya y cuando el otro la capturó en el aire en un fugaz movimiento reflejo, le dijo:

–Mientras yo tenga agua, tú también la tendrás. Y te aclaro que no, Florencio, la Revolución no es mi dios, sino sólo un medio. Pero yo daría la vida por esta Isla... y por mis amigos.

Florencio lo miró en la oscuridad, se acercó, le puso la mano en el hombro, y volvió a sentarse a su lado, en silencio. Finalmente,

después de unos momentos en que los murmullos de la noche se adueñaron del espacio, dijo:
—Sí, creo que tú darías la vida por mí. Pero eso no resuelve nada ahora... Todo esto es muy complicado, mi amigo...

* * *

Unos ojos aparecieron en la pequeña ventana y sus recuerdos se interrumpieron repentinamente, como cuando la pantalla de un monitor es apagada. Eran dos ojos oscuros, impávidos, que estaban perfectamente encuadrados en el rectángulo y que hablaron sin mirarlo.
—Tienes visita, Adanel.

Violeta

Cuando la puerta de la celda número siete se abrió, arrastrando sus decrépitos ruidos de hierro oxidado, Adanel reaccionó como siempre que se abría: se llevó sus manos a los ojos.

Aquel era un antiguo reflejo condicionado en otros días, que le servía para impedir que la luz repentina le quemara las retinas, tan enviciadas ya con la oscuridad. Pero una vez más, la poca luz que ingresó en la celda lo hizo comprender lo innecesario de aquella reacción en las actuales circunstancias.

La mísera luz cenicienta fue, sin embargo, suficiente para que él, desde el camastro donde yacía, pudiera reconocer enseguida a la persona que estaba de pie, en el umbral. Aunque habían pasado más de trece años, su silueta era inconfundible, por su perfil de pez de curvas suaves y armónicas, dibujadas ahora en tonos grises que recordaban la trama abierta de los fotógrafos antiguos. También era inconfundible su olor de siempre, a fruta infantil, a yerba virgen.

Ella dio un paso y se quedó sin moverse mientras desde afuera cerraban la puerta con un tirón, con fuerza, no para expresar violencia, sino para lograr que la puerta encajara en su marco de un solo golpe. Desde allí, mirándolo a él, ella trató de que sus ojos se adaptaran a la oscuridad sepia de la celda.

—Violeta —dijo Adanel, sin alzar la voz—. ¿Cómo pudiste..?

—No fue fácil, Adanel —y trató de hablar tan bajito que su voz ronquita perdió algunas sílabas—. Tuve que prometerle al papá de Florencio que aceptaría comer con él mañana, en su casa... Y tú sabes que una llamada de él puede abrir la puerta del infierno.

Todo esto lo decía Violeta Junco mirándolo, todavía sin verlo bien, ganando tiempo mientras sus pupilas domesticaban la penumbra.

—No te acerques... quédate ahí —le dijo él—. Toma aquel banquito del rincón y siéntate. Pero no te acerques, Violeta, por favor.

Pero ya ella había logrado ver lo necesario y se acercó. Se acercó tanto que sus rodillas tocaron el borde de la cama donde Adanel estaba tendido. Él no dijo nada y ella lo miró con detenimiento, lo examinó, miró sus manos llenas de sangre ahora coagulada y seca. Miró sus pies mal vendados. Vio su bata blanca, que era su uniforme de loco, y que estaba mojada también de sudor y sangre. Pero no hizo esto con curiosidad, ni con asco, ni siquiera con piedad. Lo hizo con afecto, con una ternura que no pudo ocultar y que estalló en un dolor silencioso, lleno de lágrimas.

Se sentó en el camastro tieso y húmedo, y le tocó las manos.

Adanel se estremeció. Se contrajo y con un movimiento instintivo dobló sus piernas, crispó sus brazos y sus manos, emitió un gemido visceral, abrazó sus rodillas, temblando, y trató de voltearse hacia la pared, para ponerse de espaldas a ella.

Pero ella no lo dejó virarse. Con dulce firmeza, lo sostuvo y lo obligó a permanecer bocarriba. Luego presionó con su mano izquierda sus rodillas y lo indujo a estirar otra vez sus piernas. Cuando él estaba otra vez extendido, sus piernas paralelas, sus brazos cruzados sobre el pecho y las dos manos juntas, como tratando de protegerlas una con la otra, ella se inclinó sobre él.

Con delicadeza, Violeta separó las manos de Adanel y las besó, en el dorso y en las palmas. Y se acercó a su cara para beber sus facciones pálidas, delgadas y huesosas, y la barba espesa y negra que le había crecido en estos años como un río nocturno, pero que estaba ya surcada por arroyos de canas lunares. Vagó por el agua, también sangrante, de su frente. Y finalmente, se asomó a sus ojos para ver dentro de ellos.

Adanel tenía los ojos abiertos, pero ya hacía unos segundos que se había desmayado.

Antes del desmayo, que fue como un piadoso naufragio repentino, él la vio acercarse y sentarse junto a él. La sintió cuando ella lo obligó con dulzura a relajarse, a abandonarse a su presencia. Sintió su beso en el dolor de las manos heridas y su aliento tibio penetrando las llagas. La vio asomarse a sus ojos. Vio su cara ovalada del color de la miel y sus ojos taínos, oscuros, ansiosos como una pregunta. Y entonces se hundió en el agua luminosa de los recuerdos y los sueños...

* * *

—Violeta Junco, qué lindo nombre —había dicho en voz alta Adanel, con la intención de ser oído—. Una mujer que se llama Violeta tiene que oler muy bien...

Adanel Palmares había dicho esto mirando el programa impreso del «Lago de los Cisnes» que tenía en sus manos y viendo de reojo a la espigada muchacha que bajaba con agilidad las escaleras de mármol del Teatro García Lorca. Se lo decía a Florencio Risco, quien estaba a su lado al pie de la escalera y no sabía reprimir una risa tímida.

Ella miró al par de jóvenes al saltar el último escalón, en lo que dura un esguince que más bien recordó un paso de ballet. Y siguió andando, simulando estar sorda.

Adanel la siguió y todavía dirigiéndose a Florencio, que no se había movido, dijo, siempre en voz alta:

—Violeta Junco, qué sorpresa, no huele a violetas...

Ella se detuvo en seco, se volvió y enfrentó a Adanel, quien también se paró, algo desconcertado.

—¿Y qué olor tengo? —dijo, y asumió una expresión feroz.

Él no supo al principio el significado de aquella pose y se quedó callado, mirándola con curiosidad. La había visto bailar, desde lejos, en varias ocasiones, pero ahora se confesó a sí mismo que no se parecía al cisne que tanto le había llamado la atención. Ahora le parecía menos alada, más humana, y también más carnal, a pesar de su fragilidad de bailarina de nacimiento. Pero lo que más le impresionaba era su color de miel y sus facciones angulosas, quizás resultado de azares genéticos originados en lejanas eras taínas. Y ese olor...

—¿Ahora perdiste el olfato? —insistió ella y un mohín burlón de sus labios traicionó su expresión de enojo.

Adanel comprendió enseguida que pisaba un terreno menos incierto, pero no alteró su gesto de turbación. Y, con talante preocupado, dijo:

—Tienes el olor de La Isla original, la que descubrió Colón.

Ella no resistió más y soltó la risa.

—¿Ah sí?, ¿y qué olor es ése?

—A bosque lluvioso, a trópico virgen, a yerba nueva —dijo él y también se rió.

Florencio los miraba desde lejos, sin saber qué hacer. No estaba seguro si debía irse, o acercarse. Aunque era un tipo normal y solía tener éxito en las lides del amor, no poseía la soltura y la imaginación de su amigo, ni su audacia para abordar a una desconocida, especialmente si ésta era una artista o alguien cuyo nombre estaba impreso en un programa.

Para romper el silencio que siguió a la definición de los olores de Violeta, Adanel echó mano de otro recurso para extender la conversación y avanzar un poco más.

—Déjame presentarte a otro admirador tuyo —le dijo a Violeta—, aunque él no es de los que se enamoran a primera vista de un cisne... ¡Florencio, ven acá, hermano!

Pero ella no esperó. Tan pronto él volteó su cara para llamar a Florencio, ella desapareció, dejando en el aire su olor a matas mojadas, y dejándole a Adanel la misma sensación que se experimenta cuando, después de tener un pájaro palpitando entre las manos, éste se escapa irremediablemente.

Todo lo que él pudo oír fue su voz, flotando por un momento entre el gentío que ahora venía hacia la escalera: «Me tengo que ir...»

–Se te escapó el cisne –le dijo Florencio cuando llegó hasta donde él estaba. Y lo empujó riéndose hacia la calle, bajo el arco majestuoso de la entrada del teatro.

Cisne indio

Violeta se asustó cuando vio que a los ojos de Adanel se les había ido la vida.

Pero enseguida comprendió que sólo había sufrido un desmayo porque notó que respiraba y que sus manos seguían palpitando. También supo que él sangraba otra vez porque sintió el borboteo de la sangre tibia mojándole sus dedos.

Decidió esperar un rato a que despertara y, mientras, hundió su pañuelo en el jarro de agua que estaba sobre la pequeña mesa metálica junto al camastro. Refrescó con el pañuelo mojado la cara de Adanel y le limpió las heridas de la frente. Y entonces recordó aquel primer encuentro al pie de la escalera de mármol del Teatro García Lorca...

* * *

Ella había escuchado claramente cuando aquel joven desconocido, vestido con el uniforme del ejército, decía su nombre y especulaba en alta voz en torno a sus olores. Antes de esto, lo había visto desde arriba, junto al otro que estaba vestido igual, cuando ella comenzaba a bajar las escaleras. Sin que él lo supiera, ella lo había ido mirando, disimuladamente, a saltos, siguiendo con sus ojos el mismo ritmo que sus pies mientras bajaba los escalones, uno a uno, pero rápida y suavemente, como si los tecleara con la punta de los dedos de los pies.

Sabía que lo había visto antes. Había distinguido aquellas facciones claras y pálidas, y aquellos ojos negros y firmes que la miraban a ella bailar, con fijeza, desde algún lugar del público. Había llegado a pensar que no era la misma persona porque no le parecía lógico que alguien quisiera ver tantas veces la misma obra. Además, siempre lo veía en distintos puntos de la platea, hacia atrás.

Pero ahora estaba segura de que era él.

Cuando llegó al final de la escalera, volvió a mirarlo y luego se hizo la que no oía su reclamo, que a ella le dio risa pero la ocultó. Supo que él la seguía y volvía con el cuento de su olor. Y entonces decidió darle la cara para verlo mejor y probar hasta dónde él quería llegar.

Él la había mirado un poco sorprendido y luego la había examinado de pies a cabeza, como si se tratara de una pintura. Esa mirada la había hecho sentir desamparada y se le había ablandado la intención de parecer molesta. Además, algo en él la turbaba, más allá de lo que se esperaría de un juego simple y espontáneo de galanteos. Y entonces, había decidido desaparecer, repentinamente, y perderse entre el gentío.

Un poco después lo había visto salir del teatro, casi empujado por el amigo a quien él llamó Florencio. Pero él no pudo verla, ya que estaba oculta detrás de una de las farolas del parque de enfrente y ella era mucho más delgada que esa y casi todas las farolas de la ciudad. Recordaba que en ese momento se había arrepentido de su fuga. Pero estaba segura que él volvería a aparecer.

Sin embargo, más tarde, ya en su casa, ella había decidido que era preferible olvidarse del asunto. Se juró que volvería a desaparecer si otra de estas escenas ocurría. Su prioridad urgente era ahora su carrera, el baile. No podía darle entrada en su vida a nada que la distrajera de sus ensayos, sus ejercicios, su búsqueda despiadada de la perfección.

Esa noche se había mirado al espejo de pedestal que desde una esquina de su pequeña habitación regía todo el ámbito, por su tamaño y su raro marco, que se diría soñado por Gaudi, el genio catalán. Aquel espejo era su único lujo en la modesta casa, y era una ventana abierta a la verdad. Se vio desnuda, de pie, delante del espejo, con el negrísimo pelo lacio cayendo en dócil cascada sobre sus hombros tallados. Se vio tal cual era, alta, espigada, del color de la miel. Dejó vagar sus ojos desde sus hombros, por los brazos largos como juncos. Los pezones de caoba oscura, clavados en sus senos breves, le devolvieron la mirada desde un torso de niña grande. Siguió las curvas mansas de sus caderas, tan lejanas, por lo apacibles, de la violencia carnal de las típicas caderas isleñas. Bajó por la línea de los muslos y las piernas, tersas, firmes, pulidas, como esculpidas en maderas preciosas.

Se acercó al espejo y vio los trazos angulosos de su cara, sus labios gruesos de color tabaco. Su nariz, curiosamente perfilada. Y, por fin, se miró a los ojos, vastos, castaños, almendrados, y lo hizo con sinceridad. Con este perfil, con estas formas de hembra fina, de modelo exótica de perfumes caros, jamás podría ser estrella de escenarios lúbricos. Ni mamboleta, ni rumbera, ni santa de ritual yoruba. Ahora tenía quince años, pero intuía que su cuerpo no cambiaría mucho, ni cuando llegara a los treinta. Pero eso no tenía importancia para ella. Sus sueños eran otros. Su verdadero desafío andaba por otros escenarios. Pero, ¿cómo podría ser la *Odette* del Lago de los Cisnes? Ella no era ni siquiera un cisne negro. ¿Existiría una oportunidad para un cisne indio, para una cachorra de taína como ella?

Tal vez sí. Pero sólo podría vencer la barrera del color y de la piel si aprendía a volar en los escenarios. Podría ser un pájaro de fuego, podría ser una *Guarina* de un ballet nuevo, inventado para ella. Pero sólo con ejercicio, ensayos, privación, hambre, músculo, obsesión. Lo demás vendría después.

Se durmió aquella noche pensando que se escaparía otra vez y muchas veces de aquellos ojos que la perseguían cada tarde desde distintos puntos de la platea. Se escaparía y sólo dejaría detrás su olor, que no era de violetas.

El sueño de Adanel

Los ojos negros y maquinales del enfermero de guardia volvieron a aparecer en el pequeño rectángulo de la puerta.

Violeta estaba de espaldas pero supo de esta presencia porque la ya exigua luz de la celda se hizo más escasa. Y se sobresaltó cuando se volteó y miró a la ventanita.

–¿Le pasa algo a él? –dijo la voz tras los ojos.

–Está dormido –le respondió secamente Violeta.

Los ojos se retiraron sin decir nada más.

Violeta sabía que en cualquier momento la obligarían a salir. Le dirían «Se acabó la visita». O simplemente, «Pasó una hora. Váyase».

Estaba consciente de que las visitas eran raramente permitidas en este tipo de sanatorios. La gente visita a los presos en las cárceles. O a los enfermos en los hospitales. Pero muy pocos vienen a ver a los locos. Menos aún a este tipo de locos, desahuciados, terminales, perjudiciales para la Revolución, como habían clasificado a Adanel. A quién se le ocurriría venir tan lejos, y pedir permiso para entrar a un lugar como éste, sucio, peligroso, siniestro. Le llamaban el Sanatorio Modelo. «¿Modelo de qué?» se preguntaba ella, «¿de alienación y de infamia?». Solamente enfrentarse al médico jefe, el doctor Casio Crespo, el tenebroso calvo sin cejas, y tener que soportar su mirada extraviada y lujuriosa, sus preguntas, su desprecio por los infelices que, locos o no, estaban enterrados en vida en aquel infierno, ya era suficiente para descartar la idea.

–¿Quieres ver a Adanel Palmares, eh? –le había dicho–. Ese muerto en vida, lleno de llagas y de visiones. Hay que estar más loco que él.

Pero ella había permanecido en silencio, sosteniéndole la mirada, aún cuando él no fijaba sus ojos, sino que los dejaba vagar sobre su cuerpo, como si la caminara con pupilas táctiles por cada pliegue de su piel y de su ropa.

Se sabía protegida por la sombra del coronel Basilio Risco, viejo conspirador, médico personal del Comandante en Jefe desde los primeros años de la Revolución y padre de Florencio Risco. El doctor Basilio Risco, ese era otro que se las traía. Viejo, viudo, verde: las tres «v». Y, además, vil, añadiría ella. El daño que había hecho a los demás con su poder y su influencia sólo palidecía si se comparaba con el que le había infligido a su único hijo, Florencio.

Pero todo tenía su límite. En algún momento dentro de las próximas dos horas tendría que salir de allí. Y no estaba segura si le estaría permitido volver. Y aquí justamente comenzaba su desesperación. Qué sería de Adanel cuando ella se fuera hoy, para no regresar quizás nunca más. Sus padres, José y Caridad, eran ya muy viejos y ella, personalmente, los había convencido de que pronto Adanel saldría de aquel sitio, lo cual sabía que era casi imposible. Quedaba Florencio. Pero había perdido la fe en él. Florencio había negado a Adanel y había permitido que éste, su hermano de sangre de otros tiempos, se hundiera en los pantanos de olvido de esta Isla. ¿Qué más podía ella hacer para mover a Florencio? Un par de días atrás lo había llamado, para preguntarle por ese extraño fenómeno que en toda La Isla ya se conocía como la *Llaga de Río Hondo*, pero había terminado tirándole el teléfono, después de estar más de un año sin hablar con él. Florencio estaba ciego porque no quería ver, pero sobre todo porque no quería recordar.

Adanel movió la cabeza, suspiró y se agitó un poco, por unos momentos.

Ella pensó que quizás él soñaba y trató de adivinar su sueño. Su expresión se había relajado, su cuerpo ondulaba un poco, y respiraba profundamente. Parecía disfrutar de una paz sobrenatural y sonreía. Su cara se veía tan serena y tan pálida que podría decirse que tenía luz propia.

Y, en efecto, Adanel soñaba...

* * *

Era domingo de tarde y llovía a cántaros. Ellos tres, Violeta, Florencio y él, caminaban bajo la lluvia, que era tibia pero que los refrescaba del calor de un verano que había sido denso y húmedo como un invernadero inacabable y enorme. Pisaban los charcos y levantaban olas con los pies. Habían estado tomando cerveza en un bar de la playa de Jaimanitas y luego habían regresado en bicicleta a su barrio en la Zona Vieja de la Capital. Andaban medio deshidratados y reponían aguas tomando más cerveza y ahora dejando que la lluvia los bañara libremente. Estaban felices y tristes, porque se estaban despidiendo. Ellos dos serían movilizados en un par de días para formar parte de una misión desconocida, en un país que seguramente sería lejano y extraño.

Tenían dieciocho años y Violeta acababa de cumplir dieciséis. «¿Van para Etiopía, o es para Nicaragua?» preguntaba ella. «No sé», decía Florencio, «también puede ser Angola, o quien sabe, Colombia... Estos mares son nuestros». Y reían y se abrazaban.

En el sueño, Adanel recordaba que reventaba de ganas de irse, en compañía de Florencio, a recibir su bautismo de selva, de fuego, de lejanía. Era su primera aventura internacionalista. Pero también sentía miedo por sus padres. Y una angustia anticipada porque no vería a Violeta en quién sabe cuánto tiempo.

En el sueño, Violeta se alejaba bailando en la punta de los pies y giraba bajo la lluvia, como una estatuilla de ámbar en el medio de una fuente. Luego desaparecía y aparecía de repente bailando sobre los tejados de las casas coloniales. Entonces volaba hasta el campanario de la iglesia catedral y se escabullía por entre las enormes campanas de bronce. Él entraba al templo y le pedía a Florencio que lo acompañara y lo ayudara a encontrar a Violeta. Ahora estaba en medio de la nave inmensa, caminaba hacia el altar mayor y oía las campanas, atronando todo el ámbito. Estaba solo y el agua entraba por todas las puertas y cubría el piso rojo, que ahora brillaba como un espejo. Se vio a sí mismo de rodillas hablándole a una imagen barroca de un Cristo clavado en una cruz inmensa. Cuando trató de moverse y correr hacia la puerta, resbaló y cayó, pero con lentitud, flotando casi, y quedó tendido bocarriba, mirando a la bóveda, en cuyo centro había un vitral vibrando de luz y de colores. Allí vio, rojas de un rojo vivo, unas llagas abiertas en unas manos desplegadas.

En el sueño, Adanel se durmió mirando aquellas manos. Y el agua, que seguía entrando libremente, lo hidrataba, lo lavaba y lamía sus manos y sus pies...

* * *

En la celda, Violeta notó enseguida un cambio en el cuerpo de Adanel. La leve ondulación anterior cesó y dio paso a una quietud total. Su respiración era ahora tan serena que se diría que no estaba respirando. Ella pensó que estaba muerto y lo tomó por las muñecas. Pero su pulso era normal. Y seguía sonriendo. «Duerme profundamente», pensó ella. «Duerme dentro de su sueño».

Decidió dejarlo dormir y quedarse allí, hasta que él despertara. Y, en todo caso, hasta que la obligaran a irse. Se sentó en el suelo, apoyando su espalda en el camastro, mirando a la ventanita rectangular, que era el único ojo de aquella puerta.

Los recuerdos de Violeta

Tomó la mano de Adanel, sin cambiar de posición, y entrelazó su brazo con el suyo. Esto le permitía mantener su mano izquierda junto al brazo izquierdo de él, a la altura de la axila. Y, haciendo presión en esta área, podría vigilar su pulso, y saber que estaba vivo.

Así, percibiendo su vida en las palpitaciones de su sangre, recordó la tarde en que su determinación de huir de él se había desvanecido irremediablemente...

* * *

Era la segunda vez que lo veía, porque él la encontró –la descubrió– detrás de una farola, dos días después, en el mismo parque de la primera vez, al anochecer, a la misma hora, a la salida del teatro.

«¿Por qué te escondes de mí?», le había preguntado él. Y el tono de su voz tenía un acento de curiosidad, pero también algo de dolor. Y ella, que era aprendiz de bailarina, y de actriz, y que había aprendido a decir mentiras desde que su memoria comenzaba, no percibió esta vez un ardid en la pregunta, ni la simulación de quien tiende una celada.

Y no supo qué responder. Por eso dijo: «Es complicado de explicar». Pero no intentó escaparse durante los próximos minutos.

Él se le acercó y volvió a mirarla, pero esta vez a la cara, de cerca, como se mira la obra de un orfebre. Y la miró con tal intensidad y fruición que a ella le recordó la forma en que los ciegos tocan los rasgos de una cara para verla en su imaginación. Y no tuvo otro remedio que mirarlo también a él, muy cerca. La diferencia entre las dos formas de mirar fue que él lo hizo con una seriedad grave y silenciosa y a ella, en cambio, le entraron unas ganas incontenibles de reírse.

Y se rió, con ganas, con lágrimas, con todo el cuerpo.

Él se quedó muy serio. Pero esta vez ella sí intuyó que él estaba usando un recurso teatral para iniciar un juego.

«¿Qué es lo cómico?, le dijo, ¿mi cara... la forma de mi nariz?» Pero no pudo resistir mucho más y también comenzó a reírse.

«Me pareció que me tocabas con tus ojos, o como si te estuvieras bebiendo mi cara», había dicho ella dando un paso atrás. Pero él no la dejó dar otro paso, porque le tomó la mano, con ternura, pero con una gran seguridad, como si fuera un gesto habitual entre ellos dos.

Violeta recordó que, aunque a los quince años ya ella había tenido algunos novios y varias aventuras, no era, ni había sido nunca, carne fácil. Si bien vivía sola, porque nunca había conocido a sus padres, había sido criada en un hogar «pobre, pero decente», al decir de su vieja tía Copelia, ya fallecida hacía un par de años. Y su tía podía descansar en paz, porque ni el sexo, ni los hombres, ni el hambre de compañía, eran su prioridad por ahora, especialmente desde que la invadiera la vocación absorbente y obsesionante del baile.

Por eso, cuando no quiso soltarse de la mano de Adanel, sino que se la apretó, pensó en tía Copelia y dijo para sí misma: «Coño, me desgracié».

Él la condujo con naturalidad a través del parque y la invitó a sentarse en uno de los viejos bancos de hierro con asiento de listones de madera. Con su pañuelo limpió la madera, que todavía estaba húmeda por la lluvia de esa tarde y apartó las hojas de los árboles que cubrían casi todo el banco. Se sentó junto a ella, se separó un poco y volvió a mirarla con el mismo aire de contemplación. Aunque ella no tenía conciencia de lo que era sonrojarse, ya que su color de ámbar no se lo permitía, por vez primera experimentó en su cuerpo la sensación que ella suponía paralela a tales mudas de los colores de la piel. Lo sintió como un golpe cálido de la sangre, como una palpitación contenida y pujante.

–Eres increíble, Violeta –dijo él–. Eres como una joya única. No sabía que existía alguien como tú.

–Claro que sí lo sabías –respondió ella, tratando de recuperar el equilibrio de sus sensaciones–. Llevas varias semanas mirándome bailar... ¿Eres tú, verdad? ¿El que me mira fijo desde el público, cada tarde desde un lugar distinto?

–Sí, soy yo. Pero cuando estás vestida de cisne, no pareces de verdad. Eres como una muñeca, como una proyección de esas, un holograma.

–¿Y cuál te gusta más? ¿La bailarina o la persona?

–Las dos me gustan. La bailarina me hace soñar. Cada tarde te veo y luego sueño toda la noche contigo. La persona...

–La persona te despierta del sueño –lo interrumpió ella.

–La persona realiza el sueño... Y, además, me perturba –confesó él–. Pero la persona es también algo más que el sueño. Es un descubrimiento verdadero... Te repito, no sabía que podía existir alguien como tú.

Violeta recuperó su mano de entre las de él y miró hacia los altos árboles, tras los cuales se veía una de las torres esquineras del teatro, coronada por la imagen en bronce del Ángel de la Fama, iluminado y con sus alas desplegadas. Trataba de pensar. Intentaba reconstruir el escenario real de ese momento de su vida, con su lógica, su normalidad, su cotidianidad. Estaba muy cansada porque el ensayo había sido especialmente agotador y su sentido de la realidad le decía que a esa hora debía estar camino hacia su minúscula casa, para ducharse, comer algo y dormir, toda la noche. Y sabía que ahora debería levantarse, echar a andar, despertarse... fugarse otra vez.

Él continuó:

–¿Quién eres? Hasta ayer, viéndote bailar, eras un cisne, estabas maquillada, disfrazada. Eras una bailarina, allá lejos, entre otras, en un lago de mentira, metida dentro de la música. Ahora... Ya no eres un cisne.

 —¿Quién eres tú? —lo interrumpió ella—. Al menos, tú sabes mi nombre, me ves bailar cada noche y luego, sin que yo lo sepa, sueñas conmigo toda la noche. ¿Quién eres? ¿Qué sueñas cuando dices que sueñas conmigo? ¿Qué eres, además de un soldado de la Revolución?

 —Soy Adanel. Escogí este uniforme como la forma de servir a mi país y a Dios. Mi nombre es Adanel Palmares. Y quiero seguirte viendo... Quiero que seas mi amiga. Quiero saber todo sobre ti. Quiero...

 Violeta quiso decirle «Vas muy rápido». Pero no pudo. Mejor, no quiso. Aquel encuentro, que había comenzado un par días atrás como un escarceo juvenil, como un simple juego de galanteos, con la única promesa —o amenaza— de convertirse en otra aventura fugaz, ahora comenzaba a tomar un cariz inesperado y desconocido para ella. Había algo diferente en este hombre, que ella percibía como franqueza y auténtica sorpresa. Y, además, ella misma quería continuar en esta exploración que él le proponía.

 Con su joven espíritu curtido a los quince años al sol de la pobreza, la orfandad y la calle, no creía en los amores que cuentan las canciones románticas, ni en los que cantan los poemas o dramatizan las telenovelas. Ni tía Copelia, quien había sido el único ángel en el cielo monocolor de su vida, pudo convencerla nunca de la idea mítica del amor espontáneo. Y aunque hubiera dado la vida por ser un día la *Odette* del Lago de los Cisnes, nunca en la vida se le ocurrió creer sinceramente en un *Sigfrido* liberador. Adanel, sin embargo, estaba cambiándolo todo en estos pocos minutos.

 Por eso no le dijo «vas muy rápido». Aquello le parecía fuera de contexto. Como una línea de texto que se saliera del natural argumento de la obra. O como una nota desafinada de una viola. En cambio, le dijo:

 —Adanel... Es un nombre musical.

 Y como si se conocieran de siempre, y ambos supieran cuál era el camino porque lo hubieran recorrido antes, se levantaron y caminaron juntos bajo los árboles nocturnos del parque. Hacia las calles de la vieja ciudad...

* * *

Todo esto recordaba Violeta mientras con su mano asía el brazo izquierdo de Adanel, a la altura de la axila, para sentir el pulso de su sangre y así saber que estaba vivo.

Las preguntas de Adanel

Adanel sabía que dentro del sueño, soñaba. Y sabía que algunas veces, cuando estamos durmiendo, sabemos que estamos soñando. Nos gusta pensar que es posible que, en estas ocasiones, exista una conexión secreta entre el consciente y la región de los sueños. Y creemos que somos capaces de manejar el sueño y hasta de despertar, si así lo quisiéramos. Esto no lo había comprobado nunca, en realidad. Pero, de cualquier manera, ahora no hubiera deseado despertar.

Se sabía tendido bocarriba sobre el suelo rojo espejeante de la nave inmensa de la catedral. Sabía que el agua de aquel diluvio seguía entrando por todas las puertas y le lamía las manos y los pies, y todo el cuerpo. Sabía que en su sueño se había quedado dormido mirando aquellas manos heridas, en el centro del vitral que se abría como una pupila en la alta bóveda del templo.

Sabía todo esto, pero ahora no lo veía.

Lo que ahora veía ante sí era un camino de tierra que partía en dos a una maraña de plantas, árboles, tallos y hojas donde se alternaban todos los verdes concebibles. Florencio estaba sentado en la hierba, a unos metros de él, en medio de un círculo de muchachos y muchachas pobremente vestidos, todos con sandalias o alpargatas, y les demostraba cómo desarmar una pistola calibre 45.

El grupo de jóvenes reía, divertido, viendo con qué facilidad y rapidez lograba Florencio despedazar y ensamblar otra vez el arma.

Otros hombres, vestidos como ellos dos, con el uniforme de las Fuerzas Armadas Revolucionarias, dirigían a lo lejos a otros grupos de jóvenes en diversas tareas y ejercicios, en lo que parecía ser un batey rodeado de barracas ocultas entre los árboles. En un extremo del batey podían verse apilados varias docenas de fusiles.

En el sueño, Adanel recordaba su llegada a esta tierra centroamericana, cuyos hombres y mujeres tanto se le parecían a la gente de campo de su Isla, a pesar de que sus facciones y el color de su piel estaban más cerca de los indios primigenios. A no ser por la ausencia de las entrañables palmas reales, el paisaje y las montañas eran también casi iguales, así como los bosques, las cañadas y los pueblitos.

También recordaba los aterrizajes durante la noche, la bienvenida por parte de los jefes de aquellos campamentos, el sabor agrio de la bebida fermentada con la que habían brindado y los rumores lejanos de la guerra.

Había en su boca un sabor extraño, no por el resabio amargo de la chicha ni por la mordedura picante de las frituras, sino porque sentía que algo no andaba bien en su conciencia. Algo se le crispaba en la garganta con un sabor de decepción y lo arañaba con preguntas que eran como púas. Aquella primera esperada y gloriosa movilización internacional tenía un sabor amargo y extraño. Todo en su cabeza eran preguntas que ni él ni nadie habían hecho a los comandantes a cargo de la operación. Y sabía que en el manual, el silencio era la regla y las preguntas estaban excluidas si no eran solicitadas.

Pero, ¿dónde estaban, en qué parte del Istmo, y por qué? ¿Quién era esta pobre gente? ¿Contra quién usarían las armas que ellos les donaban y que llegaban cada día por aire y por mar? Estos muchachos indios, de ojos tristes y vientres vacíos, parecían más hambrientos de proteínas y calorías –carne, pan, comida de verdad– que de fusiles y granadas. Era monstruoso e injusto verlos llegar cada día al campamento a lomo de mula, muertos de un balazo en la cabeza, o partidos por la mitad por una bomba, antes de haber aprendido a leer su propio nombre, la letra de su himno nacional, o un sencillo verso de Rubén

Darío. ¿Cuál era la verdadera *Causa* que exigía estos sacrificios? Si al menos él la supiera, entonces podría intentar comprender estas consecuencias.

En el sueño, que ahora era un recuento, y era una memoria aguda de aquella escena de su pasado, miró a Florencio y quiso, como otras veces, comparar dudas, intercambiar inquietudes. Pero Florencio estaba embriagado en la fascinación que despertaba su habilidad para descuartizar armas de combate ante su atónito y joven auditorio. Además, cada día le resultaba más difícil sostener con él una conversación donde se ejerciera la autocrítica o la lógica más elemental.

Y otra vez se internó por el camino de tierra que partía en dos aquella floresta verde, enmarañada de árboles, arbustos, enredaderas y guirnaldas parásitas. Caminó hasta atravesar –con peligro de su vida– los linderos de la guerra y llegó hasta una región devastada donde la naturaleza parecía haberse rebelado contra el hombre. Por la índole fracturada de las ruinas, intuyó que aquella destrucción no era obra solamente de la guerra, sino tal vez de terremotos y otros cataclismos. Anduvo por entre los escombros por más de una hora en busca de vida humana.

Entró en lo que una vez fuera un majestuoso templo. Lo dedujo por el talante de las columnas y los trozos de paredes que habían quedado en pie. Luego, por la catadura de los escombros, comprendió que aquellos eran los restos de una catedral. Anduvo entre vitrales de colores, molidos y revueltos con piedras, bronce aplastado y pedazos de mármol. Hundiéndose entre estos restos, ya cubiertos de una maleza verdinegra que parecía coserlos entre sí, llegó hasta el sitio donde él suponía que había estado el altar mayor. Buscó instintivamente el crucifijo que –en sus visitas a la catedral de su ciudad– estaba situado a la izquierda del altar. Pero enseguida comprendió que había caído en una trampa de la memoria, porque allí no había ningún crucifijo. Miró hacia arriba buscando el vitral en el centro de la bóveda, pero sólo vio el cielo, el cual era el único techo que cubría todo el ámbito. De todas formas, se arrodilló y dijo una oración buscando entre las ruinas un rostro y su mirada.

Más allá del templo, después de atravesar un cauce seco, descubrió lo que antes de la catástrofe tal vez fuera una plaza de recreo o un parque deportivo. Allí había nacido una nueva ciudad, construida con los restos de la destrucción. Vio una agrupación irregular de cobertizos armados con piedras, ladrillos, pedazos de madera, latón y barro modelado a mano por artesanos de la necesidad. Aunque nada se movía y los pocos rumores podrían haber sido causados por el viento o los animales, supo que una colonia de damnificados, fugitivos o simples desplazados por la guerra, se escondía dentro de aquellas madrigueras. Y lo supo por los olores y por alguna débil columna de humo que se levantaba desde alguna furtiva cocina quizás más afortunada.

Entró en una de las primeras chozas, la más inmediata, con la única intención de hacer preguntas. La mujer que lo recibió era uno de esos seres sin edad, que toman el color de la tierra y condensan el olor agrio que tiene la miseria, y estaba sentada en una de las tres banquetas miserables que se esparcían por la casucha de una sola habitación.

La mujer lo miró a los ojos y no reparó en su uniforme, quizás porque todos los uniformes de la guerra se parecen. No le ofreció nada de beber ni de comer porque no tenía nada. El niño de meses en la cuna lo miró y, por un instante, le sonrió con esa sonrisa misteriosa de los niños que es como un soplo de alegría, aunque los que saben dicen que es sólo un reflejo de interacción. Pero enseguida volvió a llorar, de hambre, con ese llanto que algunos aseguran que es un acto reflejo, sin un genuino registro consciente, pero que es devastador, y cruel, y arrasa con todos los límites de la razón.

Estaba anocheciendo y Adanel, exhausto, se sentó en el suelo, que era de tierra lisa y dura, pero pegajosa, y que olía a orines yuxtapuestos y resecos.

La mujer se quedó sentada, mirándolo, impávida y en silencio. Él le preguntó muchas cosas y le rogó que le hablara, que él no le haría daño, que le regalaría estas pastillas de vitaminas y estas tabletas de proteína concentrada y esta cantimplora de agua limpia... Pero que le hablara. Por fin ella habló. Le contó que estaba esperando a su marido, que realmente no era su esposo, porque a éste se lo había matado el gobierno por colaborar con los guerrilleros de la contra. Pero ella temía por este nuevo hombre, a quien conocía desde hacía sólo unas semanas, y que había llegado trayendo algo de comida, buscando refugio, ella no sabía de qué o de quién. Temía por él porque sospechaba que era desertor del ejército y, en ese caso, también se lo matarían. Era un buen hombre, compartía todo con ella y parecía tenerle piedad a su bebé. «Usted no es del gobierno, ¿verdad?», le dijo a Adanel. «Usted no vino a matarlo... mi señor, ¿verdad?», le insistió. «No», le dijo él tranquilizándola, «yo sólo soy un hombre que está perdido».

Ella le contó también sobre el terremoto, y le enseñó con un dejo de orgullo un ala de la puerta de entrada de su antigua casa destruida, la cual ahora le servía, colocada sobre varios bloques de cemento, de mesa de comer. «¿De comer?», pensó él con tristeza.

También le habló de sus planes de emigrar, de irse de allí, de fugarse a otra parte del país, aunque todavía no sabía bien a dónde. Mientras hablaba, ella hacía que alimentaba con su pecho al niño, que había dejado de llorar. Pero Adanel sabía que en realidad la pobre mujer, cuyos pechos eran chorros de carne seca, confundidos con los pliegues sucios de su ropa, había mojado su mano en el agua de su cantimplora y lograba engañar al niño, quien chupaba con afán sus dedos.

Se oyó un alboroto afuera y alguien entró, apartando con urgencia el pesado trapo que servía de puerta.

–¡Vienen los del gobierno! –dijo la mujer que llegaba. Y al ver a Adanel, gritó llena de pánico– ¡Huye, Juana... tienes un guerrillero en la casa!

Adanel trató de explicar que él no estaba allí para pelear contra ellos. Pero enseguida tomó conciencia de que más bien estaba allí para pelear por ellos. Y preguntó:

–¿Quiénes vienen? ¿Quién nos ataca?

Pero las dos mujeres salieron de la casa, llenas de pavor, con el niño –que otra vez lloraba– en brazos de una de ellas.

Como ya era casi de noche, Adanel no podía saber lo que estaba pasando. Se arrastró fuera de la choza con su pistola en la mano y se ocultó tras una pared que había quedado en pie tras el terremoto y que tenía una altura de dos pisos. Ni en el sueño, ni en la realidad, había podido entender Adanel cómo aquella pared había logrado permanecer parada, ella sola, sin otras paredes que hicieran ángulo con ella, sin piedras, horcones, ni otras ruinas que la apuntalaran. Allí estaba, de pie, con sus ocho ventanas, cuatro correspondientes al primer piso y cuatro en lo que fuera el segundo piso. Las ocho ventanas estaban cerradas, firmemente, con rejas exteriores y dos alas de madera cada una, con sus pestillos pasados.

Se quedó por unos momentos inmóvil bajo una de las ventanas. Y entonces oyó ruido de gente que se acercaba corriendo y voces que ordenaban avanzar.

Alguien con voz ronca gritó: «Estás rodeado... Entrégate ya...»

Intrigado, Adanel se levantó, tratando de no hacer ruido, y con movimientos que intentaban ser precisos en medio de su incertidumbre, comenzó a quitar los pestillos de una de las ventanas. Cuando por fin logró abrirla de par en par, se asomó y creyó reconocer a los muchachos de su campamento.

Se volteó a buscar con los ojos a las dos mujeres y al bebé, quienes, por supuesto, habían desaparecido. Pero, aunque no las vio, les gritó:

—¡No huyan... Ellos vienen a salvarnos!

En ese momento sonó el primer disparo, el cual arrancó un pedazo del marco de la ventana a la cual él se había asomado, y que dejó ver las raíces de la reja, como si fueran unos huesos a los que le hubieran arrancado un trozo del cuerpo.

El segundo balazo pegó en uno de los barrotes de la ventana, pero de rebote le rozó la cabeza a Adanel y le hizo un surco en la frente, un poco más abajo del comienzo de la línea de su pelo. Aunque no fue una herida grave, el roce violento de la bala rompió su piel, astilló levemente su cráneo, y le hizo perder la conciencia instantáneamente, en medio de un estallido de sangre.

Aunque estaba inconsciente en el suelo, en medio de las ruinas y de un charco de su propia sangre, Adanel se vio a sí mismo en el sueño y vio asomarse a la ventana al muchacho que le había disparado. También vio a los otros dos que venían con él y pudo oír claramente lo que dijeron.

—¿Este no es el 'joeputa que desertó?
—No jodás... Este vino de La Isla pa'entrenarnos... Qué cagada.

Desde el suelo, Adanel miró hacia el cielo, donde ya se veían las primeras luces de una noche que prometía ser portentosamente estrellada. Entonces se despertó de su segundo sueño y supo que lo que veía arriba no era una estrella, sino las manos llagadas brillando en medio del alto vitral que era como una pupila de colores en el centro de la bóveda de la catedral.

Allí se quedó, en el primer sueño, por largo rato, dejando que el agua que entraba por todas las puertas lo lavara y le lamiera las manos y los pies.

Habían sido paridos para encontrarse algún día.

En la oscuridad sepia de la celda, Violeta presintió que el pulso de Adanel se había acelerado y presionó la piel donde palpita la arteria del brazo, cerca de la axila. En efecto, sus latidos eran ahora más rápidos y también más densos, casi sonoros.

Sin despertar, él se llevó de repente la mano a la frente, como si hubiera sentido un golpe, y se tocó la antigua herida. También se estremeció y pareció murmurar unas palabras, que se hundieron en un quejido gutural. Después de esto regresó al relajamiento anterior, que Violeta interpretó como un desmayo dentro del sueño. Pero ahora tenía los ojos abiertos.

Violeta se incorporó y miró otra vez dentro de los ojos de Adanel. Pero comprendió que su mirada no estaba en este mundo.

Cada vez se sentía más inquieta. Tenía la impresión que el tiempo no pasaba, pero su reloj la desmentía. Había pasado más de media hora desde su entrada a la celda. El tiempo corría y se fugaba, como el agua en el sueño de Adanel. Pensó que debía despertarlo porque sentía que el futuro se iba reduciendo. «Quizás cuando me manden a salir, ya no habrá regreso», pensó. Pero no se atrevió a sacarlo de aquel trance. Ahora más que nunca sentía que ya él no le pertenecía y le pareció que despertarlo sería algo así como una profanación, como invadir un espacio que era de otro mucho más grande que ella.

Volvió a sentarse en el suelo, en la misma posición anterior, con sus dedos tocando y vigilando las palpitaciones de él. Esto le permitía descansar sin abandonarlo. Y esperar... No podía hacer otra cosa que no fuera esperar.

Miró a la ventanita de la puerta metálica y percibió un vago movimiento de sombras a través de ésta. También oía unos susurros que atribuyó a un secreteo de insectos.

Trató de relajarse y lo logró.

El contacto con el brazo de Adanel le trajo otros recuerdos. Recordó la primera vez que él la asió por el brazo. Fue la misma noche del segundo encuentro, cuando él la descubrió detrás de la farola. Sonrió. «Adanel no perdía tiempo», pensó. «Ni yo tampoco...»

* * *

Estaban internándose en las callejas húmedas y adoquinadas de la Zona Vieja. Había llovido por la tarde y andaban a saltos sobre los charcos. Al saltar uno, caudaloso como un río represado, él la tomó por el brazo con firmeza y la impulsó para ayudarla a saltar. Pero ella ya había iniciado el salto y como era leve como un tul y, además, estaba aprendiendo a volar en los escenarios, el resultado fue que literalmente voló sobre el agua y él pensó que al caer se rompería. Pero ella volvió a tierra con la gracia de un pájaro.

–Se te olvidó que soy bailarina –le dijo.

–Eres más que eso –dijo él.

Entonces él saltó también detrás de ella y volvió a asirla por el brazo, pero esta vez lo hizo para impulsarla hacia sí con un movimiento reflejo que no pudo controlar. Ella sintió la fuerza del jalón y no se resistió. Estaba acostumbrada a estos lances porque cada tarde, varias veces, algún hombre maquillado y fuerte la halaba, la izaba, la hacía volar al compás de músicas de Tchaikovsky o Stravinsky, y ella siempre sabía como dejarse llevar, arrastrar, elevar o estrechar. Pero este acto no se parecía a un paso de baile, y la única música que había al fondo era un viejo bolero de la Lupe.

Él la estrechó con fuerza, contenido sólo por su miedo a hacerle daño. Ella se dejó abrazar y con su cuerpo lo indujo a él a perder el miedo. Era el cisne que él perseguía ansioso cada tarde con sus ojos, como un cazador desarmado. Pero no se rompería en pedazos como una porcelana, ni sus colores se derretirían como los de una pintura. Él lo acababa de decir, ella era algo más que una bailarina. Era de carne y si la carne aguanta bien que el tormento la machaque y la agarrote, mejor aguanta las trituraciones del amor. Era real, las mieles de su piel no podían desteñirse. Y, aunque estaba aprendiendo a volar, todavía era de este mundo.

Y el instinto obró su milagro turbador. No el instinto cotidiano, previsible, que nos ayuda a sobrevivir en la cotidianidad del cuerpo y sus demandas: el hambre, la sed, el cansancio. Ni el que nos defiende de la soledad, la desesperanza, el miedo. Actuó el otro, el instinto oculto que nos lleva a buscar fin a la orfandad original del alma, y amparo contra la intemperie cósmica de la duda. Aquel que nos lleva a creer en la perfección y en los mandatos del destino, y que te empuja a la entrega total.

Él perdió el miedo a fracturar al cisne o a rasgar el lienzo maquillado y la estrechó con fuerza. Ella se dejó abrazar y, a su vez, abrió sus labios llamando al beso inaugural.

El milagro siguió su curso natural. Caminaron juntos sobre el agua y los adoquines de charol, como si hubieran nacido para caminar juntos. No se dijeron nada porque no hacía falta. Sólo se miraban tratando de aprenderse uno al otro y ganar todo el tiempo perdido. Ella lo condujo, con la maestría de quien conoce a fondo una partitura, hasta la puerta de su pequeña casa. Y él se dejó guiar porque había deseado mil veces ejecutar aquella partitura.

Ya en su habitación, la única de aquella vieja casa transformada en ciudadela y toda llena de rumores de colmena, ambos se desnudaron en unos pocos gestos, como quien se libra de los últimos lastres de otra vida.

El espejo, su espejo ovalado, con el marco soñado por Gaudí, les devolvió la imagen de sus cuerpos, fundidos en un contraste de colores miel y leche. Se miraron por un momento y ambos sonrieron y se pusieron de rodillas, uno frente al otro. Primero buscaron adentro de sus ojos, se vieron por dentro, y hallaron imágenes que les resultaron familiares. Tenían el mismo origen. Ambos habían sido paridos para encontrarse algún día. Y esto fue para los dos una convicción ineludible. Después se miraron sus facciones, diferentes, contrastantes, como las dos caras de una luna, y se gozaron en esta certidumbre. Exploraron sus cuerpos con sus ojos y luego con sus manos, reconociéndose, con urgencia, pues tenían la premonición de que, si bien este reencuentro era premeditado, irremediable, también era perecedero, quizás a no muy largo plazo.

Y el milagro fue consumado. Como cuando dos arroyos se juntan en la pureza del bosque para hacerse río. Estaba todo previsto, no hubo sorpresas. Se reencontraban el uno al otro en cada gesto, en el tacto, en los olores, en la superficie y en las honduras, en los relieves y en los portales de sus cuerpos y también en los pliegues de cada recoveco de la piel. No hubo dudas, no hubo juegos, ni contiendas, ni lucha, ni vergüenza, ni culpa. La carne y el espíritu de ambos se sintonizaron en una armonía tan humana, como humano es un solo cuerpo compuesto de espíritu y de carne.

Fue un banquete nupcial con solamente dos convidados. El menú era inagotable porque incluía delicias no estrenadas que estaban ocultas dentro de ellos en espera de claves que sólo a ellos pertenecían. A los desesperados rituales aperitivos, sucedía una orgía de sabores, sensaciones, espasmos, y uno al otro se bebían, se aspiraban, se absorbían en una exaltación tan viva y tan intensa, que el final de cada clímax se parecía a una muerte.

Las dos velas que ella encendió cuando entraron a la pequeña habitación se extinguieron en silencio y dejaron en la oscuridad su huella endurecida sobre la mesa de madera, junto a la ventana cerrada. Por eso, ni el espejo que le decía a ella la verdad, pudo ser testigo de las horas finales.

El amanecer, más tarde, fue filtrándose por las rendijas y las persianas, que eran como párpados cerrados, pero que no pudieron impedir que algunos hilos de luz fueran sembrando penumbras doradas en algunos rincones. En uno de esos rincones estaban ellos, dormidos, exhaustos. Ocupaban muy poco espacio porque, ni aún dormidos, pudieron separarse.

Él despertó primero pero se quedó un rato sin moverse, sintiéndola junto a sí, insertada en él, palpitando ahora mansamente, sudando a mares, liberando todavía su perturbador olor a bosque, a isla primigenia. Estuvo así un tiempo y entonces la llamó por su nombre, rozando su oído y su mejilla con sus labios.

–Violeta... Violeta...

* * *

Violeta se había quedado medio dormida con la cabeza apoyada en el borde del camastro, mirando la pequeña ventana clavada en la puerta de hierro. Y ahora Adanel le acariciaba la mejilla. Él se había despertado y estaba intentando sentarse en la cama.

Ella se sobresaltó, miró su reloj, se sentó a su lado y lo ayudó a enderezarse. Adanel tenía ahora mejor aspecto y parecía haber recuperado algo de sus fuerzas.

–¿Cúanto tiempo ha pasado? –preguntó él.

–Casi una hora... Y más de trece años. ¿Cómo te sientes? ¿Tienes dolor?

–Ahora no –respondió él–. Me quedé dormido, perdóname. Estuve soñando... Siento como si hubiera dormido muchas horas.

Ella le besó las mejillas y él aspiró con fruición su aroma y la miró con una gran ternura.

–¿Qué haremos Adanel? ¿Qué pasará contigo?

Pero él no respondió. Siguió mirándola a los ojos, le tomó las manos y las colocó con las palmas hacia arriba sobre sus rodillas. Luego puso sus dos manos llagadas sobre las de ella, abiertas, también

con las palmas hacia arriba, como en ofrenda. Ella las miró. Y preguntó, llorando:
—¿Cuándo comenzó todo esto?

SUCESOS PARALELOS (UNO)

—Viene un helicóptero... Escóndanse.

El hombre dijo esto al grupo que lo seguía y todos buscaron refugio entre la vegetación, que en esta zona cercana al vallecito de Río Hondo es muy espesa y enmarañada.

El grupo era disímil y hasta algo pintoresco, pero no muy numeroso. Doce personas de distintas edades, razas y sexos. Sólo tenían en común que todos eran gente sencilla y trabajadora de la zona: campesinos, vegueros, mujeres amas de casa, un maestro de escuela y un par de niños no mayores de nueve o diez años.

Algunos hombres portaban machetes, no para usarlos como armas, sino para abrirse paso entre la maleza, en la cual abundaba el marabú. Una de las mujeres era muy mayor y usaba un pañuelo en la cabeza que dejaba ver parcialmente su pelo canoso y muy lacio. Las otras dos mujeres eran jóvenes pero, como la mayoría de la gente de campo, parecían de más edad. Dos de los hombres, padre e hijo, eran de pura estirpe negra, y se diría que desde la llegada de sus ancestros, tres siglos atrás, su sangre lucumí no había sido contaminada con genes de otra raza. De los cinco hombres restantes, tres *eran blancos y dos mulatos, estos últimos quizás con algún cruce remoto con indígenas de los que poblaban La Isla en los tiempos del descubrimiento y la conquista. Los siete hombres llevaban sombreros de guano y los niños tenían el torso desnudo, pues el sol, la humedad y el calor eran despiadados. El maestro de escuela, alto, blanco y con un bigote muy poblado, y que se llamaba Aracelio, llevaba unos prismáticos antiguos.*

El helicóptero pasó sobre ellos, muy bajo, casi rozando las pocas palmas del lugar, luego subió un poco y continuó su fragoroso vuelo más allá del mogote que los separaba del vallecito intramontano.

—Ya podemos salir —dijo el que parecía liderar, o al menos, guiar al grupo—. Ya estamos cerca.

Los once singulares expedicionarios salieron de entre la maleza y siguieron al hombre que había hablado.

—Por aquí deben estar los soldados —dijo una de las mujeres—. Hay que tener cuidado.

Pero los soldados estaban concentrados en la parte opuesta a este mogote, en un punto donde aquella cordillera circular se abría en forma de cañada y permitía la entrada al pequeño valle. Eran más de sesenta hombres y estaban organizados en un campamento formado por tiendas de campaña de distintos tamaños y muy bien camufladas. Un observador común hubiera podido distinguir fácilmente entre las tiendas que estaban destinadas a los oficiales, y las otras —la mayoría— que usaba la tropa. Todos los soldados vestían uniformes de camuflaje y estaban fuertemente armados, tanto que podrían librar sin mayores problemas una pequeña guerra. Ocultos entre un bosque de ceibas, algarrobos y arbustos tupidos y altos, podían verse, fijándose mucho, varios camiones militares, y dos tanques de guerra.

Uno de los hombres de la raza negra, el más joven, se adelantó hasta donde estaba el guía y le dijo que él no creía que encontrarían soldados en esa parte. Que él había visto el campamento exactamente al otro lado.

—Acuérdate que yo paso a caballo por estos y aquellos lados una vez a la semana —dijo para apoyar su afirmación—. El ejército está del

otro lado. Ellos me dijeron que yo no podía pasar más por allí... Me espantaron.

Entonces los tres hombres que iban delante hablaron entre sí y decidieron que lo mejor sería que todos subieran al mogote para ver el valle desde allá arriba. Entre ellos estaba el maestro de escuela, con sus anteojos.

El ascenso fue fácil al principio, porque el muchacho negro conocía un trillo que subía parte del risco, y hasta este punto pudieron llegar la mujer mayor y otra, que estaba embarazada. A partir de aquí la subida se tornó más difícil porque había que trepar por entre las rocas, que eran muy ásperas y puntiagudas. Pero como se ayudaban unos a otros y en muchos trechos podían agarrarse de los tallos y las raíces de las matas, los otros diez lograron llegar hasta la cima del mogote en menos de una hora. Cuando llegaron arriba todos estaban exhaustos, con excepción de los dos niños, el guía y el muchacho negro.

La cumbre del mogote no era muy ancha, aunque sí muy accidentada, pero a ellos diez les pareció todo muy sencillo después de la escarpada ladera que acababan de vencer. Sólo les tomó unos minutos encontrar un buen punto de observación que, además, estaba protegido por una especie de baranda de roca, detrás de la cual se fueron agachando todos. La visión del valle desde este mirador natural era panorámica y casi total, y parecía un escenario en forma de anfiteatro.

Todos buscaron con avidez, apretando los ojos, y usando como viseras las manos y los sombreros. Nadie hablaba y gracias al silencio y a la acústica natural de aquel valle en forma de hoyo, se podían oír las voces lejanas de los soldados que estaban abajo. También vieron el helicóptero, que se había posado en un claro.

El maestro Aracelio enfocaba y movía lentamente a un lado y al otro sus prismáticos y, aunque no había dicho nada, estaba seguro que él sería el primero en verla. Pero fue uno de los niños, que se había subido a una roca y por eso estaba un poco más arriba que el resto, quien la descubrió.

—Allí está –dijo con júbilo–. La estoy viendo. Allí está la llaga.

Un momento después, todos la vieron. Y aunque estaba muy lejos, pudieron distinguirla claramente, antes que un efluvio vaporoso que surgía de ella comenzara a ocultarla.

Allí estuvieron mucho tiempo, sin hablar, y se turnaban para verla a través de los anteojos de Aracelio. Sólo decidieron regresar por donde habían venido cuando el helicóptero comenzó a mover sus aspas nuevamente y se levantó en el aire. Cuando éste pasó sobre sus cabezas, ya ellos estaban bajando el risco, ocultos entre las matas y las estrechas cuevas que abundan en estas formaciones rocosas que datan de eras geológicas legendarias y remotas.

CAPÍTULO II

LA NÁUSEA

Le hubiera gustado saber qué pensaba Adanel

Florencio Risco sabía cómo había comenzado todo –aunque no entendiera nada– algo más de doce años atrás.

Aunque había levantado diques en torno a su memoria, los recuerdos comenzaban a ser tan caudalosos y pujantes que derribaron todos los obstáculos. Era imposible contenerlos después de haber presenciado, personalmente, y haber experimentado con todos sus sentidos, aquel extraño fenómeno enclavado en el vallecito intramontano vecino a Río Hondo.

Habían despegado hacía unos minutos y el viaje de regreso en el pequeño helicóptero estaba siendo igual de pavoroso y abismal que el que lo había atormentado en la mañana. La diferencia era que ahora él viajaba con los ojos cerrados, desafiando al vértigo y tratando de ahogarlo dentro de los recuerdos que ahora lo inundaban. La otra diferencia era que los dos hombres al mando –el piloto y su asistente– parecían ensimismados y no habían pronunciado una sola palabra desde que despegaron.

Después de tomar las fotografías de la *llaga*, Florencio había permanecido frente a ésta durante varios minutos, literalmente sumido dentro de los efluvios que ella producía, y casi borrado por sus emanaciones neblinosas. El soldado a su espalda –el único que lo acompañó hasta el borde de la grieta– había estado hablándole de los rumores que corrían entre la gente de la zona y la fascinación que la *llaga* despertaba entre los *babalaos* de la localidad y sus acólitos y adeptos. Él no había prestado mucha atención porque se sentía algo aturdido, pero recordó haber preguntado: «...¿Y qué dice el cura de Río Hondo?» El soldado le había respondido: «Está lleno de dudas. Se encoge de hombros y dice que tiene que preguntarle al obispo, en la Capital. Pero yo lo he visto de rodillas, cerca de aquí, orando».

Luego había emprendido el regreso hacia el sitio donde estaban los soldados vestidos en ropa de camuflaje y los dos pilotos de su helicóptero. Con excepción del comandante Cajigal, seguían allí, como paralizados, mirándose unos a otros y mirándolo a él, de quien seguramente esperaban algún comentario. Pero él no les había dicho nada. Los había ignorado y se había limitado a hacerle un gesto a los del helicóptero para que lo siguieran.

Antes de montarse nuevamente en el aparato, había examinado durante un rato los alrededores, hasta hallar entre el marabú una senda que lo llevó hasta el mogote, el cual, como un molar vertical y cariado, se levantaba abruptamente. Ayudándose con los tallos y los arbustos que crecían en las grietas de la ladera, había trepado un trecho por la accidentada roca hasta llegar a lo que parecía un balcón natural. Desde allí vio a lo lejos el misterioso cráter, cuya superficie estaba ahora limpia de neblina. Tomó las últimas fotografías y exploró con sus anteojos todo el terreno circundante. Nada vio que le llamara la atención, y decidió regresar.

–Capitán, dígame ahora o en el futuro si puedo serle útil en algo –le oyó decir al mismo soldado que lo había acompañado hasta el cráter. Entonces reparó en que este hombre lo había seguido en silencio y estaba semioculto tras unos zarzales.

–¿Cuál es su nombre, soldado? –le preguntó.

–Soy Rafael Arcán –le había respondido el hombre.

–¿Y qué hace aquí, por qué me ha seguido hasta aquí arriba?

—Soy un custodio de la *llaga* –le respondió el hombre–. Cumplo órdenes.

Florencio le preguntó si Cajigal, el comandante a cargo de la guarnición del valle, le había pedido que lo siguiera. Y no entendió cuando el hombre le dijo: «Yo recibo órdenes de otro comandante». Pero, absorto como estaba en sus propias dudas, no le dio importancia a tan extraña respuesta.

Ahora, en el helicóptero, había comenzado a sentir un deseo urgente de ver a Adanel, conversar con él, contarle todo esto, y saber su opinión. Desde que era un niño había compartido todo con Adanel. Ahora recordaba sus primeras aventuras juntos, en el universo de su barrio y los mundillos adyacentes. Existían por allí varios acres de terrenos baldíos que ellos conocían muy bien porque, desde que comenzaban sus memorias, los habían explorado meticulosamente. Juntos iban descubriéndolos, explorándolos, y hasta parcelándolos imaginariamente. Habían trazado linderos, fronteras, latitudes y longitudes, hasta componer un mapa detallado de aquel país inventado y anchuroso que, dentro de las dimensiones de sus siete años de edad, tenía el tamaño de un planeta. Luego habían comenzado a conquistarlo, metro a metro, avanzando escrupulosamente, colonizando cada valle, cada ruina, cada bosque de matojos, cada colina de escombros y desechos. Ponían nombres a los arroyos de aguas prietas, a las cordilleras lejanas coronadas por pueblos de chozas, a las cañadas ocupadas por colonias de perros cimarrones. «El Yagual», el «Río Negro», el «Valle de los Perros». Marcaban sus territorios y erigían pequeños fuertes con piedras y ladrillos, para defender las tierras conquistadas.

«Sembraremos árboles allá», le decía Adanel, «limpiaremos estos ríos y entre todos crearemos aquí un jardín con lagos y cascadas». Florencio añadía: «Y conquistaremos aquellas colinas, para limpiarlas de enemigos...». Entonces Adanel había tomado un palo, más alto que él, lo había clavado en medio de ellos dos, y lo había asegurado con varias piedras en la base. «Aquí pondremos la bandera. Y a esta tierra la llamaremos *Bacú*, y será un paraíso».

Una tarde, ya cercana la noche, desde las ramas de un *fico* prehistórico que dominaba gran parte del país imaginario de *Bacú*, ambos contemplaban las regiones vecinas, las tierras de nadie, y las otras, desconocidas aún, pobladas de enemigos. Adanel le había pedido que trepara un poco más arriba, entre las ramas retorcidas del viejo árbol, para lograr una perspectiva más ancha del territorio. «Por esa rama pasas a esa otra, te agarras de estas lianas, te impulsas y subes hasta aquí». Y él lo había hecho, tal como su amigo le indicaba. Y ahora, junto a Adanel, más arriba, lograba ver un poco más allá, el área misteriosa de donde siempre habían brotado columnas de humo gris. «Mira, son fogatas... Hay unos hombres haciendo candeladas». Recordaba el olor a humo y las siluetas lejanas de los carboneros.

También recordó que en ese momento había sentido por primera vez la zozobra pavorosa del vértigo de alturas. Miró hacia abajo y todo el suelo, ahora oscuro, comenzó a dar vueltas. Cerró los ojos y desde sus entrañas hizo su primera aparición la náusea apremiante, en un espasmo que le obligó a soltar las ramas y llevar sus manos a la boca. Adanel comprendió que algo andaba mal y lo asió fuertemente para que no cayera. Después lo ayudó, como se haría con un ciego o un inválido, a bajar del *fico*. Lo hizo con sus manos, con su espalda, usando su cuerpo para apuntalar el suyo, ayudándose con el cinturón, y con cada peldaño nudoso de la fronda de aquel árbol, que por viejo y por no haber sido nunca mimado con afeites o con podas, derramaba bifurcaciones, barbas y ramas que eran como trenzas y que casi llegaban hasta el suelo.

El descubrimiento de aquel mal de precipicios había sido guardado entre ambos como un secreto muy preciado. Y hasta que su padre, médico y oficial de la Revolución, lo intuyó, lo analizó y, finalmente lo diagnosticó con algo de desprecio, Adanel había sido su lazarillo de abismos y el guardián de lo que ambos creían un embrujo que aquellos seres lejanos que vivían del fuego le habían contagiado a través del humo de sus fogatas.

Ahora hubiera querido preguntarle a Adanel qué pensaba de aquella extraña grieta, abierta en territorios más allá de las fronteras del mundo conocido, más allá de aquellas tierras de la infancia. «Nunca vimos algo así en *Bacú*», pensó. «¿Qué es esto, Adanel?, dímelo, tú que quizás sepas más que yo de estas cosas».

También ahora hubiera necesitado su ayuda, su guía por estos altos aires que el viejo helicóptero desafiaba, vibrando y meneándose como en un mar embravecido. De niños habían trabajado juntos en la búsqueda del antídoto que curara aquella enfermedad del humo envenenado, antes que papá le diera con una mueca burlona aquel nombre pedregoso: acrofobia. Y había completado su diagnóstico diciendo «el mismo achaque de tu madre, el mal de la gallina mareada... y mira, todavía eres un mojón y ya lo padeces».

Sin embargo, nunca habían podido dar con la fórmula del contraveneno. Se aventuraron varias veces, en operaciones relámpago, a través de las tierras de nadie y de regiones llenas de enemigos. Llegaron hasta los bordes de aquellos traspatios de las hogueras, donde hombres cubiertos de polvo negro, como sombras vivas, se movían entre el fuego y las pilas de carbón. Pero aquellas incursiones duraban muy poco porque eran agredidos a pedradas por hordas de chiquillos que, como enanos endemoniados, bajaban de las colinas miserables o trepaban desde cauces secos, que eran como trincheras, para atacarlos y perseguirlos dando chillidos de guerra hasta los mismos límites de *Bacú*.

—Hay algo de mal tiempo allá delante, capitán —le dijo el copiloto, volteándose de repente y cortando de un tajo su vívido trance de recuerdos—. Vamos a batuquearnos un poco. Apriétese su cinturón... y aguántese bien.

Un minuto después el viejo moscardón ruso comenzó a cumplir con lo anunciado.

Florencio se ajustó el cinturón de seguridad todo lo que pudo, dejando sólo el margen necesario para respirar. Pero esto no hizo ninguna diferencia. Lo que siguió fue una pesadilla, comparable sólo a lo que sentiría un feto en el vientre de una madre que fuera agitada en el aire, golpeada y lanzada contra las paredes y el suelo. Él trató de encogerse, de concentrarse y hacerse pequeño, duro y hermético, como una nuez. Pero no pudo evitar que el vértigo cósmico le impusiera una sensación que era todo lo contrario, porque lo estallaba, le halaba hacia afuera cada miembro y cada pedazo de su cuerpo, en una expansión espiral centrípeta que parecía desintegrarlo y que él percibía como una explosión de órganos, vísceras, músculos, sangres y tendones.

Hubo, en efecto, una explosión, pero fue de vómito. Un vómito granuloso y biliar expelido desde el origen de sus entrañas más recónditas. No pudo ver, porque se hundió en un coma pantanoso, el aterrizaje del pequeño aparato una vez que el piloto logró zafarse de aquella borrasca caprichosa que, sin avisar, había agitado por unos minutos los cielos de la Capital. Tampoco vio el estado en que quedó el interior del antiguo helicóptero por obra de su sorpresiva explosión. Ni la cara de los pálidos pilotos, que, chorreando vómito desde el pelo hasta las botas, respondían a las voces que, ansiosamente, les hacían preguntas desde la torre de control.

—Vamos tomando tierra sin novedad, torre, todo bien... Tuvimos un pequeño percance, nada grave. Manden camilla para el capitán Risco. Para nosotros preparen unas duchas...

El abominable coronel doctor Basilio Risco

Cuando Florencio volvió en sí, no quiso moverse porque sus últimos recuerdos eran tan violentos y confusos que no estaba seguro si estaba vivo.

Poco a poco, con los ojos, los oídos y el olfato, fue acumulando datos y no le fue difícil saber que estaba en la penumbra de un cuarto de hospital. Podía ver un haz amarillo de luz entrando débilmente por la puerta de la habitación, la cual no estaba del todo cerrada.

Oía afuera movimientos y voces que él imaginó como tránsitos de camas con ruedas y voces de médicos y enfermeras. El olor inconfundible a éteres, alcoholes y otros químicos usuales, le confirmaron, incuestionablemente, que estaba en el temido reino de los médicos, paramédicos, cirujanos y toda la fauna hipocrática a la que pertenecía su padre.

Un vago olor a materia fermentada también le reveló, con vergüenza, que la náusea incontenible y la explosión visceral que había sufrido antes de perder la conciencia, eran reales. Y palpables, ya que sintió entre los dedos los restos pegajosos de su vómito.

Recordó todo de repente y, aunque se sabía desnudo, intentó levantarse, apartando la sábana que lo cubría. En ese momento lo que le preocupaba era qué había pasado con su cámara fotográfica. Pero una hincada en el brazo y el desgarrón del esparadrapo, le hicieron tomar conciencia de que lo tenían enchufado a una botella que colgaba vertical a su lado, en su típico gancho metálico. Un suero, o «quién sabe qué mejunje», pensó.

En ese momento abrieron la puerta desde fuera y encendieron la luz.

–Estás vivo, ¡qué bueno! –dijo un hombre, ataviado como médico, que entró con fuerza en la habitación y que Florencio percibió como una invasión a su privacidad y su silencio. Detrás de él entraron otro médico y una enfermera.

Florencio miró a su padre y aunque por un momento instintivo intentó buscar en su cara la rendija de piedad o de ternura que desde niño tenía esperanzas de encontrar, casi instantáneamente renunció a esa búsqueda y una vez más se resignó a lo de siempre. El Coronel y doctor Basilio Risco lo miraba desde su estatura, que era poderosa y férrea a pesar de sus casi ochenta años, con la misma cara abotagada y burlona. Y le hablaba en alta voz, con insolencia, y con la misma sonrisa despectiva que sólo involucraba al labio superior.

–Acuéstate, Florencio, tienes puesto un suero. Estabas deshidratado cuando llegaste aquí, más seco que el culo de un camello.

Florencio no respondió. La enfermera trató de sonreír y se afanó en asegurarle otra vez la aguja por donde el suero lo irrigaba a través de la vena de su brazo. El otro médico, un hombre alto y joven de la raza negra, se quedó atrás, mirándolo muy serio, sin decir nada.

–Te saliste por todos los huecos, chico, como un colador. Algún día tenía que ser. Te lo dije, Florencito, que los burros son para andar por tierra, pegados al suelo. Pero tú querías volar, llegar más y más arriba. Para volar hay que tener alas y tú nunca las has tenido, mijo. Es igual que en el mar: marinero que se marea, se hunde y se vomita...

Florencio hacía lo posible por no dejarse afectar por lo que estaba oyendo. No quería responderle a su padre, porque, ante todo, no hubiera sabido qué decirle. Sólo le venían a la mente, como mazazos, insultos enormes, palabras desproporcionadas que nunca se había atrevido a decirle a su padre, y ni siquiera a pronunciarlas delante de

él. Por eso, trató de ignorar aquella diatriba que lo vejaba, y se dirigió al médico que estaba atrás.
—Doctor —le dijo—, ¿dónde está mi cámara?
El hombre le hizo señas con la mano de que estuviera tranquilo y le indicó que él iría a traerla.
—A tu cámara no le pasa nada —continuó el Dr. Basilio Risco, sin saber que su médico asistente había salido a buscarla—. Estaba cubierta de vómito, pero creo que ya la limpiaron. ¿Cuál es tu angustia con la cámara? ¿Sacaste fotos de algún OVNI allá arriba? ¿Qué carajo hacías en ese helicóptero?

Florencio masculló, mirando lo que la enfermera le estaba haciendo a su brazo, para no mirarlo a él:
—Estaba en una misión que me encargó el Comandante en Jefe.
—¿Qué? —dijo el padre— Ahora sí que la cagaste... ¿Y qué misión era esa?

Pero él permaneció callado y tomó la cámara que el médico joven le traía. Y para distraer la tensión que provocó aquella pregunta sin respuesta, comenzó a rebobinar el rollo de película, para sacarlo de la cámara cuanto antes.

—Una misión secreta —dijo por fin el doctor Basilio Risco, con una sorna aguda—. Te felicito.

Y dirigiéndose a su asistente, le ordenó:
—Repítele el suero cuando se agote, dale algún sedante y déjalo aquí hasta mañana al mediodía. Y entonces, veremos—. Y añadió, mirando de reojo a Florencio: —El agente secreto tiene que hacer reposo hasta que recupere por las tuberías todo el líquido que perdió... en forma de mierda.

Dio la vuelta y se dispuso a salir, diciendo que quería hacer algunas llamadas. Pero cuando ya estaba casi fuera de la habitación, se detuvo repentinamente y volvió a entrar, siempre con movimientos bruscos que hacían contraste con el ritmo mesurado que predominaba en el ambiente.

—Por cierto, Florencito —dijo, agarrando con sus dos manos las barras del extremo de la cama—, por aquí estuvo tu amiguita Violeta... que está más sabrosita que nunca, la cabrona india. Quería un permiso para visitar al loco de Adanel en el Sanatorio Modelo. Yo no entiendo qué quiere la muñequita con esa piltrafa. Un desperdicio... ¿Por qué no te haces cargo tú de esa hembrita en lugar de estar volando en helicópteros? No seas maricón...

–¿Le diste el permiso? –preguntó Florencio cuando ya su padre volvía a salir.

–Sí, se lo di –respondió desde el pasillo–. A ella yo no le negaría nada...

Y añadió en un tono burlón, casi inaudible: «...Si se porta bien».

La enfermera salió del cuarto pues la aguja estaba otra vez bien acoplada a la vena de Florencio y bien asegurada con esparadrapos y varias vueltas de una venda. Había hecho un trabajo perfecto, a prueba de despertares y sobresaltos. Una nueva botella de suero destilaba sus gotas rítmicamente. «Descanse, capitán», le dijo al salir. Y apagó la luz.

Florencio respiró muy hondo y trató de pensar. Apretó en su mano derecha el tubito metálico que protegía al rollo de fotografías. Se preguntó si el rollo estaría intacto. Y si era realmente el que correspondía a las fotos que él había tomado. Ahora no se sentía seguro de nada. Aunque sabía que estaba en un hospital militar, específicamente el hospital «Patricio Benguela», que dirigía su padre, tenía la sensación de estar retenido. Y quizás precisamente por eso, porque estaba en los predios del Dr. Basilio Risco. Si no fuera así, ¿por qué lo mantenían desnudo? Gracias a su buena salud general, con la única excepción de su *condición*, no era asiduo a la fauna médica y nunca había estado hospitalizado. Pero sabía muy bien que a los pacientes de cualquier hospital les proveen siempre ropa adecuada para estar en cama. Al menos en estos hospitales del ejército.

También se preguntaba por qué debería tomar un sedante. Y quedarse allí, acostado, narcotizado quizás, hasta el mediodía del día siguiente. «Y entonces, veremos...», como había dicho su padre. Y... ¿qué eran esas llamadas que aquel dijo que debía hacer? Se le ocurrió entonces que tal vez su padre intentaría averiguar qué estaba haciendo él en aquel helicóptero, tomando fotos... en una «misión secreta».

Sabía que su padre, por unos inexplicables y paradójicos celos, siempre había sido una barrera encubierta a sus avances en las Fuerzas Armadas Revolucionarias. Ni él, ni Adanel, ni su propia madre habían podido nunca entender este afán –bien disimulado gracias a sus muchos recursos de viejo conspirador– por oponerse y obstaculizar sus progresos y sus éxitos. Al principio él lo atribuía a una posible intención protectora de un tal vez oculto instinto paternal. Pero esa sospecha no sobrevivió después de los años de la adolescencia, cuando los últimos rescoldos de la inocencia se apagan y se enfrían. A partir de esos años, Florencio llegó a la conclusión que su padre lo envidiaba, de una forma enfermiza y obsesiva.

Adanel –siempre más confiado y más puro– le decía que eso era imposible. Que un hombre que había recorrido todos los caminos del clandestinaje, la rebeldía y la lucha guerrillera, tendría que sentirse orgulloso de que su hijo mayor abrazara la carrera militar dentro de la Revolución. Y especialmente si esta vocación había florecido en la niñez, cuando era un pionero y llevaba el pañuelo rojo al cuello, el paso de marcha y la consigna a flor de labios. «Tiene que haber otra razón», le decía. «Es posible que esté actuando así porque es un perfeccionista... Y quiere que tú seas igual: perfecto».

Pero él sabía que su amigo estaba equivocado. Ante todo, su padre no era un perfeccionista, y mucho menos, perfecto. Tratando de encontrar las razones de su consistente y a veces taimada oposición, Florencio había estado observando cuidadosamente a su padre en los últimos años. Si bien como médico no tenía graves reproches que hacerle –quizás porque no era su paciente– como persona había comenzado a despreciarlo. Padecía del mal que, más tarde o más temprano, atacaba a la mayoría de los fundadores de la Revolución, los llamados «históricos». Había olvidado los ideales básicos de aquella gesta. Había traicionado a muchos amigos con el fin de mantener su cuota de poder y de influencia. Se había ensoberbecido con cada fracaso de la Revolución y era imposible razonar con él a la hora de hacer balances o autocríticas. Y aunque nunca había ocupado altos cargos directivos en el Estado, su estatus de Coronel Médico adjunto al Estado Mayor le aseguraba una cercanía y un acceso a los primeros círculos del poder, que él defendía aún a costa de su dudoso honor. Además de todo esto, él sabía que durante aquellos cuarentipico años de Revolución, su padre había transitado, como tantos, casi todos los caminos de la corrupción que siempre tienta a los intocables de un sistema, en relación proporcional creciente a los años que acumulan en el poder.

«Si es un soberbio y está corrompido», le refutaba Adanel, siempre más idealista y apasionado, «entonces esta Revolución también lo está... En ese caso, tienes que denunciarlo y tú y yo tenemos que hacer algo». A esta lógica, Florencio oponía su punto de vista, más práctico, también idealista, pero menos apasionado: «Denunciar a esta categoría de «héroes» es inútil y al final te quemas y quedas fuera del juego. Lo que hay que hacer es ser nosotros mejores, ser intachables... Nuestra generación puede salvar a la Revolución. A eso estamos llamados. La Revolución nos ha formado para eso. Y para eso hemos invertido nuestras vidas desde que éramos niños...» Y concluía: «No, Adanel, mi padre me envidia y me humilla porque sabe que soy mejor que él. No voy a denunciarlo, pero en cambio, le demostraré precisamente eso que me envidia, que soy mejor que él».

La puerta de la habitación volvió a abrirse, y aunque esta vez no fue con violencia, interrumpió sus pensamientos.

Era el médico negro, que traía un par de tabletas azules, un vaso de agua y una bolsa plástica que colocó sobre la silla junto a la cama.

—Mi nombre es Amador, Amador Seibabo —dijo en voz baja—. Aquí en su mesita le dejo estos tranquilizantes, capitán. Tómeselos cuando quiera... Va a dormir muy bien.

Se acercó y lo asió por la muñeca para tomarle el pulso. Lo miró fijamente con unos ojos muy serenos y le dijo:

—Yo estaré de guardia esta noche. Si me necesita, dígale a la enfermera y yo vendré. No volveré esta noche si usted no me llama. En esta bolsa le dejo ropa, para que no pase frío, pero esto es entre usted y yo... También le dejo la billetera que estaba en el bolsillo trasero de sus pantalones. Su uniforme lo están lavando y se lo devolverán mañana, pero eso ya no depende de mí.

Florencio no supo qué decirle y se limitó a darle las gracias.

—Su pulso es normal —dijo el doctor Seibabo al salir—. Pero tenga cuidado.

Como estaba todavía bajo el efecto aplastante de la reciente visita de su padre, Florencio no reaccionó enseguida. Pero un par de minutos después, le asaltó la sospecha —y la esperanza— de que el hombre que acababa de salir de la habitación no estaba cumpliendo al pie de la letra las instrucciones de su padre. Y cuando estiró el brazo libre y palpó la bolsa que éste le había dejado sobre la silla, comprendió que su sospecha estaba justificada porque, además de ropa doblada, allí había un par de zapatos.

Sin detenerse a pensarlo, Florencio decidió salir del hospital. Primero, abrió la bolsa para ver si su contenido le permitiría salir a la calle vestido como una persona normal. Y supo que —mejor aún— lo haría vestido como un enfermero. Luego, procedió a librarse del suero, que ahora sentía como una atadura a la prisión de la cama. No le fue fácil, porque la enfermera había hecho su trabajo como una buena carcelera. Cuando logró zafarse la venda y acometió los esparadrapos, supo que a veces a los enfermos se les tortura, además de intentar curarlos. Parte de la piel de su brazo quedaría lampiña por un tiempo, después del jalón que le arrancó la mitad de sus vellos y un grito corto y ahogado.

Una vez vestido de enfermero, blanco hasta los zapatos —los cuales tuvo que rellenar con pedazos de la venda para que le ajustaran bien—, tomó una mesita rodante de un rincón de su cuarto, le colocó encima la jarra de agua y un par de vasijas que encontró en el baño, se guardó el rollo de fotos y su billetera y salió calladamente por la puerta. Había tomado la precaución, además, de esconder en su bolsillo las dos tabletas azules que le hubieran permitido dormir muy bien. Pensaba que de esta forma perjudicaría menos al doctor Seibabo, su improvisado y generoso cómplice.

El pasillo estaba en penumbra, lo cual no impedía que el piso brillara como un espejo en la oscuridad. Oyó rumores detrás de las puertas de algunas habitaciones y quejidos contenidos dentro de una de ellas. Una enfermera se cruzó con él pero iba tan distraída tratando de descifrar en la oscuridad lo que parecía una radiografía, que no pareció notar su presencia.

Tomó un pequeño ascensor de servicio antes de llegar a la estación donde seguramente estarían las enfermeras de guardia, y cuando la puerta se abrió pudo ver con alivio que estaba en una especie de estacionamiento de carros y ambulancias, el cual estaba abierto a la calle.

Cuando había caminado una media cuadra, siempre empujando su mesita rodante, miró hacia atrás y vio el edificio de diez pisos del hospital, lleno de ventanas, oscuras en su mayoría. Todo parecía estar en calma dentro del mismo, con excepción del letrero que lo identificaba en la fachada, el cual pestañeaba espasmódicamente gracias a alguna falla de su antiguo sistema de iluminación de luces de neón, azules y rojas.

Leyó el nombre del hospital y una vez más se preguntó qué tendría que ver el general angolés Patricio Benguela con los militares enfermos de la La Isla. Le dio un empujón final a la mesita calle abajo y se metió en la oscuridad de una calle de aquel barrio que, cuarenta años antes, fuera orgullo de la clase media. No alcanzó a oír el estrépito que causaron al caerse, la jarra, las vasijas metálicas y los frascos de medicinas que estaban sobre la mesita, cuando ésta en su descenso tropezó con un automóvil que estaba estacionado junto a la acera.

Pregunta, Florencio, pregunta

Cuando Florencio llegó frente al edificio de apartamentos donde vivía, en la urbanización de Miralamar, eran pasadas las doce de la noche. Sentía una sed desesperada que él atribuía a su deshidratación. Además, estaba exhausto y hambriento.

Se sabía en medio de la misma tormenta de recuerdos que había comenzado al pie de *la llaga*. Concebía la estancia de seis o siete horas en el hospital como un período similar al que otorga el ojo de un huracán. Durante ese *tempo* la naturaleza declara una tregua, el viento cesa, y se establece una calma soñolienta que permite un corto descanso, esperanzador, pero falso e irreal. Y ahora se enfrentaba nuevamente a las primeras ráfagas del segundo tiempo de aquel temporal de la memoria.

Una de las ráfagas le trajo unas palabras que Violeta le había dicho varios años atrás. «Si algún día tuvieras que moverte en nuestra Isla como cualquiera de nosotros, los ciudadanos de a pie, entenderías una de las razones por las que pienso que toda esta mierda de la Revolución se ha ido al carajo». Ahora estaba seguro queVioleta se había referido exactamente a lo que acababa él de experimentar para llegar, tarde en la noche, desde el hospital Patricio Benguela hasta su edificio, sin su automóvil, o el transporte especial que siempre estaba al alcance de su rango.

Tuvo que despertar al viejo *encargado* del edificio, quien hacía las veces de portero, director de mantenimiento y jefe del Comité de Defensa de la Revolución, para que le abriera la puerta. El doctor Seibabo le había rescatado su billetera y su cámara, pero no así sus llaves y otras pertenencias personales.

–Buenas noches, capitán Risco –le dijo éste, y lo saludó con un gesto que tenía algo de militar–. ¿Está usted bien? Lo veo un poco paliducho... O será ese traje de...

–Estoy bien, *Felito* –le respondió Florencio, y procuró desembarazarse lo antes posible del viejo conserje, al cual consideraba tramposo y enredador–, son cosas del oficio... Después que coma algo y me tome un par de cervezas todo estará bien.

Y cerró la puerta de su apartamento, dejando afuera al viejo, quien parecía a punto de reventar de dudas y suspicacias.

Se apoyó en el primer butacón que le salió al paso, y, todavía sin encender la luz, comenzó a desnudarse con la lentitud a que lo sometía su estado de agotamiento, hasta que finalmente se derrumbó sobre la alfombra. Como vivía solo, el apartamento tenía todas las puertas y ventanas cerradas, y todo el ámbito olía a aire estancado. Quiso levantarse para abrir las puertas del balcón que daba al mar desde el segundo piso. Pero en cambio se arrastró hasta el baño, se metió a oscuras en la bañera, tapó el desagüe y abrió a la vez la ducha y las dos llaves que estaban al nivel del borde.

Allí estuvo más de media hora tratando de rehidratarse por la boca, por cada poro de la piel y especialmente por las grietas de su mente. Allí mismo lo estremeció otra ráfaga de recuerdos y volvió al pasado...

* * *

Trataba de mantener el equilibrio en una hamaca de campaña mientras hacía el amor por segunda vez esa noche con una de sus discípulas en el arte de la guerra y en el de desarmar y volver a armar pistolas, fusiles y metralletas. Durante el día, él y su tropa internacionalista entrenaban a ésta y a muchos otros jóvenes en los oficios de la guerra revolucionaria. Y por las noches era costumbre que algunas muchachas y muchachos pagaran con sus cuerpos por los invaluables servicios recibidos durante la jornada.

De repente, apareció en la puerta de la barraca uno de aquellos combatientes, alto y oscuro como la noche y esperó allí, sin decir nada, a que Florencio reaccionara. Éste hizo una pausa en su faena, sacó las dos piernas a ambos lados de la hamaca para evitar que ésta se volteara, se sentó, y le preguntó qué quería, con un movimiento de la cabeza.

–Trajeron al capitán Palmares... Está herido.

Florencio se puso sus pantalones tan pronto como logró zafarse de la hamaca y corrió detrás del soldado.

Como a cincuenta metros, pobremente iluminado por faroles de kerosene, se hallaba el hospital de campaña, el cual era también sala de cirugía, dispensario y morgue. Allí, sobre un mesón de madera que servía como mesa de operaciones, habían acostado a Adanel, que parecía muerto y cuya cabeza casi flotaba en medio de un charco de sangre.

Florencio se acercó y su primer impulso fue el de abrazar a su amigo. Pero se contuvo. A cambio, miró a los ojos al médico del campamento, quien estaba atendiendo a Adanel y más bien parecía un brujo, a pesar de vestir pulcramente su uniforme de campaña.

–Él está vivo –dijo el hombre dulcemente–. No se preocupe, no es grave. Estas heridas en la cabeza sangran mucho, aunque no sean profundas.

El hombre le apretaba una gasa contra la frente para contener la sangre y se disponía a aplicarle unas hierbas que sacaba cuidadosamente con la otra mano de dentro de un frasco de ancha boca que había sido un envase de galletas.

–Coseré su herida lo mejor que pueda –añadió–. Cuando él regrese a casa le harán un trabajo más fino, usted sabe, algún injerto de piel...

Florencio se sentó en un taburete y oyó con resignación toda la explicación que le daban los hombres que, a lomo de mula, habían traído a su amigo desde el lugar de la batalla. Luego, sabría, de boca del propio Adanel, que ninguna de las versiones contradictorias que le contaban –gloriosas y heroicas algunas– tenía relación con lo que de verdad había sucedido. Los barrotes de una ventana, abierta en una pared que estaba levantada en medio de la nada, habían desviado la bala que sus propios discípulos de guerra habían disparado por error contra la cabeza de Adanel. Esta era la verdadera historia, absurda y patética, que ponía fin a la aventura internacionalista de su amigo.

Al día siguiente se decidió que Adanel debía regresar a La Isla de inmediato. Florencio acompañó al grupo que lo trasladó al anochecer, en una camilla arrastrada por una yegua, hasta el embarcadero desde donde lo llevarían por río hasta la ciudad y luego, por tierra, al aeropuerto más cercano. Desde allí lo transportarían en uno de los aviones que debía llegar al día siguiente desde La Isla con un nuevo cargamento de armas.

Mientras esperaban la llegada del rústico transporte fluvial, ocultos bajo el follaje de un recodo del río, pudieron hablar un rato, porque Adanel había salido de su coma transitorio. Yacía en la improvisada camilla rodante, estaba muy débil y tenía una venda que le cubría casi toda la cabeza.

–¿Se puede saber qué carajo hacías allí, de noche, asomado a una ventana que no miraba a ninguna parte, Adanel?

–Salí a caminar un rato, tenía que pensar, Florencio. Y llegué hasta esa especie de aldea de pesadillas. Entonces entré en una de aquellas... guaridas. Tenía muchas cosas que preguntar.

–¿Preguntar? ¿A quién se le ocurre ponerse a hacer preguntas, en medio de una guerra?

–Algo está mal en todo esto, hermano. Nadie te explica nada. No hay respuestas porque nadie pregunta. Hay que preguntar, Florencio... Debes preguntar.

–¿De qué estás hablando? ¿Qué preguntas hay que hacer?

–Todas. ¿Dónde estamos y por qué? ¿A quién matarán nuestras armas, en manos de estos muchachos que estamos entrenando? ¿Por qué deben morir ellos, tan jóvenes, sin haber tenido vida? ¿Quién está detrás de todo esto? ¿Por quién morimos? Esa es la pregunta más importante. ¿Quién? ¿Quién mueve las piezas de este tablero lleno de sangre? ¿Y para qué?

—La Revolución debe extenderse por toda la América, Adanel. Estos pueblos tienen derecho a defenderse del Imperio y compartir con nosotros nuestras conquistas. Y para eso tienen que morir, como murieron nuestros héroes.

—¿Nuestras conquistas..?

Un bote de madera apareció, filtrándose por entre los juncos y las clavellinas flotantes. Uno de los dos hombres que remaban les hizo señas para que subieran cuanto antes al herido. Explicaron que no usarían el pequeño motor fuera de borda para no hacer ruido, ya que había *contras* por todas partes. Harían el viaje a remo, pegados a la ribera del río, evitando en lo posible los espacios abiertos. Si remaban toda la noche, llegarían a lugar seguro al amanecer.

Florencio, junto con otros dos de los jóvenes combatientes, lo subieron al bote. Se abrazaron.

—Todo saldrá bien, Adanel. Nos veremos en La Isla. Dale un beso de mi parte a Violeta.

—Adiós, Florencio. Cuídate de las balas de la *contra*, y también de las nuestras. Y recuerda... haz preguntas... Pregunta todo lo que no sepas...

Lo vio desaparecer, enseguida, entre las sombras y los rumores del río. No muy lejos se oían disparos y tableteo de ametralladoras.

Aquí está comenzando la Tierra Nueva

Cuando el agua llevaba ya un rato rebasando los bordes de la bañera, Florencio se levantó y abrió la ventana del baño, que miraba también al mar. Cerró las llaves, aspiró el aire tibio y salado que invadió el espacio y salió, todavía a oscuras en dirección a la nevera.

Tomó una bandeja y colocó sobre ella la mitad de una flauta de pan y varios pedazos de queso amarillo que estaban dentro de la nevera. También sacó dos botellas de cerveza y las abrió. Añadió a la bandeja unos plátanos que estaban sobre la mesa de la cocina y abrió la puerta doble del balcón. El aire salado y el fragor del mar nocturno lo recibieron cuando salió a la terraza. Limpió con la toalla el polvo y el salitre acumulados sobre el vidrio de la mesita de hierro, colocó la bandeja sobre ella y se sentó a comer.

La primera cerveza se la bebió de una empinada. Luego acometió al pan a dentelladas y al queso, que encontró demasiado duro y algo agrio, pero delicioso, gracias al hambre. Miró hacia el mar porque oyó rumores de voces, acordes lejanos de guitarra y risas de mujer. Más allá de la luz que iluminaba la zona de arena delante de su edificio, vio a un grupo de jóvenes en la playa, alrededor de una hoguera. Por los acentos de la balada que uno de ellos cantaba, supo que eran turistas, posiblemente italianos. «Disfrutan de nuestras conquistas», pensó con ironía, recordando otra vez su conversación con Adanel, trece años atrás, y por un momento envidió a sus vecinos del décimo piso, el más alto de aquel antiguo pero cómodo, clásico condominio. Hubiera preferido sentirse aislado, lejos de toda voz y toda presencia humana, local o extranjera. Pero sabía que tales alturas no eran convenientes para él. Y decidió que su segundo piso tenía sus ventajas.

Se sentía mucho mejor ahora y sabía que unas horas de sueño terminarían de componerlo. Pero primero tenía que tomar decisiones, hacer un plan. Se levantaría temprano para llamar al Comandante en Jefe y pedirle una entrevista personal para ese mismo día. Preferia no poner nada por escrito en relación con la *llaga* de Río Hondo. Le presentaría un informe oral, ayudado por las fotografías... Pero ante todo debía revelar las fotos y sacar algunas copias. Esto podría pedírselo como un favor urgente a su amiga Livia, su novia de turno, la muchacha farmacéutica que sacaba fotos a los turistas en la playa, las revelaba corriendo en su casa, y regresaba para vendérselas. También tenía que localizar a Violeta y saber de Adanel. Era muy importante hablar con Adanel, mañana mismo... Es decir, hoy.

Recordó la siguiente vez que vio a Adanel, a su regreso de su misión internacional, la cual había durado casi un año...

* * *

Había ido a visitarlo a su casa, pero no estaba. Su padre, José, lo invitó a pasar y le dijo que Adanel regresaría pronto. «Salió a dar su paseo de la mañana», le dijo. «Él camina mucho en estos días. Visita a la gente y se ha propuesto conocer nuevos vecinos cada día. El médico le ha dicho que caminar le hace bien y que debe coger sol y distraerse». José le ofreció jugo de mango que él mismo acababa de preparar. Él hubiera preferido café pero el viejo se excusó: «Esta semana no llegó el café. Me dijeron que me darán ración doble cuando venga, pero tú sabes que eso no es así». En ese momento llegó Adanel y lo abrazó.

Si se lo hubiera encontrado en la calle no lo hubiera reconocido. Adanel no era el mismo.

Le habían realizado una operación de cirugía estética en la herida de la frente, con un injerto de su propia piel. Pero todavía no estaba bien del todo porque la herida no había sanado, sangraba a menudo, y por eso él mantenía una venda alrededor de la cabeza. No estaba usando el uniforme de las fuerzas armadas, el pelo le había crecido mucho, y el que escapaba por debajo de la venda ahora alternaba su antigua negrura con algunos mechones canosos.

Adanel le explicó que había salido del hospital un par de meses después de llegar herido de Centroamérica. Sus superiores le habían otorgado una licencia temporal mientras se curaba del todo, pero él debía presentarse al menos dos veces a la semana en el consultorio de un médico cuyo nombre no quiso decirle. «Especialista en cosas somáticas», fue toda la información que le dio.

Físicamente se veía mucho más delgado, aunque conservaba toda su lucidez intelectual. Sin embargo, lo notaba algo lento y ensimismado y con un brillo raro en sus ojos.

—¿Por qué no sana tu herida? —le preguntó Florencio.

Adanel no respondió, como si no hubiera oído la pregunta. «Vamos a caminar un poco», fue todo lo que dijo, y salieron a dar una vuelta por las calles del barrio. Caminaron durante horas y hablaron mucho. Recorrieron casi todos los escenarios de su niñez, abrieron sus memorias y rieron juntos. Se sentaron bajo el viejo *fico* que años atrás les sirviera de refugio y atalaya. Allí estaba, todavía en pie, más rugoso y retorcido, con menos ramas por culpa de la edad y las ventoleras del verano, pero aún airoso y con esa dignidad que a veces confieren los años.

Bacú había cambiado. Se veían más casas sobre la colina y algunos caminos asfaltados. Ahora no se veían las columnas de humo en el horizonte. Habían sido sustituidas por unos remolinos de auras tiñosas que nacían como embudos detrás de las colinas, y luego se abrían en el cielo azul y se fundían con las nubes.

«¿Qué llevas en esa mochila?», le había preguntado Florencio. «Parece mucho peso para tu espalda en estos momentos». Adanel le había hecho un inventario. «Llevo galletas, latas de sardinas, caramelos, las frutas que consigo... y libros». Le contó que cada día se internaba por los caminos de aquella región de sus fantasías infantiles y continuaba explorando y descubriendo, pero esta vez a las personas, que él llamaba sus «vecinos». Le habló de ellos, de sus necesidades y de la solidaridad que los unía entre sí. «Les llevo lo que tenga, hacemos intercambios, y les hago preguntas. Les pregunto con palabras, o con los ojos y con el silencio. Y ellos me cuentan sus cosas, a veces con palabras, otras veces con sus propias vidas. Me cuentan sus sueños, sus hambres, sus esperanzas y sus desesperanzas».

Entraron a *Bacú*. Se adentraron por un camino que ahora estaba asfaltado, pero pronto llegaron al área donde los matorrales parecían un muro impenetrable. Pero Adanel conocía nuevos caminos. Florencio buscó puntos de referencia, pero los fortines que ellos dos habían construido con piedras y ladrillos habían desaparecido, junto con los linderos y las demarcaciones. Sin embargo, no todo había cambiado. «¿Recuerdas el *Yagual*?», le preguntó Adanel. «Míralo, allá está, ese sitio no ha cambiado mucho. Claro, muchos niños han nacido y crecieron, y muchos se pusieron viejos y se murieron». Un poco más adelante encontraron el *Valle de los Perros*. «Los perros se murieron, o se los comieron», dijo riendo Adanel.

Desde allí comenzaba el suave ascenso hacia el antiguo barrio de los carboneros. Ya no había hogueras en los traspatios, porque estos estaban ocupados por otras casitas, las cuales se apretaban unas contra otras hasta el mismo borde de la colina.

Florencio miró hacia arriba, quizás esperando ver las hordas de chiquillos que bajarían a atacarlos con piedras, como los enanos endemoniados de sus recuerdos y pesadillas. Adanel intuyó lo que pensaba y le dijo: «No tengas miedo. No nos atacarán. Los enanos crecieron y se fueron de aquí. En estos tiempos, aquí sólo viven ancianos y gente pobre».

Subieron la colina y desde arriba miraron atrás, para ver el terreno que acababan de cruzar. Del otro lado se veía el viejo *fico*, que ahora lucía menos majestuoso. Florencio se sorprendió porque aquel espacio le parecía ahora mucho más pequeño, como si se hubiera encogido. Y dijo, con algo de tristeza: «Y esto era el paraíso, el *Bacú* de nuestras imaginaciones».

Adanel lo miró, sonrió y alzó las cejas. Habían llegado hasta los límites imaginarios de aquel país de la infancia. Le dijo: «*Bacú* fue nuestra utopía y fracasó. Nunca pudimos conquistar estas colinas, porque nos hicimos grandes y nos olvidamos de ellas. Pero aquí no hay enemigos. Ven conmigo y conoce a esta gente. *Bacú* terminó, pero aquí está comenzando la Tierra Nueva».

Guiado por su amigo, entraron en algunas de aquellas casitas, al borde de las colinas. Sus ocupantes y los vecinos recibían a Adanel con alegría, como si lo hubieran estado esperando, como si su visita fuera habitual y cotidiana. Pero cuando veían a Florencio, con su uniforme de las Fuerzas Armadas, se confundían y a veces reaccionaban con desconfianza y hasta con miedo. «No tengan miedo», les decía Adanel. «Este es el capitán Florencio Risco... Él es mi amigo, y también es amigo de ustedes».

En la mayoría de los casos, el alborozo inicial se congelaba y aquella gente ya no actuaba con espontaneidad. Unas pocas veces, Adanel había logrado restaurar la atmósfera original y entonces le cuchicheaban a éste al oído o se lo llevaban adentro para hablarle. «¿Qué nos traes hoy?», oyó Florencio que le preguntaban.

En las ocasiones en que se quedó solo o tuvo que esperar afuera, Florencio había visto con asombro que aquellas personas vivían sumidas en una pobreza que él sólo podría comparar con la de las aldeas que abundaban en la tierra extranjera de donde había regresado recientemente. Experimentó y olió la suciedad y la miseria que lo rodeaba, acosándolo. Percibió la desesperanza en las miradas de aquellas personas. Se sintió herido por el miedo que él y su uniforme despertaban entre ellos. Y se confundió mucho con todo esto. No entendía qué quiso decir Adanel con eso de que aquí estaba comenzando la «Tierra Nueva».

Adanel le había dicho que preguntara todo lo que quisiera saber. Él hubiera querido preguntar «¿Qué es esto, Adanel?... No entiendo. ¿De dónde sale esta gente?...¿Por qué me tienen miedo?» Pero no lo hizo. Adanel, sin embargo, intuyó la pregunta, lo miró largamente y le respondió: «Ven conmigo».

Salieron entonces a la calle, al otro lado de aquel barrio. Caminaron durante un largo rato por entre otras calles, callejones y atajos. Se perdieron entre edificios decrépitos, casas ruinosas, muros ennegrecidos por el moho. Miraron sin discreción dentro de las ventanas abiertas, los portales apuntalados, los zaguanes descascarados, y a través de pasillos húmedos que conducían a patios interiores poblados de niños que jugaban en el suelo. Vieron la vida interior de aquellas casas, con su aire estancado, con sus mujeres en bata, sus niños desnudos, sus ancianos en camiseta, sus altares al santo. Vieron gente en bicicleta que se cruzaban unos con otros y que parecían ir hacia todas partes, o hacia ninguna. Vieron colas interminables que se iniciaban en algún bodegón donde la gente se aglomeraba, discutía, negociaba, gritaba, con pequeñas libretas en la mano. Otras colas comenzaban delante de algún portón cerrado que tenía que abrirse en cualquier momento para comenzar a distribuir jabón, aceite, arroz. Vieron ancianas sentadas a la entrada de puertas centenarias, esperando. Vieron hombres con el torso desnudo, empapados en sudor, llevando algo sobre los hombros, una caja, un cilindro, un televisor antiguo, una llanta, un niño. En los segundos pisos vieron gente asomada a los balcones seniles, abanicándose, o mirando hacia abajo, como buscando algo. Desde los terceros pisos algunas mujeres miraban las nubes. Un niño escupió.

A Florencio le pareció estar presenciando una colmena humana, una ciudadela de un cuadro del siglo XIX, un ghetto del cine neorrealista italiano. Esta sensación se acrecentaba a cada paso porque la gente no los miraba al pasar. Era como si no los vieran. La vida tenía dentro de esta zona un ritmo propio, íntimo, ajeno a ellos.

En varias esquinas vieron turistas, tomando fotos y videos. Uno de estos fotógrafos, sin embargo, no parecía un aficionado. Usaba un trípode y un asistente lo ayudaba con una pantalla blanca que refractaba la luz y creaba un ambiente de postal viva. Florencio sintió algo parecido a la vergüenza. No entendió por qué estos turistas y este artista estaban tomando fotografías. Le recordó una ocasión, siendo muy niño, en que su padre lo llevó, junto a un grupo de estudiantes de medicina, a recorrer un pabellón de pacientes a los que se les mantenía desnudos porque tenían extrañas enfermedades de la piel. Aquello siempre le había parecido una monstruosa violación a la privacidad del dolor. Igual que ésta, ejecutada ahora por estos intrusos con cámaras.

De repente supo que él había sido fotografiado por los turistas y por el profesional. Él, con su bien planchado uniforme de las Fuerzas Armadas Revolucionarias, junto a su acompañante que tenía la cabeza vendada, y el fondo surrealista y exótico de este barrio emblemático de La Isla. «Esa foto podría ganar un concurso en el extranjero», dijo Adanel en voz baja, desplegando un negro sentido del humor que él no le conocía. «Seguramente la usarán en la portada de un libro de fotos sobre nuestra Isla».

La indignación invadió sin previo aviso el espacio que ocupaba la vergüenza y Florencio se detuvo y se volteó hacia el fotógrafo. Pero Adanel lo agarró por el brazo con una fuerza que él tampoco conocía y le dijo: «Déjalo. En este país hay libertad, ¿verdad?... Al menos, libertad turística». Y luego había añadido: «Además, ellos no prepararon el escenario. Sólo están fotografiando la realidad... Vámonos de aquí, Florencio».

Florencio se resignó al consejo de su amigo con un sentimiento de impotencia y se limitó a mirar con ira al fotógrafo. Éste no comprendió muy bien la índole de aquella mirada y aprovechó para tomarle otra foto.

«Ven... Esta calle nos sacará de este barrio», le dijo Adanel y lo haló por el brazo.

Salieron, en efecto, y comenzaron a atravesar una avenida ancha que en ese momento estaba invadida por una densa congestión rodante de gente montando en bicicleta. Hombres, mujeres, jóvenes, niños, negros, mulatos, blancos, parecían competir, no en velocidad, sino por su derecho a un espacio dentro de aquel enjambre en movimiento. Un autobús largo, de perfil escalonado, trataba de abrirse paso entre los ciclistas y a Florencio le recordó el bisturí de su padre abriendo la piel. «¡Paso al camello!», oyó decir a un hombre que se reía.

Cuando lograron llegar al otro lado de la avenida, vieron un paisaje diferente. Entraban ahora a un antiguo barrio que, treinta años atrás, había sido un modesto, pero elegante exponente urbanístico de residencias de clase media. Casas con portales flanqueados con lo que habían sido graciosas columnas. Rejas que fueron el orgullo de jardines ahora arruinados. Fachadas que, desafiando afeites, parches y letreros comerciales, todavía conservaban rasgos del *Art Déco* o del *Art Nouveau*. Balcones fracturados, ventanas condenadas por tablones claveteados. Polvo, orín, herrumbres y hongo, donde ayer lució el color o reinó el vidrio, el bronce o el mosaico.

Y su gente, armonizando en vestuario, catadura y gesto con la atmósfera y el escenario.

«Adanel, hola, te hice una mermelada... Entra», le dijo una señora mayor que estaba acodada en la baranda de su portal y parecía recién salida de un libro de Cirilo Villaverde. «¿Y cómo sigue tu herida?»

«Mejor, tía Mariana», le respondió él. «Le presento a mi amigo Florencio».

Entraron a la casa, y Adanel le explicó que Mariana era una poetisa de la generación de sus abuelos que se había negado a morir y era la única custodio de aquel mundo que ahora se abría ante sus ojos.

«Eres un soldado de la Revolución», dijo ella. «Entra para que veas todo lo que he podido salvar».

En contraste con la fachada frontal, que lucía descuidada y posiblemente no había recibido una mano de pintura en varias décadas, la casa era en su interior un museo vivo del pasado. Cuadros, vitrales de colores, libreros, mesitas de madera fina cubiertas con recato por tapetes de encaje y mantelitos de lino almidonado. Muebles de maderas preciosas, que exhibían sus vetas y sus nudos por entre los flecos, los ribetes y los oropeles de la talla. Vitrinas, jarrones, pequeñas alfombras ovaladas, flotando sobre el brillo del piso de cerámicas, convertidas en espejos por virtud de trapeos y pulituras infinitas. Fotografías de cuatro o más generaciones, amparadas dentro de marcos de todos los tamaños, metales, nácares y vidrios. Lámparas arañas, candelabros de cristal, chorreando lágrimas transparentes y multicolores. Y aquel olor de lo antiguo, que es inmortal, porque ha sido consagrado por el tiempo y el amor.

«Todos se fueron», dijo la anciana poetisa. «Los mayores se fueron de la vida, pero los más jóvenes se escaparon de La Isla. Yo no me voy. Todo esto es de mis padres y de mis hijos, y es mío. Aquellos son mis libros, algunos de ellos están hechos con mis palabras. Ese piano era de mi esposo y nadie puede tocarlo sin mi permiso. Este espacio dentro de mi casa es libre y es nuestro. Lo creamos con trabajo y con amor y por eso, Dios nos lo prestó. Ese patiecito también. Esa mata de guayaba la sembró mi madre cuando yo nací...»

Los guió hasta el comedor y les ofreció mermelada, en los platos que su abuelo le trajo a su mamá de Barcelona.

«Nunca comerás una mermelada de guayaba como ésta», le dijo a Florencio cuando le ofreció el pequeño y primoroso plato.

Adanel lo miró con una mirada que era una sugerencia. Pero Florencio no se atrevió a hacer preguntas. No las hizo en el barrio de la colina, desde donde veía el viejo *fico* de su niñez. Tampoco quiso preguntar cuando recorrieron la ciudadela-colmena, miraron dentro de las ventanas y pasaron por entre las colas interminables. Y ahora, mientras disfrutaba en pequeñas porciones de este manjar pulposo y dulce, pensó que era mejor permanecer callado. Sus dedos manejaban –casi acariciaban con devoción– la cucharilla de plata. Masticaba lentamente, mirando la mermelada, roja dentro de la vasija de cristal que tenía grabado con buril las iniciales de la dueña de la casa.

Entonces se dio cuenta que la anciana lo estaba mirando. Lo miraba con sus ojos risueños, desde la dignidad pálida de su todavía hermosa cara. Aún quedaba en aquellos ojos un destello afilado de inteligencia, que a él le pareció inquietante. Le mantuvo la mirada, no con altivez, sino con curiosidad. Hasta que comprendió que era ella, con sus ojos, quien le estaba preguntando. Le hacía una cadena, una catarata de preguntas.

Florencio bajó los ojos.

En ese momento tomó una decisión, en la que había perseverado hasta ahora, cuando recordaba todas estas cosas. No haría preguntas. La verdad es que no sabía muy bien por dónde empezar. Tenía que pensar... Tampoco respondería preguntas. No tenía respuestas. «Tengo que pensar en todo esto», se prometió.

Al atardecer llegaron al mar, por donde el grueso muro separa la calle de los arrecifes oscuros de coral y las olas fragorosas. Lo intuyeron unas cuadras antes porque la brisa marina circulaba por allí como un río. También lo supieron porque vieron que dentro de las sombras de la hora, junto a las paredes descascaradas por la sal, se movían hombres y mujeres que llevaban a rastras, o sobre sus cabezas, o sosteniéndolas entre varios, viejas llantas de automóviles, balsas hechas de tablones cosidos con alambre, bastidores, botellas de agua, sacos de yute con latas y otras cosas. Todos iban en la misma dirección que ellos, hacia el mar. Algunos se asustaron al ver a Florencio. Otros se reían y le preguntaban si quería irse con ellos.

Cuando regresaron a casa de Adanel, lo hicieron también a pie, pero por otros caminos. No atravesaron el barrio al borde la colina, ni la tierra de *Bacú*. Por eso el regreso les tomó más de una hora.

A mitad de camino, Adanel le dijo: «¿Quieres que hablemos?» Pero Florencio le dijo: «No... No es el momento ahora. Tengo que pensar en todo esto». Por eso no se dijeron nada el resto del camino. Adanel parecía sumido en una especie de reflexión. Y él estaba resuelto a no romper su silencio.

Eran ya más de las nueve de la noche cuando se despidieron, frente a la puerta de Adanel. A pesar de la oscuridad, Florencio notó que había sangre en la venda que su amigo tenía sobre la frente. Y le dijo:

«Cuídate esa herida, está sangrando. Espero que te cures pronto y regreses al servicio. Entonces hablaremos... Tú sabes, de todo esto...»

Adanel le respondió: «Ya sé que estoy sangrando. Y también sé que no quieres hablar ahora. Pero entonces, piensa, Florencio. No teníamos el tiempo para ver y también es posible que no quisimos ver. Estábamos muy ocupados con nuestras carreras, nuestras teorías y nuestras misiones internacionales. Estábamos muy entretenidos previendo invasiones del Imperio, aceptando los manuales sin preguntar y desarmando y armando pistolas y fusiles. Y mientras, ha estado pasando *esto* en nuestra Isla. Ésta es la verdad... siempre lo fue».

Él le dio la espalda y comenzó a caminar. Lo último que oyó fue la voz de Adanel que le decía: «Piensa, Florencio... piensa». Luego oyó cuando cerró la puerta.

No volvió a ver a Adanel.

Y comenzó a sentir una emoción parecida a la náusea

Desde la terraza de su segundo piso, Florencio vio relámpagos en el horizonte. Recordó algunas frases sueltas que alcanzó a oír por la radio del helicóptero, después que el copiloto le advirtiera sobre el mal tiempo que se avecinaba. Una onda tropical andaba rondando sobre las Bahamas y posiblemente tendrían aguaceros al amanecer.

Ahora no se escuchaba nada que no fuera el bramido cercano del mar y los truenos remotos. Los muchachos italianos ya no estaban cantando y comprobó con sorpresa que se habían retirado, sin que él lo notara.

Decidió entrar y dejar allí la bandeja con los restos de su torpe cena de media noche. Cerró la puerta doble de la terraza y se metió dentro de una bata de felpa, porque había comenzado a sentir un fresco algo molesto. En ese momento sonó su teléfono. Eran las dos y cuatro minutos de la madrugada.

Cuando tomó el auricular, le pidieron que esperara porque el Comandante en Jefe quería hablarle. Maldijo mentalmente a la voz que le llegaba por el teléfono y también se maldijo a sí mismo por este descuido. Él hubiera preferido ser quien llamara al Comandante. Conocía bien sus hábitos: sabía que para éste la madrugada era parte de su horario de trabajo y sabía también que le gustaba que le reportaran inmediatamente sobre cualquier misión que él encomendara, aunque pareciera una extravagancia o un capricho menor. Y esta misión no era ninguna de las dos cosas.

Cuando, después de una espera de diez minutos, oyó la cascada voz, también maldijo a su padre.

–Ajá, estás ahí. Florencio, chico, estaba preocupado por ti. Tu papá me contó lo de tu percance en el helicóptero. Te andan buscando por todo el hospital... ¿Qué pasó con el asunto ese de Río Hondo? ¿Por qué no vienes y me cuentas?

Florencio se disculpó y le echó la culpa de su vomitera a unas ostras que había comido en Cojímar el día anterior. También logró ganar unas horas porque convenció al Comandante de que era muy conveniente que él viera las fotos y así tendría un cuadro completo del fenómeno.

Le prometió que al final de la mañana le reportaría todo con un informe testimonial oral de primera mano y una secuencia de fotografías en colores que ilustraban en detalle la razón de los rumores sobre *la llaga* de Río Hondo. Para ayudarse en su afán de ganar tiempo, le mintió:

–No se preocupe, creo que todo tiene una explicación.

Cuando colgó el teléfono respiró hondo. Pero también tomó conciencia de que tendría que ir buscando argumentos en apoyo de esta última afirmación. «Tengo hasta las doce del día para encontrar... o inventar una explicación», se dijo. Y sintió una opresión en el pecho que lo obligó a respirar hondo otra vez.

Florencio experimentó una vez más una angustia que no sentía desde niño y no supo qué hacer con las cinco horas que faltaban para el amanecer. Trató de dormir un poco porque sabía que, al menos en su caso, el sueño le era necesario para pensar bien y para actuar con serenidad y con cordura. Se echó bocarriba en su cama y trató de no pensar aunque fuera por unos minutos, los suficientes para invitar al sueño. Él sabía relajarse. Esa era una de las técnicas que había aprendido en la escuela de oficiales. Conocía esa y muchas otras argucias y tretas para vencer la ansiedad y el estrés. Había sido un buen cadete, un buen soldado, disciplinado, obediente, atento, siempre listo, siempre en la primera fila, en el primer puesto, junto con Adanel, su *hermano de sangre*.

Ahora lo oía otra vez, cuando él le dio la espalda, frente a la puerta de su casa, aquel día de las revelaciones. «Piensa, Florencio... piensa».

Aunque no lo había vuelto a ver, en los meses que siguieron supo de él a través de muchas personas. Sabía que Adanel había sido arrestado y confinado a un sanatorio para enfermos mentales. Sus superiores en el ejército le hablaban despectivamente de su amigo, de la supuesta enfermedad mental que sufría y de su histeria sangrante. Violeta vino a verlo muchas veces y le contaba, horrorizada, lo que le decían. José, el padre de Adanel, acudió a él varias veces, tantas que al final ya él se negaba a recibirlo, inventando cualquier excusa. Su propio padre, que a petición del Comandante en Jefe, se ocupaba personalmente de supervisar los distintos tratamientos que ensayaban con Adanel, le había detallado, en una mezcla de curiosidad científica y desprecio, lo que pensaba sobre su amigo y sus males.

Se propuso visitarlo, pero las dos veces que lo intentó le dijeron que los médicos habían dado órdenes de mantenerlo aislado por un tiempo y que esto era necesario para su recuperación. No quiso tener que rogarle a su padre que le permitiera verlo y, además, éste le juró que no había motivo para preocuparse y que lo mejor para su amigo era dejarlo en paz por un tiempo y no interrumpir el tratamiento con visitas que pudieran perturbarlo. Y le prometió que en un par de meses, él mismo lo llevaría a verlo.

Entonces llegó súbitamente aquella etapa en que empezó a viajar con la comitiva que acompañaba al Comandante en Jefe a todas partes. A México, a Irak, a Venezuela, a Libia. Se fueron los meses y los años y dejó de pensar y recordar. Se olvidó de todo. De Adanel, de Violeta, de las preguntas de Adanel. Ya no encontró nunca el tiempo para pensar en muchas cosas que había comenzado a ver desde aquel día en que regresaron juntos a *Bacú*. Las distancias, las urgencias de sus nuevas responsabilidades y los nuevos escenarios exóticos y a veces teatrales que éstas suponían, lo transportaron a otro mundo y otro tiempo, con el consentimiento cómplice de su conciencia.

Se sorprendió ahora al comprobar que habían pasado muchos años. Más de diez años desde su regreso de Centroamérica, de la visita a Adanel, el regreso a *Bacú* y el descubrimiento de los barrios adyacentes y la insospechada realidad que estos encerraban. El tiempo se había fugado como el aire, el agua o las palabras. Quizás ahora sí había llegado el momento impostergable de comenzar a pensar. De atar cabos, de trenzar respuestas y tomar conciencia plena de una realidad que él sentía agolpándose en su cabeza y en la zona que existe entre la garganta y el estómago. Aunque, también quizás, era demasiado tarde.

Pero, aunque así fuera, lo vivido en estas últimas horas lo había afectado mucho más de lo que él hubiese querido. No tenía salida, no había regreso. Experimentaba ahora algo similar a la sensación de que le arrancaran el chaleco antibalas. Sentía que todas sus defensas se desintegraban, como si su ropa y su propia piel lo abandonaran.

Y comenzó a sentir, por primera vez en su vida una emoción parecida a la náusea. No la náusea física que le borboteaba en la tráquea y la boca del estómago cuando lo atacaba su *condición,* su mal de alturas, sino otra muy distinta que quizás no podía definir ni siquiera como náusea. Era algo más cercano a un asco intelectual, a una repugnancia psíquica hacia algo aún no determinado. Sin embargo, supo que le venía muy bien estar a oscuras. Hubiera querido disparar su pistola contra el reflector que iluminaba la zona de arena frente a su edificio y que creaba una débil penumbra en su habitación. Hubiera preferido la oscuridad total, la ceguera. Deseó que no amaneciera nunca. Y sobre todo deseó, desesperadamente, dormir, hundirse en un sueño profundo y hermético. Esa era la única medicina que necesitaba ahora.

Pero el sueño no se le daba. Desengavetaba mentalmente todos sus recursos somníferos, tan eficaces en otros tiempos. Pero no parecían dar resultado. Y él no acostumbraba a tomar píldoras sedantes, ni relajantes.

Sólo quedaba un recurso. Vergonzoso para alguien perfeccionista y disciplinado como él, pero también eficaz. Se tomaría un vaso de whisky.

Buscó en la oscuridad la botella que Livia, su amiga farmacéutica, le había traído una noche, haciéndole prometer que sólo la abriría para beber con ella. La encontró fácilmente, dentro del closet de espejos, que era también bar y estantería de platos y vasos. Y rompió la promesa. Se bebió medio vaso de whisky, en seco, sin hielo ni agua, como si fuera una medicina. El rasponazo del alcohol en el gaznate lo obligó a toser aparatosamente y mojó y nubló el espejo con los fogonazos de su saliva y su aliento. Se vio reflejado, en la semipenumbra, en bata de baño y pantuflas, con esa nube en el espejo tapándole la cara. No esperó a que el espejo se aclarara. No quería mirarse a los ojos.

Se fue a su cuarto y se sentó en la cama. Sintió la irrupción del alcohol en su cerebro y en todo su cuerpo, como el choque amable de una ola cálida. Ajustó el reloj despertador para que sonara a las seis y treinta de la mañana. También fijó esa hora en el despertador de su reloj de pulsera digital, por si acaso. Tomó otro trago de whisky, esta vez directamente de la botella, y se recostó, a esperar que el sueño llegara, detrás de la tibia relajación que comenzaba a sentir. No bebía en serio desde hacía varios meses. Normalmente, no le gustaba beber porque prefería la sensación de tener alerta todos los sentidos. Y nunca bebía estando solo porque en eso no se tenía mucha confianza. La última vez que había bebido solo, varios años atrás, los sentimientos se le habían alborotado y había comenzado a llorar. Para detener aquello, había terminado bebiéndose una botella de ron casi entera, hasta perder el conocimiento. Pero ahora no podía darse ese lujo.

Se tomó otro trago, también a pico de botella, prometiéndose que sería el último. Para cumplir con su promesa, se permitió, sin embargo, que ese último sorbo fuera más largo, mucho más.

Colocó en el suelo la botella, que ya iba por la mitad, y dejó el brazo colgando, junto al borde la cama. Sintió que ese brazo pesaba ahora más que antes. Miró al techo y vio el reflejo de las explosiones de los relámpagos lejanos. Se tapó la cara con el otro brazo, que también sintió lentamente pesado. Con esa mano se apretó los ojos y sintió unas ganas incontrolables de presionarlos, de hundirlos en sus cuencas. Y entonces comenzó a llorar, con violentos espasmos, pero en silencio.

De repente, logró identificar la nueva emoción que había confundido con una náusea existencial. Y descubrió que el asco era hacia sí mismo. Y aceptó que era un cobarde. Se volteó bocabajo, clavó su cabeza en la almohada, se aferró a ella como a un regazo y deseó no despertarse nunca.

SUCESOS PARALELOS (DOS)

–Sí, teniente Peñuela, el comando del cerco de Río Hondo se volvió a comunicar hoy con nosotros. Han detectado otro grupo de lugareños por los alrededores, usted sabe, guajiros, niños y algunas mujeres.

El teniente Romualdo Peñuela, asistente y confidente eficaz del jefe máximo de la Seguridad del Estado, sostenía el teléfono entre la barbilla y el hombro derecho, mientras movía varios expedientes que tenían adosadas fotografías tamaño pasaporte de hombres que, por sus cabezas rapadas, debían ser prisioneros. Estaba tratando de hacer dos cosas a la vez y la montaña de carpetas que se levantaba sobre su escritorio amenazaba con derrumbarse.

–Un momento –dijo, y se puso de pie, abandonando la tarea de escritorio para dedicar toda su atención a lo que le decía por teléfono este oficial de la oficina central de comunicaciones–. Esto es importante, el jefe está muy pendiente de lo que pasa en Río Hondo... Dame detalles.

El oficial de información le leyó el informe que acababa de recibir por radio desde Río Hondo, el cual también había llegado simultá-

neamente en forma de E-mail. Se reportaba con todo detalle la incursión del grupo de doce personas que había llegado hasta el pie del mogote y el escalamiento que diez de ellos habían efectuado para observar desde la cima, por más de una hora, la llamada «llaga de Río Hondo».

Unos minutos después, el teniente Peñuela se presentaba personalmente ante su jefe, quien como máxima autoridad del Departamento de Seguridad del Estado, reportaba directamente al Comandante en Jefe y Máximo Líder de la Revolución.

—Comandante —dijo Peñuela, saludando con informalidad familiar a su jefe, y tomando asiento ante su sólido y vasto escritorio—, tengo lo último del cerco de Río Hondo... Aquello se sigue complicando.

Y le contó con lujo de detalles sobre el informe recién recibido, además de dejarle una copia. A continuación, ambos hombres intercambiaron ideas durante un rato y coincidieron en varias conclusiones. Las alternativas eran dos. La primera era impedir el acceso a la zona, pero ahora con toda severidad, lo cual suponía rechazo por la fuerza a todos los intrusos, arrestos y prisión para los desobedientes, y otros extremos si era necesario. La otra alternativa era no darle importancia al asunto de «la llaga», hacerse la vista gorda y dejar que el rumor se desinflara por sí solo. Esta última tenía la ventaja de que evitaba enfrentamientos y violencia, especialmente en relación con un tema que era fuente de supersticiones, rumores esotéricos y pasiones religiosas. Y, por lo tanto, un asunto candente y peligroso.

—Coño, Peñuela —dijo el alto oficial, mientras aplastaba en un cenicero en forma de mortero de machacar especies lo que quedaba de un grueso habano—. Imagínate... Aquí ya no se trata sólo de aquello que dijo Sancho Panza de que «con la Iglesia hemos topado». Aquí hemos topado con algo que puede alborotar a todos los brujos, los babalaos, los adivinos y a toda la nación religiosa y santera de La Isla.

El que hablaba era un hombre rechoncho y de brazos y manos muy peludas que daba una impresión de rudeza y de gozar de una gran fuerza física. Su torso, así como su vientre, eran enormes. Sin embargo, aunque éste último había sido cultivado a base de mantecas, arroces y granos, no era fofo ni ondulante, sino sólido y uniforme, como un cilindro de hormigón. Pero, por sobre todo, este individuo era un experto en sistemas de inteligencia, además de culto, cruel y leal a toda prueba. Por todo eso y otras razones, era uno de los hombres de confianza favoritos del Comandante en Jefe.

—Lo mejor sería —continuó— tirar a mierda este asunto, tapar la maldita grieta con cemento y piedras y dejar que las cosas se olviden. Claro que hay un problema... O mejor, dos. Tenemos que averiguar cuál es la verdadera naturaleza de esta zanja, o cráter, o lo que sea. ¿Cómo van las pruebas que estaban haciendo los de biotecnología y los muchachos del laboratorio agrícola?

—Todavía no sabemos nada —respondió el otro—. Me dicen que están trabajando día y noche en el asunto. Entre usted y yo, creo que andan un poco perdidos... Y, por cierto, comandante, ¿cuál es el segundo problema?

El hombre se echó hacia atrás, tomó otro habano de su humedecedor de mesa, que era una caja de madera fina labrada a mano por artesanos de Vueltabajo, y sonrió antes de responder a la pregunta de su asistente.

—Pues que el Comandante en Jefe está personalmente interesado en este fenómeno, Peñuela. Me dijo que le había pedido al hijo de Basilio Risco que fuera a Río Hondo y le trajera información de primera mano lo antes posible. Entiendo que hoy este muchacho le va a contar lo que vio y le va a enseñar unas fotos.

Romualdo Peñuela subió las cejas, abrió la boca, y sólo dijo:
—Ah, carajo.
—Sí —dijo el otro mientras prendía el nuevo habano, un «Bolívar» de gran calibre—. Yo quería tener listo el expediente completo sobre esta cosa, antes de que otro metiera sus narices. Pero parece que el asuntico se nos está yendo de las manos... Y tú sabes mejor que nadie lo que ha pasado con las fotos que ya le hemos tomado a la jodida grieta...

—Y entonces, ¿qué hacemos? —preguntó Peñuela.
—Pues esperar la llamada del Comandante después que Florencio Risco vaya a verlo hoy, ¿qué más?

Soltó una bocanada blanca y fragante y miró, recreándose en éste, el porte glorioso y la factura perfecta del habano. Entonces recapacitó y dijo:

—Lo que sí podemos hacer, pero ahora mismo, es reforzar el cerco allá en Río Hondo y apretar la cosa... Tú sabes, no permitir de verdad que nadie se acerque. Pero con disimulo, Peñuela, que por ahora no haya heridos, ¿eh?

CAPÍTULO III

LOS ESTIGMAS

¿Cuándo comenzó todo esto?

«¿Qué haremos, Adanel... qué pasará contigo?», había preguntado Violeta, en la celda, cuando él despertó por fin, después de haber dormido por una hora, hundido en un sueño que por momentos se parecía a la muerte. Ella sabía que pronto le ordenarían que se fuera, que la visita había terminado. Y entonces tal vez no volvería a verlo.

«¿Qué es esto? ¿Qué tienes..? ¿Cuándo comenzó todo esto?», había preguntado también, al mirar las palmas de las manos llagadas de Adanel. La pregunta estaba llena de piedad, por sí misma y por él. Él aspiraba su aroma vegetal y la miraba a los ojos, y ahora su cara traslucía toda su paz interior. Sus manos descansaban sobre las de ella, con sus palmas expuestas, desplegadas, abiertas como las páginas de un libro. Ella las miraba con una mezcla inevitable de curiosidad, respeto y dolor.

—Tú lo sabes, Violeta —le respondió Adanel—. Tú sabes cuándo comenzó todo. Y pronto, también, lo entenderás todo.

Las pupilas de Violeta eran dos círculos anchurosos, como dos ventanas redondas y abiertas. Y la escasa luz de la pequeña celda era suficiente para que ella viera las formas, los relieves, las profundidades concentradas del breve espacio, y hasta los pliegues y las líneas de las manos de Adanel. Todo lo veía en tonos sepias, como en los claroscuros de las fotografías antiguas. Sin embargo, la llaga que se abría en el centro de cada una de las dos palmas de las manos de Adanel podía verlas en rojo, en un rojo vivo, como de vitral iluminado.

Miró las llagas, tocó sus bordes con ternura, sintió la tibia humedad de la sangre palpitante, pero ahora contenida, y no pudo evitar recordar cómo comenzó todo...

* * *

Algo más de trece años antes, Violeta no había podido entender por qué Adanel no había intentado comunicarse con ella a su regreso de Centroamérica. Por Florencio sabía que él estaba de regreso, herido, aunque no de gravedad. «Una bala le hirió la frente», le había dicho Florencio. «Le abrió un surco y le astilló el hueso, pero no es grave... Con cirugía plástica y paciencia, estará visible en un par de semanas».

Pero José y Caridad, los padres de Adanel, estaban preocupados. El doctor Risco, padre de Florencio y director del hospital, les había dicho que su hijo no podía recibir visitas. Luego los había tranquilizado: «En unos días se los devolveré nuevecito, mis viejos, no se preocupen», les había dicho tratando de ser cálido.

Cuando ella fue al hospital, estaba resuelta a llegar hasta él, así tuviera que usar estratégicamente sus artes y sus gracias. Basilio Risco la recibió de inmediato, extremó sus libidinosas atenciones, bojeó con avidez visual su voluptuoso mapa anatómico, jugó temblorosamente con cercanías y furtivos contactos de piel, pero al final le dijo: «No te puedo dejar pasar, mi muñeca de miel, es por su bien... Pero, siéntate, nos tomamos un café y hablamos un poquito». Entonces le dijo que Adanel había sido sometido a una operación con trasplantes de piel y que estaba aislado, en una especie de burbuja aséptica para evitar cualquier riesgo de infección. Y que pronto estaría disponible para ella, sano y bello como antes del estúpido balazo. Cuando comprendió que no podría verlo, ella decidió salir de allí lo antes posible, pues aquella situación le resultaba asfixiante. Se sentía, además, muy inquieta y adivinaba que algo extraño estaba pasando, pues no lograba hallar una explicación razonable al aislamiento hermético en que habían sumido a Adanel. Su intriga se acrecentó cuando, ya saliendo del hospital, de espaldas al siempre ubicuo y pegajoso doctor Risco, éste le dijo: «Cuando te lo devolvamos tendrás que hacer un buen trabajo para que tu novio regrese a la tierra. Anda como en las nubes, parece un zombi».

Durante los siguientes días, ella buscó otros medios e intentó varios recursos para verlo, algunos de ellos desesperados, pero siempre tropezó con la muralla que el doctor Risco parecía haber levantado en torno a Adanel.

Por fin, una mañana, dos meses después, José le envió una nota diciéndole que su hijo había salido del hospital y estaba en casa. Cuando leyó el mensaje, escrito a mano sobre una hoja de cuaderno escolar, ella estaba en medio de un ensayo de la obra que estrenarían muy pronto en el teatro García Lorca. Jadeante y sudando por el fuego de la danza, aprovechó una pausa para desertar del escenario y sólo atinó a echarse por encima una capa antes de salir a la calle, corriendo, calzada todavía con sus zapatillas de ballet.

Encontró a Adanel sentado al pie del *fico* centenario, mirando hacia el vallecito donde verdeaban los terrenos baldíos de su niñez. La columna de auras tiñosas se elevaba en un embudo centrífugo desde las colinas opuestas y parecía una copa oscura que se desintegrara perpetuamente. Él no la sintió llegar porque sus pies apenas sonaban sobre las piedras. Ella lo abrazó por detrás, con tal delicadeza que él no se sobresaltó, sino que le pareció lo más natural, como si la estuviera esperando, y enseguida comprendió que Violeta lo había hallado.

Cuando se volteó, se encontró con la cara de ella, a la distancia de un beso. Se besaron en silencio y luego se miraron largamente. Ella tocó con cuidado la venda que le cubría la frente y circuló con el dedo índice, como en halo, sin tocarla, el ojo de sangre fresca y lustrosa que la atravesaba. Sin que ella hubiera preguntado nada, él le dijo:

—No te avisé de mi regreso. No estaba listo para verte.

—¿Qué tienes? —dijo ella—. Soy yo... Si eres tú, nada tienes que alistar.

—No soy yo todavía, Violeta. De eso se trata.

Violeta comprobó que, en efecto, aquel hombre no era el mismo Adanel a quien le había dicho adiós una madrugada de amor a la salida de su pequeña casa de la Zona Vieja de la Capital, unas horas antes de su partida hacia su aventura internacionalista. Era, aunque más pálido y delgado, su cuerpo. Eran sus ojos, profundos como siempre, aunque más sumidos. Eran sus manos y su boca. Pero, con todo, no era el mismo.

—¿Qué te hizo esa bala? —le dijo—. ¿Te cambió el alma?

—No lo sé todavía —le respondió.

Ella lo ayudó a levantarse y caminaron juntos por varias horas. Hablaron de todo lo que tienen que hablar dos amantes que se encuentran después de muchos meses de ausencia. Ella le contó sobre sus nuevos proyectos y sus nuevas esperanzas. Sería una de las trece doncellas del ballet «El Pájaro de Fuego», de Stravinsky, que se estrenaría pronto en la Capital. Practicaba y ensayaba cada día, desde muy temprano. Se ejercitaba hasta el agotamiento. Meditaba y estudiaba. Y aprendía música para que le fuera más fácil poder volar en el escenario. Estaba más bella, más firme, más curtida. En esos meses se había hecho más mujer, aunque no era menos niña. Estaba realizándose, pero le faltaba él.

Él le habló sobre su corta, pero frustrante experiencia en Centroamérica. Le narró con mucho detalle el episodio vivido en aquella aldea apocalíptica, donde el absurdo de la guerra se le presentó en la carne de la mujer aquella, con el niño hambriento chupando de sus dedos. Y concluyó con el relato de la patética escaramuza en la cual fue herido por una bala disparada por sus propios discípulos.

Después de esto, él no siguió hablando. Estaba llegando la noche pero no quiso irse con ella a la mágica habitación de sus amores. Aquella donde el espejo soñado por Gaudí les había devuelto las imágenes más hermosas de sus vidas. En cambio, le dijo: «Acompáñame a casa... Ahora debo estar solo».

Cuando llegaron a la casa, José los esperaba en el portalito, con la puerta abierta. Ella lo abrazó, como hubiera hecho con su padre, a quien nunca conoció. Luego besó en la mejilla a Adanel y le dijo, en una voz muy baja que él no alcanzó a escuchar: «Estoy contigo para siempre, no importa lo que pase». Y lo miró en silencio esperando una respuesta.

—Creo que por ahora –dijo Adanel– no debemos vernos más... Perdóname.

Y entonces él soltó su mano y entró en la casa sin mirar atrás. Ella se dio cuenta que él había comenzado a sangrar tras la venda de la frente, porque un hilo rojo bajaba hasta una de sus cejas. También le pareció ver que lloraba. José se despidió y también entró a la casa.

No lo volvió a ver.

Lo buscaba en su casa, trataba de seguirlo cuando él salía para reportarse semanalmente al médico. Pero sólo lograba verlo de lejos, huyendo siempre, escondiéndose de ella y de todos. Hasta que él llegó a ser como una sombra difusa y lejana, para ella, para sus padres y hasta para los médicos que debían vigilar el desarrollo de su extraño mal.

Un día Adanel desapareció. Salió de su casa una mañana, con su mochila a la espalda y su venda en la cabeza, y no regresó. José, y más tarde el propio Florencio, le contaron que Adanel solía deambular cada día por los alrededores y conocía a mucha gente en los vecindarios circundantes. «Se lo tragó *Bacú*», le había dicho Florencio. «Aunque también es posible que alguno de sus *vecinos* en las colmenas cercanas lo tenga escondido... Quizás sea tía Mariana», especuló. Ella no sabía a quién se refería Florencio, pero comenzó a buscar a Adanel y a preguntar por él. Comprendió que casi todos por allí lo conocían. No solamente en los barrios cercanos, sino también en los otros, esos que estaban después de cruzar las avenidas por donde se movían los enjambres de bicicletas. También comprendió que, aunque supieran dónde estaba él oculto, ninguno de aquellos «vecinos» –como ellos mismos se calificaban así vivieran a varias horas de camino de su casa– le diría nada. Era como si existiera entre ellos un pacto secreto. Una conjura de silencio, un silencio hermético en sonidos y en gestos.

Cuando se preguntaba por Adanel, la boca se cerraba y las caras asumían una expresión distraída, bobalicona. Pero lo que más le llamaba la atención a ella era que algunos de los «vecinos», sobre todo si eran mujeres, se santiguaban cuando oían hablar de él, antes de adoptar la pose hierática.

Durante casi tres años, Violeta lo buscó y nunca abandonó su búsqueda. Antes o después de sus ensayos, sus ejercicios, sus clases de música y sus apariciones en público, se tomaba dos o tres horas para continuar aquella pesquisa, la cual ya formaba parte de su vida. Barrio por barrio, casa por casa, buscaba, preguntaba, trataba de poner pequeñas trampas a aquella gente que, a veces, a ella le parecía tan ingenua, tan inocente. Y, sin embargo, ninguno de ellos se rindió nunca a sus tretas, ni le dieron pistas con las que ella pudiera orientarse en aquel laberinto intrincado de los barrios, siempre desconcertante y ajeno.

Una noche José se apareció en su casa y le dijo que los de inteligencia del ejército habían encontrado a Adanel y lo tenían detenido. Dos días después se enteró que lo habían recluido en un sanatorio para enfermos mentales. «El Sanatorio Modelo, una unidad para locos», le había dicho secamente la telefonista de la unidad de inteligencia de las FAR, cuando ella llamó, desesperada, para saber de él.

Lo primero que hizo Violeta cuando supo esto fue llamar a Florencio Risco al Estado Mayor. Pero la telefonista, en este caso muy atenta y dulzona, le dijo: «Ay, pero tú no sabías, el capitán Risco está acompañando al Comandante en Jefe en la misión de Irak... Él volverá como en una semana... No te preocupes, le daré tu recado».

Pero Florencio, a su regreso, le daba largas y volvía a desaparecer. Y en cuanto al doctor Risco, éste se hacía el loco, le ofrecía recibirla y hablar con ella, pero no se comprometía a dejarla, por el momento, visitar a Adanel.

Intentó varias veces entrar al sanatorio, usando las excusas más peregrinas y hasta los más extraños disfraces, los cuales se inventaba usando distintas piezas del vestuario del teatro. Una vez se presentó vestida toda de blanco y con un maquillaje que la hacía pasar por negra, y dijo que era una *santa* del templo yoruba que existía en el barrio cercano al sanatorio. Sabía, porque había estudiado sus hábitos por semanas, que algunos de los enfermeros y otros entre el personal de admisión del hospital, asistían frecuentemente a las ceremonias del santuario. Pero no la dejaron pasar. Le dijeron que Adanel no era un enfermo como los demás, sino un pobre hombre poseído por una entidad muy peligrosa para ella, que era pura como el negro de su piel y como el blanco de la túnica que llevaba puesta.

En otra ocasión se vistió de rojo y adornó su cuerpo ámbar y su cara taína de tal forma que era la perfecta estampa de una pequeña diosa exótica y tentadora. Les dijo en un tono misterioso que venía de parte del mismísimo demonio y que era muy importante para ellos y sus familias que la dejaran entrar. Pero esta vez provocó un alboroto porque algunos no querían dejarla entrar y otros, sin embargo, querían que entrara para no dejarla salir. Ese día tuvo que correr mucho y casi no logra escapar de uno de los enfermeros, que a ella más bien le parecía uno de los locos del lugar.

Hasta que se le agotaron los ardides y no tuvo otro remedio que resignarse a no ver a Adanel. Entonces se sentaba bajo un árbol, frente a la entrada principal del sanatorio, a esperar que sucediera un milagro. A los pocos meses, Adanel comenzó a ser para ella solamente un recuerdo. Al principio, un recuerdo enconado en ese espacio que está entre la garganta y el corazón y que a veces no deja comer y otras, no permite dormir. Con los meses, el recuerdo se asentó un poco más atrás, en el área del tórax donde un suspiro puede transformarse en un sollozo, sorpresivamente, y también puede relajar el pecho para que el aire entre a los pulmones en una bocanada de alivio. Y con los años, se posó en su memoria, en esa zona en la que nacen canales que desembocan en varias secciones del cerebro, los nervios y las vísceras y, a través de secreciones, destilaciones químicas, impulsos eléctricos de las células, y reacciones orgánicas y psíquicas todavía no estudiadas, se producen sentimientos como la tristeza, el deseo, la esperanza y en algunos casos, la desesperación y el olvido.

Y pasaron algo más de diez años.

* * *

Ahora, en la celda, con las manos de Adanel entre las suyas, contemplaba las dos llagas abiertas, que parecían encendidas en la penumbra sepia. Comparó la herida de la frente, escandalosa y oscura, que ya ni el vendaje lograba ocultar, con aquella herida superficial que él había traído de la guerra. Y trató de encontrar alguna semejanza entre el Adanel que había encontrado diez años antes, bajo el viejo *fico*, si bien desvaído y ajeno, con el cuerpo enjuto y sangrante que ahora tenía frente a sí. Notaba, además, ya con resignación terminal, que los pies de Adanel también estaban llagados. Y entonces repitió, en voz baja, con esa voz suya quebrada por peculiares afonías, aquella misma promesa:

–Aquí estoy, contigo, para siempre. No importa lo que pase.

Entenderás todo muy pronto

Por la ventanita rectangular de la celda volvieron a aparecer los ojos inexpresivos y maquinales que, sin embargo, no los miraban. Pero la voz sí estaba dirigida a ellos. Y era terminante.

—La joven tiene que irse en diez minutos... la visita terminó.

Y desaparecieron los ojos, dejando ver a través de la pequeña ventana un tono de luz que delataba el color del atardecer. En unos minutos sería de noche.

—Diez minutos –dijo Violeta, y lo abrazó–. Se acabó el tiempo. Y después, ¿qué? ¿No te veré más? Yo trataré de venir otra vez, pero no sé si me dejarán entrar. ¿Te han dicho si alguna vez te dejarán salir de aquí?

—No lo sé –le respondió Adanel–. Pero si quieres la verdad, no creo que me dejen salir. Siguen empeñados en curarme con pastillas, inyecciones y lo último en la quimioterapia que llega de Europa y del resto del mundo para los procesos depresivos, la histeria y otros males de la mente. No entienden cómo no han logrado blanquear mi memoria con sus choques eléctricos. No logran nada con el hipnotismo y, más bien, sospecho que cuando logran llegar al fondo de mi subconsciente y de mi memoria, se confunden más aún y se enfrentan a unos abismos y a unas regiones muy luminosas que no conocen y que los llena de pavor.

Todo esto se lo decía él hablándole al oído, mientras ella lo abrazaba. Y ahora parecía gozar de una lucidez y una clarividencia plenas.

Ella lo escuchaba y se mojaba con sus propias lágrimas y con la sangre y el sudor de él, que empapaba toda su ropa. Pero no sentía asco. No había hedor, ni efluvios ofensivos, ni hieles. Su transpiración era inodora, como el agua, y el halo invisible que lo circundaba no inducía al rechazo, sino que la atraía. Aunque esto no era siempre así.

–¿Y hasta dónde llegarán? –preguntó ella–. ¿Hasta que seas un guiñapo y te maten el alma?

–No pueden –aseguró él–. Están intentando esterilizar mi espíritu con químicas. Quieren violentar mi voluntad y mi destino con descargas de electricidad. Están tratando de curar lo que no tiene cura. Y no tiene cura porque no hay ninguna enfermedad en mi cuerpo o en mi mente. Estas llagas son, finalmente, Violeta, mi opción. Las acepto. Luché contra ellas al principio, porque no las entendía. Me opuse a veces, me rebelé y pregunté «¿Por qué yo?» Hasta que comencé a descifrar todas estas señales. Todavía no lo comprendo todo, todavía tengo miedo... no sabes cuánto, a veces. Hoy, cuando te vi llegar, después de tantos años, no quería que me vieras así. Después, ahora, no me importa... Estas llagas son para mí un honor, un honor que no merezco...

Ella se separó un poco de él, se limpió sus lágrimas y lo miró a los ojos.

–No entiendo, Adanel, no entiendo nada. Hace más de diez años que estás aquí, enterrado en vida, desangrándote, muriéndote... De alguna manera he sabido de tu sufrimiento durante todos estos años. Algunas veces logré saber de ti y me contaron cosas horribles... ¿Cómo puedes decir que estas heridas son tu honor?

–Sí, Violeta, lo son... Pronto comenzarás a entender. Y quiero que sepas que yo también he sabido todo de ti durante este tiempo. Sé que tus sueños se han hecho realidad y hoy eres reina en los escenarios de La Isla. Y también tienes que saber que nunca he dejado de pensar en ti... Y que nunca he dejado de amarte. Ahora más que nunca.

Adanel dijo esto dolorosamente, pero con una gran serenidad, mientras inducía a Violeta a alejarse de él. Ella se puso de pie, algo confundida.

—¿Fue Florencio quien te habló de mí? —preguntó él entonces.

—No, no fue Florencio —respondió ella—. Florencio no vale nada. Él te olvidó y te traicionó y también traicionó la amistad que existía entre los tres.

—No digas eso. Yo sé que él ha estado pensando en mí... Sé que ahora me necesita.

—Él no necesita a nadie. Se tiene a sí mismo y es un egoísta. Siempre ha sido muy práctico, o muy cómodo, según como quieras verlo, Adanel. Creo que tú siempre quisiste verlo como la imagen tuya en un espejo. Te lo dije una vez, hace mucho tiempo... Pero te equivocaste. Creo que parte de lo que has visto en él lo inventaste tú. Creaste un personaje... el hermano que no tuviste, el gemelo que buscabas en tus sueños... Florencio te abandonó. Hace mucho tiempo que no es tu amigo.

—No hables así —dijo él—. Los ciegos no tienen la culpa de vivir en la oscuridad. Y, a pesar de todo, posiblemente él es la única esperanza que me queda para salir de aquí.

—Iré a verlo otra vez. Haré cualquier cosa, se lo pediré de rodillas... Pero creo que él no puede hacer nada. Sé que su padre y todos ellos te consideran un histérico y piensan que tú mismo te hieres y te sangras. Yo también creo que no te dejarán salir así. No quieren poner en la calle a una estampa viva de San Lázaro, que destape la imaginación de la gente y levante una nueva ola de rumores y de histeria. Especialmente si se trata de un capitán de las Fuerzas Armadas... ¿Te imaginas?

Violeta se volteó a mirar a la pequeña ventana porque sabía que en cualquier momento vendrían a sacarla. Luego se sentó otra vez a su lado, y le dijo al oído:

—Bastante tienen con ese asunto de la *llaga* de Río Hondo... ¿Te han dicho algo de eso?

—Sí, Violeta. Lo sé todo sobre eso...

Se oyeron pasos afuera y la puerta se abrió, repentinamente, arrastrando su quejido de hierros. La silueta gris del enfermero de guardia se proyectó contra la luz agonizante del atardecer, que se enseñoreaba del patio interior del complejo de celdas. Sobre la puerta se encendió una bombilla, aunque su luz famélica sólo contribuyó a hacer más miserables las sombras y los contrastes dentro de la celda de Adanel

Violeta reconoció los ojos del hombre. Y supo que tenía que irse de inmediato, aunque éste no había dicho nada.

Se arrancó de Adanel y quiso decirle muchas cosas, pero no pudo encontrar las palabras, ni por dónde empezar. Sólo caminó hacia atrás, sin dejar de mirarlo.

Él tampoco pudo decir nada. Abrió los brazos y los tendió hacia ella, despidiéndola, devolviéndola nuevamente al espacio de la ausencia, en una renuncia renovada, irrevocable.

Cuando el enfermero cerró la puerta, violentamente, casi en su cara, Violeta alcanzó a oír que Adanel le decía otra vez: «Entenderás todo muy pronto...»

Aunque sabía muy bien que quizás no vería nunca más a Adanel, Violeta no alcanzó a sentir en ese momento el dolor de aquel desgarramiento. Era como si estuviera anestesiada, como si aquello le estuviera pasando a otra persona, o como si su capacidad de sufrir se hubiera anulado. El hombre comenzó a caminar hacia el pasillo que comunicaba con el edificio principal y ella lo siguió como una sombra, sin decir nada.

Cuando el enfermero-carcelero la dejó sola en el amplio portal del viejo sanatorio y cerró tras de sí la reja del portón de entrada, Violeta pudo, entonces, sentir todo el peso de su soledad, su extravío y su tristeza. Y el peso fue tan contundente, que cayó al suelo. No perdió la conciencia, ni la noción de dónde estaba, pero se derrumbó.

No se hizo daño en los huesos, ni en los ángulos, ni en los extremos de su cuerpo, porque era liviana como los pájaros y estaba acostumbrada a caer en los suelos de los gimnasios y las tablas de los escenarios. Pero su mente y su espíritu sufrieron fracturas que no serían fáciles de sanar.

Desde el punto de su caída se arrastró hasta la escalinata que conduce a los miserables jardines de la entrada –y estos movimientos no tuvieron la gracia ni las cadencias de sus bailes, sino que parecían los gestos terminales y torpes de un animal herido. Cuando logró llegar a los escalones, se sentó, se inclinó hacia adelante, y hundió su cabeza entre sus manos.

La noche oscurecía los contornos y por eso no pudo ver la figura alta y desgarbada de un hombre que estaba esperándola semioculto tras un seto de plantas espinosas que había sido un rosal algunos años antes.

El hombre la vio estremecerse y oyó sus gemidos ahogados, pero esperó a que Violeta aliviara su congoja y levantara la cabeza, lo cual ocurrió muchos minutos después de estar allí sentada. Entonces, se acercó lentamente y le dijo:

–Ven conmigo, hija, debemos hablar.

Violeta lo vio acercarse y sólo pudo verle la cara cuando estaba parado frente a ella. Para ella, esta silueta fue como una aparición inesperada. No esperaba a nadie. No era la primera vez que visitaba este antiguo sanatorio, y se había aprendido de memoria la combinación de caminatas, esperas y transportes que la había llevado hasta allí y ella sola encontraría cómo regresar. Fue una sorpresa, pero no se asustó.

Desde su escalón veía la cara del hombre al nivel de su propia cara. Era muy alto, cargado de hombros y tan flaco que la ropa oscura que vestía parecía caer desde un perchero, como si no hubiera cuerpo dentro de ella. Usaba una barba que no parecía haberse arreglado nunca y su cabeza brillaba por entre las escasas guedejas, a pesar de la oscuridad. Lo más notable del hombre eran sus ojos negros, enormes y vivos, acentuados aún más por sus cejas copiosas, y firmemente sostenidos por unas ojeras en forma de bolsas. A primera vista, el hombre le recordó al personaje de una pintura de El Greco que había visto una vez en una exposición en el consulado de España. No recordaba si era el retrato de un santo, de un apóstol, o, sencillamente, de un loco. Y esta última posibilidad sería la más natural en este sitio.

Sin embargo, el hombre no le inspiró miedo. Por el contrario, sintió que desde él fluía una ola de confianza. Y como ella se limitó a mirarlo, con curiosidad, pero sin sobresalto, y sin preguntar nada, él habló otra vez para decirle:

—Soy Gregorio de la Cruz. No sé si Adanel te habló de mí. Pero, en todo caso, yo puedo hablarte mucho de él. Te llevaré a comer algo y después te dejaré en tu casa...

Gregorio de la Cruz

El automóvil de Gregorio de la Cruz era tan antiguo que en su interior uno podría pensar que estaba dentro de un coche tirado por caballos. No sólo por los olores a cuero viejo y por los resortes vencidos de sus asientos de piel repujada, sino también por las sacudidas, las cuales eran semejantes a las de un carro que no usara ruedas de goma. El ruido del motor, además, parecía una respiración animal, agitada y convulsa.

Sin embargo, Violeta no se sintió molesta o incómoda. Más bien, experimentaba una sensación lejanamente familiar, como de amparo. Los recuerdos de su infancia nunca se le habían dado fáciles a ella. Las memorias primeras, aquellas más diáfanas y reales, estaban todas asociadas con la vida en un lugar que su tía Copelia llamaba «el solar de los ruidos», por la variedad de sonidos que pasaban a través de las mil paredes de la cuartería, y se mezclaban, por virtud de una inexplicable acústica centrífuga, en el patio central de aquella vieja y degradada casona colonial. Pero ella intuía a veces, en su memoria íntima, la que no puede verbalizarse ni decodificarse en imágenes, que más atrás en el tiempo había existido un espacio de silencio, cálido y protector como un regazo, donde ella se sentía segura. No sabía por qué ahora volvía a sentir ese sosiego, pero lo disfrutaba con deleite.

—Se llama Brenda —dijo Gregorio, interrumpiendo sus sensaciones—. Es como una potranca, fuerte y leal. Me ha servido fielmente y aunque es una máquina viejísima, tiene el brío de una potranca. Me refiero a esta especie de carroza —aclaró, viendo que Violeta no reaccionaba.

—Ah, sí... —dijo ella distraídamente.

No reconocía las calles que ahora comenzaban a penetrar. Eran los barrios que circundaban la bahía y estaban apagados y húmedos, quizás por algún chubasco reciente y violento.

El carro se hundió por un momento en uno de los charcos que, como lagunas irregulares, parecían los trozos de un espejo fracturado. Todo vibró con un estrépito de articulaciones artríticas y una ola de aguas oscuras se levantó a ambos lados. Gregorio la miró y dibujó en su cara el comienzo de una sonrisa que no llegó a cuajar.

Ella también le sonrió y —esforzándose para que él no lo notara— aprovechó para estudiar con cuidado al hombre que, sin previo aviso y todavía sin ninguna explicación, la había rescatado de aquel momento de desolación y le había prometido hablarle de Adanel.

A primera vista, Gregorio de la Cruz podría ser confundido con un vagabundo de esos que deambulan por los callejones de cualquier ciudad, o se sientan con la mano extendida y los ojos implorantes en las escaleras de las grandes iglesias. Esto, por su delgadez, sus vestidos opacos y ajados, su barba salvaje, sus cejas copiosas, sus ojeras inmensas. Sin embargo, una segunda mirada bastaría para saber que era otro su linaje. Sus manos enormes, entre las cuales el volante parecía el de un automóvil de juguete, revelaban algo más que fuerza material, y sus dedos se dirían domesticados para las artes de la música, los pinceles o los libros. Sus ojos relampagueantes, donde dos pupilas imperiosas y negras se movían en perfecta y gemela simetría, no eran los ojos de un loco o un delirante. Emergían de dos ojeras cargadas de insomnio y de sueños, y parecían capaces de adivinar pensamientos o de clavar designios en la voluntad. Su voz era antigua, pero entera y, aunque la piedad era el único tono usado hasta ahora, había también en ella un metal dormido de autoridad y de imperio. Violeta miró su frente, iluminada por momentos con los reflejos de la luz en los charcos, y vio que era vasta y curtida, surcada de pliegues de sabiduría y pequeñas manchas que delataban el paso de muchas eras.

Recordó que uno de sus amigos artistas, un pintor demasiado visionario para ser tan joven, le había hablado una vez de esta clase de hombres. «Es una casta muy extraña y misteriosa», le dijo. «Pero existen, y no sólo en la imaginación de los pintores o la fantasía de los poetas. Existen en todas las ciudades del mundo. Han existido siempre, además. No todos saben verlos, pero algunos podemos. Los ves en los callejones, cerca de los puertos, en los barrios viejos. Andan cerca de las iglesias y a veces dentro de éstas, de rodillas en los rincones menos visibles. Los ves por un momento y luego se te escapan. Es muy difícil seguirlos: yo nunca he podido descubrir dónde y cómo viven. He conocido a dos, en ciudades distintas de La Isla. Uno de ellos me miró una sola vez y desapareció... y nunca pude olvidar esa mirada. El otro fue mi amigo por un tiempo, hasta se dejó pintar por mí y esto lo divertía mucho, tanto que pude ver su sonrisa, cosa rara. Luego también desapareció. Tienen una misión y si tú formas parte de su misión, ellos vendrán a ti, no los tienes que buscar. No son locos, ni vagabundos sin rumbo. Son doctores, profetas, o santos... qué sé yo, quizás son ángeles».

Ella recordaba muy bien todo lo que su amigo le había dicho porque su imaginación se había inflamado con este relato. Eso fue cuando tenía veintipico años. Adanel ya había desaparecido de su vida y ella todavía andaba buscando respuestas. Le pidió a su amigo que le enseñara el retrato pintado por él de aquel hombre misterioso y él se lo mostró. Pero había sufrido una desilusión. Su amigo había pintado a aquel hombre, pero no al verdadero, sino al que su imaginación había interpretado y sublimado. El cuadro era, sin dudas, conmovedor, pero no reflejaba la realidad. Era una especie de ángel en harapos, con los brazos abiertos en cruz, circundado de luces. Y era tan místico que no parecía humano. Cuando le protestó a su amigo, él le dijo con mucha paciencia: «¿Qué querías, Taína, que le tomara una fotografía?». Y enseguida le había mostrado otras versiones, pero cada una de ellas era más luminosa e ininteligible que la otra.

Miró otra vez a Gregorio, quien ahora parecía cantar en voz baja, mientras conducía el viejo automóvil por entre callejas estrechas, con notable habilidad. Confirmó que este hombre se parecía a aquel personaje de la pintura de El Greco, pero no se parecía nada a los retratos que su amigo había pintado. Sin embargo, la descripción oral que aquél le había hecho, antes de ver la serie de pinturas, sí ensamblaba perfectamente con el personaje que ahora estaba a su lado. Lo miró ahora con intensidad porque recordó que en aquellos días ella comenzó a buscar a un hombre como éste, a pesar de que su amigo le había advertido que no lograría hallarlo. En aquel tiempo ella había vuelto a sentirse desesperada porque el recuerdo de Adanel había regresado otra vez a ese espacio entre la garganta y el corazón, y no podía comer, ni dormir. Pero nunca pudo encontrar a un miembro de esta «casta», como la llamaba su amigo el pintor.

Gregorio sintió la mirada de Violeta y se volvió hacia ella.

–Pronto llegaremos –le dijo–, no te preocupes.

Ella no dijo nada. Pero pensó que, aunque aquellos retratos místicos no le habían dado nunca una pista, su amigo tenía razón: había fracasado en su búsqueda, pero, a cambio, quizás uno de estos seres iluminados y extraños la había encontrado a ella, después de tantos años.

La doble vida de Adanel

—Adanel es un hombre de su tiempo —comenzó diciendo Gregorio de la Cruz.

Hacía más de media hora que habían llegado a este sitio, en el cual parecía vivir Gregorio. Violeta pensó que si a pleno día la dejaran allí, no hubiera podido saber cómo llegó, ni dónde estaba, ni cómo salir. Calles estrechas, enmarañadas y oscuras. Pequeñas casas, parecidas unas a otras. Edificios de pocos pisos, descascarados y modestos. Callejones nocturnos, poca gente en la calle.

Luego, una escalera, dos docenas de escalones, una bombilla desnuda colgando del techo, y una puerta que enseñaba tras sus cicatrices los restos de otras capas de pintura, como pieles superpuestas. Y ahora, esta única habitación, parecida a una sala de antigüedades, no muy estrecha, pero atestada de muebles y cachivaches: una cama enjuta, dos o tres sillas, una mesa de madera, pesada y desnuda, varias lámparas de mesa —casi todas ciegas—, un escritorio medio oculto por torres de revistas y periódicos, y un escaño de tres puestos cubierto de cojines, en el cual estaba ella sentada. Cubriendo dos de las cuatro paredes, estantes llenos de libros. En otra pared, una ventana enrejada, abierta a la noche y rodeada de varios mapas, de la tierra y del cielo. Una puerta en la última pared, que debía dar hacia una pequeña cocina y un cuarto de baño. Y, clavado sobre la pared del escritorio, un crucifijo de hierro del tamaño de dos brazos cruzados.

Violeta nunca había entrado a la celda de un monje, pero por sus lecturas e imaginaciones, comprendió que este hombre no lo era, a pesar del gran crucifijo. No vio lujos, ni cosas superfluas, ni vanidades, pero sabía que tal aglomeración de objetos, muebles, libros, lámparas, mapas, y muchos otros bártulos, no eran, ni el escenario, ni la utilería del mundo monacal, ni tampoco de los seminarios que una vez existieron en La Isla. El desorden, sin embargo, era perfecto y permitía caminar sin tropiezos a través de todas las cosas de la habitación, como si fueran canales bien dragados en torno a islas de distintos volúmenes y alturas.

Delante de sí tenía un plato humeante de sopa que, para su sorpresa, olía muy bien y prometía componer su estómago y reponer su espíritu. Gregorio se lo había preparado –o más bien se lo calentó– con asombrosa eficiencia, en unos pocos minutos, después de pedirle que se pusiera cómoda y se quitara los zapatos.

–Pero... usted, ¿quién es usted? –lo interrumpió Violeta, en un arranque algo osado que denotaba que comenzaba a ser otra vez ella misma– ¿Y cómo debo llamarlo? ¿Padre?

–¿Importa tanto quién soy? –dijo él–. Dejemos eso para después. Ahora te bastará con saber que no te haré daño, concédete a ti misma el don de la confianza... Estás segura, soy un hombre de Dios. Y soy, digamos... amigo de Adanel. Tómate esa sopa mientras te cuento... Y en cuanto a cómo llamarme, es muy simple, llámame por mi nombre. Creo que te lo dije: Gre-go-rio.

Dijo esto mientras arrastraba un taburete que parecía pesar mucho, lo colocó delante de ella y se sentó.

–Sí, Adanel es un hombre de su tiempo. Es muy inteligente, ha leído mucho... bueno, lo que ha podido, tú sabes que aquí no es fácil. Yo mismo le presté varios libros. En un tiempo de violencia y de toda clase de guerras, eligió ser un soldado, un capitán de su ejército. Y, aunque parezca una paradoja, decidió serlo porque entendió que esa era la mejor manera de servir a su país y a Dios.

Miró a Violeta con atención para estar seguro que ella estaba en paz y continuó.

—Adanel es también un hombre honrado, limpio de corazón, sano de mente, muy sincero. Tú lo amas, y sabes que su espíritu es transparente y generoso. Yo también lo conozco muy bien y puedo decirte algo que quizás tú no sabes. Adanel es un ser diferente, muy especial, de una raza espiritual que no abunda sobre la tierra.

Violeta levantó los ojos del plato, el cual estaba ya casi vacío, y lo miró sorprendida. Gregorio hizo una pausa al comprobar que lo que acababa de decir había causado en ella el efecto que él esperaba. Y continuó.

—Sí, la raza de los santos.

—¿De los santos? —dijo ella, y la cuchara quedó suspendida a medio camino entre el plato y su boca.

—De los santos —repitió él—. Un hombre de nuestro tiempo, vestido de capitán, buen soldado, buen hijo, soñador, buen amante, enamorado de una mujer como tú... La piel de un hombre de nuestro tiempo, de este mundo contemporáneo y confuso, y de esta Isla desgraciada, cubriendo un alma que pertenece a la raza de los santos.

—¿Existe una raza así...? —preguntó ella con candor.

—Existe —dijo él con voz firme—. No siempre los de esa raza terminan en santos. Ni te estoy diciendo que Adanel sea santo, a pesar de formar parte de ese grupo... digamos, selecto. Como todos los seres humanos, ellos son libres de escoger su camino y muchas veces hacen lo contrario, terminan siendo enemigos de los hombres y de Dios. Pero esa raza existe. Es un misterio y hasta uno estaría tentado a pensar que pertenecer a ella es un azar. Como los azares de la concepción. En una familia de varios hermanos, uno de ellos puede ser genio, el otro torpe, un tercero con habilidad para la música, y el otro sordo... Tú misma eres un misterio genético, Violeta. Eres un milagro, como una mariposa concebida en una crisálida de razas.

—Pero esos son los azares de la genética —interrumpió ella—. Los genes llevan los mandatos de la herencia... Y, además, ya se sabe que cada vez esas combinaciones son menos misteriosas.

—Uno quisiera pensar que con las almas pasa algo parecido, pero en este caso estos «azares» son, y seguirán siendo, un enigma sólo comprendido por Dios. Si Él permite que las leyes genéticas sean algún día comprendidas por los hombres, es su privilegio. Lo que no creo es que nos revele nunca las reglas de la concepción de los espíritus. Aquí hay una intervención directa suya. Una injerencia personal, exclusiva. Es como si ciertos espíritus fueran «tejidos» a mano por Él, independientemente de los tejidos, esta vez celulares, que luego compondrán el cuerpo que vestirá esa alma.

Violeta levantó las dos manos y las colocó detrás de su nuca, como si fuera a masajeársela. Y luego levantó la cabeza y miró al techo.

—San Adanel Palmares —dijo, y suspiró.

—Un espíritu muy puro, dentro de una criatura humana muy especial —insistió Gregorio—. Cuando lo encontré, hace ya doce años, de rodillas en el suelo, en un rincón oscuro dentro de la Catedral, lo identifiqué enseguida. No por sus heridas, las cuales en ese momento eran incipientes, sino por su resplandor espiritual. Él estaba muy confundido en esos días. Había desaparecido de la vista de todos y permanecía oculto, en distintos escondites que sus *vecinos* le brindaban. También él me reconoció a mí, como si me estuviera esperando.

—¿Telepatías? —dijo Violeta, y se arrepintió enseguida de haberlo dicho, porque el comentario le pareció muy prosaico y hasta burlón.

—Sí, algo parecido —respondió él con naturalidad—. Por lo general, nosotros podemos reconocerlos a ellos enseguida, especialmente si hemos sido enviados en su ayuda.

Ella recordó lo que su amigo el pintor le había dicho y preguntó, con sinceridad:

—¿Cuando ellos forman parte de la misión de ustedes?

—Sí, Violeta... Parece que comienzas a comprender.

—¿Es usted un ángel? —preguntó ella en un nuevo ataque de curiosidad.

Gregorio la miró con paciencia, entrecerró los ojos y, finalmente sonrió por primera vez, plenamente, con gusto. Y le dijo:

—No, mujer, no soy un ángel, al menos, como ustedes los imaginan. Tampoco soy un profeta, ni un santo, ni un loco. Digamos que soy un... mensajero, con una misión que cumplir. Esta misión es ayudar a Adanel a entender lo que le pasa y ayudarlo a decidir lo que quiere hacer. En eso he estado trabajando estos últimos doce años. He podido ayudar a Adanel y creo que ya pronto regresaré al sitio de donde vine. Hemos trabajado juntos muy intensamente Adanel y yo...

—¿Se mudará usted de aquí? —preguntó ella, casi interrumpiéndolo.

—Pues si quieres verlo así, podemos decir que cuando termine mi trabajo, me mudaré. Me mudaré yo, con lo que tengo puesto, claro. Todos estos cachivaches se quedan aquí, para el uso de los que vengan después de mí, en el futuro. Quizás bote algunas cosas. El problema con nosotros es que cada uno de los que viene añade más trastos, y pocos se ocupan de limpiar un poco antes de irse, y después de algunos años...

Hizo un gesto circular con el brazo para referirse al hacinamiento que los rodeaba. Pero enseguida recapacitó y dijo:

—Pero volvamos a Adanel, Violeta. Luego puedo hablarte un poco más de nosotros, y de mí, si quieres. Te decía que cuando encontré a Adanel, él estaba muy confundido y no entendía lo que le estaba pasando. El universo militar de esta Isla está concebido de tal forma que, a veces, especialmente sus escogidos, no pueden ver la realidad. Los movilizan constantemente, los adoctrinan con tal pasión, los adiestran con tanta intensidad y los mantienen tan ocupados, que no les dejan oportunidades ni tiempo para saber lo que está pasando con la gente, con el pueblo, con aquellos a quienes se supone que ellos sirven.

Hizo una pausa y ella dijo:

—Ya lo sé. Yo también soñé, junto con él... y Florencio.

—Los padres de Adanel —continuó Gregorio— sabían que su hijo había sido conquistado por las milicias y por las promesas de una carrera gloriosa en las Fuerzas Armadas, y también sabían que oponerse a esa vocación no conseguiría disuadir al joven idealista que siempre ha sido Adanel. Pero mientras el ejército adiestraba el cuerpo, la mente y el carácter del soldado, José, su padre, cultivaba su espíritu en el hogar, con libros, diálogos inteligentes, conversaciones libres, ejemplos. Y por un tiempo en Adanel coexistieron el soldado con el hombre de paz, y el comunista con el cristiano. Él sentía un gran respeto y admiración por Jesucristo, a quien consideraba un revolucionario, y pensaba que al final habría un reencuentro de las ideas de la Revolución con las de la Iglesia. Guardó esta convicción dentro de sí por un tiempo, con toda sinceridad y también con mucha ingenuidad. Prefería no discutir sus ideas, sino vivirlas y tratar de aplicarlas con su ejemplo. Llevaba una vida doble porque cumplía con todos sus deberes militares, pero también con las prácticas de una naciente religiosidad. Asistía a misa el domingo, muy temprano en la mañana y luego se ponía su uniforme para marchar o para asistir a algún acto oficial. Como es obvio, esta paradoja no duró mucho tiempo. Las dudas comenzaron a acosarlo y a estallar en conflictos irreconciliables. Comenzó a tener problemas con algunos de sus compañeros, que algo sospechaban, entre ellos Florencio. Empezó a hacerse preguntas a sí mismo, luego a su padre y después a otros que estaban fuera de su cerrado mundo. Entonces le llegó su hora de la verdad y fue enviado a su primera misión internacionalista, a Centroamérica.

Hizo una nueva pausa y extendió un silencio propicio para que Violeta preguntara o dijera algo. Pero ella estaba absorta, y también algo triste, oyéndolo hablar de esa vida oculta de Adanel que ni siquiera ella había intuido.

Como si la leyera, Gregorio le dijo:

—Adanel vivió con mucho rigor este conflicto, y también con mucha reserva. Quiso resolver en secreto estas luchas internas y sólo las hablaba con su padre y tal vez con algún sacerdote a quien alguna vez le pidió que lo confesara. Pero con nadie más, ni contigo, ni con Florencio, su «hermano de sangre», como lo llama él. Fue sólo a partir de su experiencia en Centroamérica que le confió a éste sus dudas y le pidió que pensara y que hiciera preguntas. Sé que a ti también te contó lo que le pasó allá...

—Sí, me lo dijo todo. Hasta el final, cuando aquella bala le cambió el alma...

—No fue esa bala, Violeta.

—Y entonces —insistió ella—, ¿qué fue lo que le cambió la vida... a él y a mí?
—Adanel no te lo dijo todo —le respondió Gregorio.
Y le contó algo que ella no sabía.

Dime qué quieres que haga por ti

    Adanel Palmares se detuvo unos momentos bajo la lluvia, dejó caer su bicicleta, y miró hacia arriba, al cielo congestionado de nubes negras y grises. Las gotas de agua eran tan gruesas y pesadas, que le golpeaban la cara y tuvo que cerrar los ojos. Permaneció así un buen rato, de pie, en medio de la calle adoquinada, con los ojos cerrados, encarando al cielo y a la espesa lluvia. Abrió la boca y bebió aquella agua tibia y salvaje que, a pesar de todo, lo refrescaba y le devolvía todo el líquido que se había fugado de su cuerpo en un sudor continuo y abundante durante las dos últimas horas. Siempre era así cuando montaba bicicleta en los veranos húmedos y ardientes de La Isla.
    Oía que lo llamaban desde lejos. Violeta y Florencio querían seguir en bicicleta, brincando y resbalando sobre las calles de adoquines lustrosos. Pero él pensaba que ya era suficiente. Venían los tres desde Jaimanitas y ésta es una respetable jornada, aún para alguien con sólo dieciocho años y en buena forma física.
    Ahora lo único que quería era seguir allí, en medio del escenario entrañable de la Zona Vieja de la Capital, dejándose bañar libremente por aquel chubasco brioso. Sentía una plenitud total, a pesar del cansancio y la sed. El cansancio era el mejor preludio de esta última noche con Violeta, en su pequeña casa, antes de salir mañana tempra-

TIERRA ELEGIDA

no, hacia un destino aún desconocido por él pero cargado con todas las expectativas de su primera aventura internacionalista. Y la sed era la tierra ansiosa que, en unos minutos más, regaría abundantemente con más cerveza.

Vio que Florencio regresaba en su bicicleta y le gritó:

—¡Vamos a la bodeguita! ¿Dónde se metió Violeta?

—Siguió por el callejón de la Catedral —le respondió el otro, parándose bajo un chorro de agua que bajaba desde uno de los tejados.

—¡Vamos a buscarla! —dijo Adanel, levantó del suelo su bicicleta, y fue en busca de ella.

El callejón que bordea uno de los costados de la Catedral parecía un río saltando sobre piedras acharoladas, y Adanel lo acometió con energía, levantando un ala de agua espumosa. Llegó hasta su extremo, pero no vio a Violeta. La lluvia caía a chorros desde los techos coloniales y a él le parecían surtidores de agua. Imaginó a Violeta bailando sobre los tejados, como una estatuilla de ámbar en medio de una fuente. Pero como no la encontraba, decidió dejar su bicicleta apoyada contra el portón lateral, y entrar al templo a buscarla.

La lluvia quedó afuera y ahora sólo era un telón asordinado y gris, del tamaño de la alta puerta. Dentro, el templo inmenso olía a madera antigua, con un vago acento de inciensos. Esta fue para él una sensación familiar porque muchas veces, temprano en la mañana, él venía a misa a la Catedral. La penumbra amable y fresca parecía invitarlo. Se orientó por el altar mayor y siguió entrando hacia la nave principal, a través del laberinto de bancos oscuros. Llegó hasta la senda central y continuó acercándose al altar, tentando con las manos los apoyabrazos de los bancos y tocando uno a uno los pilares que están al extremo de cada respaldar. Hasta que llegó hasta los peldaños del altar. Entonces los subió, despacio, y se arrodilló frente a la cruz barroca, a la izquierda, que es uno de los tesoros más preciados de la Catedral y era su imagen favorita. Él siempre había pensado que el artista, italiano, desconocido hasta hoy, tenía que haber sentido una gran admiración por Jesús. No era posible sacarle al mármol tanto dolor, sin sentir algo muy profundo por Él. Volvió a detallar la antigua escultura. Miró una por una las llagas de las manos y los pies del Crucificado y pensó que eran tan reales que podrían comenzar a sangrar en cualquier momento. Miró a la cara de Jesús y una vez más le conmovió su expresión de dolor, viril y desolada. Como otras veces, trató de encontrar su mirada y esta vez lo logró. Y descubrió algo que quizás nadie sabía. El anónimo escultor había tallado aquel rostro a partir de los ojos. Jesús y el artista estaban mirándose a los ojos desde el momento en que aquel rostro emergió de la piedra. Y el resto de la imagen parecía haber sido creada desde ese punto de vista. Entonces comprendió que había estado equivocado. No era admiración lo que había inspirado a aquel escultor. Era otro sentimiento. Más que una obra de arte, aquel hombre había ejecutado un acto de amor, a partir de la mirada de Jesús.

Ahora aquella imagen parecía mirarlo a él. Y sintió, por primera vez, que su admiración por Jesús se convertía en gratitud. Y le pareció que estaba sintiendo el mismo amor que había movido a aquel artista cuyo nombre nadie sabía. Y en un arranque típico de su espíritu apasionado y generoso, dijo:

–Dime qué quieres que haga por ti. Me gustaría compartir tu trabajo... y tu dolor.

Se oyó a sí mismo, movió sus ojos por sobre el cuerpo clavado, miró otra vez sus llagas, y pensó, como ratificando lo que acababa de decir: «Sí, realmente quisiera». Luego se santiguó y como despedida, saludó militarmente a la imagen, recordando que en cuestión de horas saldría de La Isla, con rumbo y tiempo desconocidos.

La voz de Violeta lo hizo voltearse. La vio afuera, como una silueta desvaída bajo la lluvia, a través de la puerta por donde él había entrado, pero ella no podía verlo a él porque estaba oscuro dentro del templo. Se levantó, miró por última vez a la imagen y se despidió mentalmente, antes de echar a correr hacia la puerta.

Ya cerca del alto portón, cuando doblaba desde la senda central, Adanel resbaló porque el piso estaba mojado por el agua que había chorreado de sus propias ropas, al entrar unos minutos antes. Cayó bocarriba y, aunque trató de evitarlo con un movimiento reflejo de sus brazos, sus manos resbalaron también y su cabeza golpeó levemente el suelo. Quedó mirando hacia arriba, hacia la bóveda, un poco aturdido. Entonces vio el vitral, en lo alto de ésta. El vitral vibraba de colores y en su centro vio dos manos desplegadas donde se abrían dos llagas de un rojo fulgurante. Estuvo allí tendido por unos segundos, preguntándose, todavía algo confundido por el golpe, por qué nunca antes había visto esas manos.

Cuando se levantó, todavía le parecía ver las luces en añicos que acompañan a veces los golpes, especialmente si son en la cabeza. Entonces volvió a ver a Violeta, que esta vez se asomaba, para entrar en el templo, y decía: «Adanel... ¿estás ahí?» Él salió de detrás de una de las gruesas columnas y la abrazó, sorprendiéndola y levantándola brevemente por el aire, antes de salir, juntos y riendo, otra vez hacia la lluvia.

Como a Saulo

—Sí, yo recuerdo aquella tarde —dijo Violeta—, él se iba en la madrugada del día siguiente para Centroamérica. Se tocaba la cabeza y me dijo que se había resbalado, pero no me dijo nada sobre su momento con el Cristo de la catedral.

Gregorio se levantó, encendió una pequeña lámpara de mesa que estaba sobre el escritorio, tomó un enorme libro y lo sacudió para quitarle el polvo. La pantalla de vidrio verde de la lamparita se iluminó y, aunque no añadió ninguna iluminación significativa a la habitación, dejó ver con más detalles el crucifijo que colgaba de la pared. Se sentó enseguida otra vez y, abriendo mucho los ojos, le dijo a Violeta:

—Ese momento fue lo que cambió la vida de Adanel... y la tuya. No fue la bala que rebotó en aquella ventana enrejada que no miraba a ninguna parte. Esa tarde en la catedral Adanel se asomó a una ventana mucho más profunda, y lo que vio, y lo que dijo, lo cambiaron todo. Aunque quizás lo más importante no es lo que él vio, sino lo que vio el verdadero Jesús a través de los ojos de esa estatua magnífica que talló aquel artista...

Se interrumpió y miró a Violeta, quien ahora tenía la boca entreabierta y parecía haber aguantado la respiración. Y continuó:

—Ya sé que no entiendes nada. Te lo voy a explicar con un ejemplo. Es la historia de lo que le pasó a Saulo en el camino de Damasco. ¿Conoces a Saulo? O como más comúnmente se le conoce: Pablo, San Pablo...

—Oiga, Gregorio –respondió ella–, ese es el Papa, ¿no?

—No, no estamos hablando de Juan Pablo II, sino de San Pablo, quizás el apóstol más grande de la historia, aunque no llegara a conocer personalmente a Jesucristo. Tú sabes, ya a Jesús lo habían matado.

—Yo creía que San Pablo era el segundo nombre de San Pedro –trató ella otra vez.

—No –insistió él con paciencia, arrugando el ceño–. San Pablo no es segundo nombre de nadie. Él era un enemigo de Jesús. En aquellos días se dedicaba nada menos que a llevar encadenados a Jerusalén a todos los que seguían las enseñanzas de Jesucristo, ya fueran hombres o mujeres. Además, había amenazado de muerte a los once discípulos y a todos los demás. ¿Ya estás ubicada?

—Supongo que sí –dijo ella, no muy convencida.

Él continuó:

—Pues cuando Saulo cabalgaba por el camino de Damasco, acompañado de varios de sus secuaces, en busca de cristianos, de repente lo envolvió un resplandor que venía del cielo y se cayó al suelo. Entonces escuchó una voz muy poderosa que le decía: «Saulo, Saulo, ¿por qué me persigues?» Él, muy asustado, preguntó: «¿Quién eres, Señor?» Y la voz le respondió: «Yo soy Jesús, a quien tú persigues. Levántate, entra en la ciudad, y allí te dirán lo que debes hacer».

Violeta oía todo esto con gran atención y con una expresión algo infantil. A pesar de eso, Gregorio le dijo, levantando la Biblia en alto: «Esto es histórico, Violeta. Está en los *Hechos de los Apóstoles*, en el Nuevo Testamento». Y luego continuó:

—Saulo se levantó y sus hombres tuvieron que asistirlo porque había quedado ciego. Lo llevaron a Damasco, allí estuvo tres días sin ver nada y sin comer. Entonces Jesús se valió de un discípulo suyo llamado Ananías, quien le explicó a Saulo que el Señor lo había escogido como instrumento para anunciar Su nombre a todas las naciones, sus gobernantes y al pueblo de Israel. Saulo recuperó la vista

y fue bautizado... Pero esta es otra historia. Aquí lo importante es que...
—Que usted está comparando lo que le pasó a Adanel con lo que le pasó a Saulo —interrumpió Violeta.
—Sí, Violeta, eso mismo —confirmó él.
—Pero Adanel no era un enemigo de Jesús, todo lo contrario... —replicó ella.
—No hay que ser su enemigo para que Él lo escoja a uno. Oye esto que Saulo, ya convertido en el Apóstol Pablo, le decía años después a la comunidad cristiana de Corinto...

Abrió otra vez el gran libro que había tomado del escritorio, lo hojeó con habilidad, señaló un párrafo con su largo dedo, y lo leyó en voz alta:

«...Tengan en cuenta quiénes han sido llamados, pues no hay entre ustedes muchos sabios según los criterios del mundo, ni muchos poderosos, ni muchos nobles. Al contrario, Dios ha elegido lo que el mundo considera necio para confundir a los sabios; ha elegido lo que el mundo considera débil para confundir a los fuertes...»

Levantó los ojos del libro y miró a Violeta. Y dijo:
—Eligió a Adanel, que no es sabio, ni poderoso, ni noble. Tampoco es necio, claro, pero sí es débil... Míralo ahora. Pero yo creo que también lo eligió por la transparencia de su espíritu, su generosidad, su honestidad. Aquí entra lo que te decía hace unos momentos sobre la estirpe especial a la que pertenece Adanel, la raza de los santos... Cuando Adanel insistió en buscar la mirada de Jesús en aquella imagen, Él aprovechó la oportunidad para mirarlo también. Y cuando Adanel, conmovido, en un arranque de gratitud y generosidad le dice «qué quieres que haga por ti», Dios decide tocarlo...
—Tumbarlo del caballo —completó ella.
—Sí, tumbarlo del caballo, como a Saulo —concluyó él.
—Pero —replicó ella, concentrando toda su rebeldía— fue como una trampa.

Gregorio se reclinó en el taburete y cerró el libro. Respiró hondo y dijo:

—En cierto modo, sí. A veces Dios hace esas cosas. Y parece que físicamente también tumbó a Adanel porque lo hizo resbalar cuando él te buscaba. Y cuando lo tenía bocarriba mirando a la bóveda, hizo otro de sus milagros... llámalo trucos si quieres. Le ofreció una visión de sus manos llagadas. Adanel se sorprendió porque no había visto antes esas manos en aquel vitral. Y ¿sabes una cosa? No podía haberlas visto, porque allí no hay ningunas manos. Ni siquiera hay un vitral en el centro de la bóveda. Fue una visión de Adanel, una señal de Dios, una respuesta a su pregunta: «Dime qué quieres que haga por ti... Me gustaría compartir tu trabajo. Y tu dolor».

—¿Pero por qué las llagas? —preguntó Violeta, con desesperación— ¿Tenía San Pablo llagas en las manos y los pies? ¿Las tenían sus otros discípulos?

—No. No todos las tenían. Aunque todavía se discute si San Pablo al final de su vida llevaba las llagas de Cristo, según él mismo ha confesado en algunos escritos. Ese es un privilegio especial que Jesús concede a unos pocos... Muy pocos... Eso mismo se preguntaba Adanel cuando lo encontré. ¿Por qué las llagas? ¿Por qué yo?

—¿Por qué? —repitió Violeta.

—Cuando, gracias a las «telepatías», como tú dices, encontré a Adanel aquel día de rodillas en un rincón oscuro de la catedral, él no tenía la menor idea de lo que le estaba pasando. Me dijo que tenía sueños extraños en la noche que se repetían y que no lo dejaban descansar. Que su vida había cambiado totalmente, que se sentía muy cerca de Dios y que oraba mucho, pero que a pesar de todo, no tenía paz. Andaba escondido desde hacía unos meses y sabía que lo estaban buscando porque había interrumpido el «tratamiento» que los médicos del ejército le estaban aplicando. Además, estaba muy preocupado, no sólo por la persecución y por sus sueños, sino porque su herida de la frente seguía sangrando cada cierto tiempo.

—¿Qué soñaba? —preguntó ella—. ¿Estaba yo en sus sueños?

–Sí, Violeta, tú también estabas en sus sueños– le respondió Gregorio. Y le contó lo que había pasado tras su encuentro con Adanel, trece años antes...

Una legión de voluntarios

–Puedes quedarte aquí, hijo, el tiempo que quieras –dijo Gregorio.
–No quiero perjudicarlo a usted... Soy un prófugo –le había respondido Adanel.
Estaban en la guarida de Gregorio de la Cruz. Habían llegado a pie, siguiendo una ruta laberíntica desde la catedral, a través de callejas, caminos y barrios que ni el propio Adanel –quien en esos tiempos era un ya baquiano experimentado– sabía que existían.
A veces él tuvo la sensación de que daban vueltas en redondo y de que algunas esquinas se repetían. Ahora estaba anocheciendo, se sentía agotado, y no podía entender cómo el extraño personaje que lo había conducido hasta aquí se veía tan fresco.
–No te preocupes por mí –le dijo Gregorio–. Ése es mi trabajo. Recoger prófugos, esconder a cierta gente y ayudarlos a que entiendan ciertas cosas.
Contrariamente a lo que se esperaría, Adanel no hizo muchas preguntas. Intuía que alguien como Gregorio lo encontraría, y esto era ya una certidumbre, alimentada cada noche en sus extraños sueños. Tenía ya algo más de un año dando tumbos a través de los escondites que sus devotos «vecinos» le proporcionaban. Cuartos, sótanos, bodegas y muchas otras madrigueras lo recibieron y fueron oscuros

escenarios de la vida que estaba llevando desde que desapareció. Ya no tenía la oportunidad de llevar en su mochila pan, libros, latas de sopa y otras cosas para regalarlas o intercambiarlas con las personas que formaban aquella red humana que tejió a su regreso de Centroamérica, cuando redescubrió *Bacú* y sus regiones adyacentes. Ahora no podía dar, pero recibía. Le llevaban todo lo necesario para vivir: agua, alimentos, medicinas, libros. Leía mucho, rezaba, hablaba con la gente sencilla que lo atendía y trataba de pagarles con ideas, con pensamientos y con oraciones. Procuraba dormir mucho porque los sueños se habían convertido para él en una segunda vida. Trataba de interpretar esos sueños y convertirlos en fuente de inspiraciones, usarlos como brújulas que lo guiaran por un mapa espiritual que no entendía. Varias veces había soñado que estaba de rodillas ante el Cristo barroco de la catedral, el cual lo miraba a los ojos, mientras la sangre brotaba de su frente, sus manos y sus pies. Él le repetía en el sueño aquellas palabras, «¿qué quieres que haga por ti?», pero no obtenía una respuesta clara. Soñaba también con Violeta, la veía entrar en su escondite de turno y acercarse a él, y esto encendía su amor y sus deseos por ella, pero cuando por fin la tenía en sus brazos, ella se desvanecía y sólo su olor a hierba húmeda quedaba entre sus dedos. Entonces, en su desesperación, se despertaba y no podía volver a dormirse. Oraba y le pedía otra vez a Jesús que le dijera qué quería de él.

—No entiendo nada de lo que me está pasando —le dijo por fin Adanel a Gregorio.

Y durante las semanas que siguieron, le contó todos esos sueños y también sus sentimientos, sus dudas, sus conflictos. Se daba cuenta que algo misterioso le pasaba. Sentía que a partir de aquel encuentro con Jesús a través de aquella imagen, todo había comenzado a cambiar para él. Era como si aquella tarde, sin planearlo, casi sin saber qué hacía, hubiera tocado a una puerta... y la puerta se había abierto para dejar entrar una luz que no conocía, que lo deslumbraba y que no podía explicar. Y desde ese momento comenzó a ver cosas que antes no veía o que simplemente no le preocupaban. Y había comenzado a descubrir perspectivas, ángulos y matices que antes le estaban vedados. Como un ciego que recupera la vista, o como alguien que estaba dormido y se despierta. Se le abrieron todos sus sentidos y sintió una necesidad nueva de buscar a la gente que estaba fuera de su mundo, para oírla, comprenderla, ayudarla. La piedad invadió su espíritu, comenzó a sentir como suyo el dolor de los demás y comenzó a preguntarse si todo eso no tendría que ver algo con su pregunta «¿qué quieres que haga por ti?». Y sintió miedo porque no estaba seguro de nada. Y porque, por esa misma razón, podría perder a Violeta.

Sus visitas semanales a los médicos del ejército –antes de que él desapareciera– lo habían confundido todavía más. Por supuesto que no les contaba nada sobre estas tormentas espirituales y estos conflictos. Y, aunque ellos al principio estaban más preocupados porque la herida de la frente no terminaba de sanar, que por su estado anímico, muy pronto trataron de relacionar una cosa con la otra. Y así empezaron a hablar de respuestas «somáticas» del cuerpo a algún eventual estropeo o travesura de la mente. Y ensayaron con antidepresivos, ansiolíticos y sedantes. Hasta que le propusieron un tratamiento de psicoterapia, quizás con la ayuda de hipnotismo y choques eléctricos.

Como parte de sus conclusiones y a la luz de sus nuevas perspectivas, ya Adanel había perdido completamente la fe en el proceso revolucionario, el gobierno, las Fuerzas Armadas, y todo lo que tuviera que ver con el poder en La Isla. Y como es obvio, no tenía ningún respeto por los médicos que lo estaban tratando, los cuales más bien le causaban una profunda desconfianza. Por eso, cuando le contó esto a su padre, quien estaba al tanto de todo lo que pasaba y lo estaba ayudando con libros, consejos y sentido común, fue éste quien le aconsejó con dolor de su alma que desapareciera. «Vete», le dijo, «escóndete, antes que te aniquilen la mente... Dios te guiará».

Adanel encontraba algo de paz junto a Gregorio de la Cruz. Aquel ámbito quieto, callado y oloroso a hogar y a madera antigua, lo envolvió en un halo de sosiego y confianza. Vació su mente y su alma en los silencios sabios –diurnos y nocturnos– de aquel hombre, bajo su mirada paciente y su inspirada dirección. Gregorio lo guiaba y a veces, como un pastor, cargaba con su peso, con sus dudas, con su dolor.

—Anoche soñé –le dijo una mañana Adanel, cuando ya había vivido varios meses bajo su amparo– que yo estaba presente en la escena de la crucifixión de Jesucristo. Fue todo tan claro como en una película. Allí estaba yo, dentro del gentío, viéndolo pasar, con el madero aquel sobre sus hombros. Me sentía avergonzado y quería gritar «ese hombre es inocente», pero tenía miedo. Me adelanté varias veces para verlo pasar otra vez y entonces algunas personas de la multitud me empujaron y de repente estaba yo junto a Él, en medio de aquella aglomeración de gente que vociferaba y escupía. Yo le pedí que me dejara ayudarlo y Él me dejó un lugar bajo el madero. Cuando me lo puse encima y comencé a caminar, sentí un gran peso, pero también un gran alivio, porque ya no tendría nada que decidir... Ya todo estaba hecho... Allí estaba yo, compartiendo el gran misterio, el sacrificio del Hijo de Dios. Nadie podría sacarme de allí. Nada me preocupaba. Hasta que me caí por el peso inconcebible de aquello: me caí y el madero me aplastó la espalda, y me desperté. Sentí entonces mucho miedo, pero quería regresar al sueño. Dentro del sueño me sentía muy seguro, a pesar del dolor y del peso insoportable...

Gregorio lo escuchó con mucho afecto y trajo un paño para que él se secara el sudor que lo bañaba. También le ayudó a quitarse la venda de la frente, que estaba empapada de sangre. Esa herida no había sangrado nunca así, desde que Gregorio lo conocía. La sangre había manchado la almohada, y los hombros de Adanel, y casi toda su ropa de dormir.

Adanel estaba exhausto y volvió a dormirse.

Gregorio se quedó a su lado y cuando aquél despertó le dijo:

—Ahora te diré algo yo a ti, aunque sé que tú, de alguna forma, ya lo intuyes.

Gregorio habló por algo más de una hora. Le dijo que Jesús lo había elegido a él, a Adanel Palmares, para un trabajo especial sobre la tierra, en esta Isla, en este tiempo. Que Jesús andaba a la búsqueda de personas como él para que lo ayudaran en estos tiempos difíciles que estaba viviendo, no sólo La Isla, sino también la humanidad. «Esto no es un invento mío», le aclaró. «Después te prestaré el libro donde se registra como Él, en persona, en mayo de 1942, le hizo esta revelación privada a una mística». Y le explicó que Jesús ya le había revelado su interés en esta búsqueda a varios de los suyos en este mundo, como por ejemplo, a esa mística, la Hermana María de la Santa Trinidad. Le contó que el plan de Jesucristo era armar una legión de voluntarios que colaboraran con Él en la salvación del mundo. Personas comunes, de todas partes, de todas las razas, estados y profesiones, que se ofrecieran como vicarios, para reparar todo el mal que el hombre de hoy se causa a sí mismo y a los demás, y en solidaridad con los sufrimientos de los otros.

—Claro que esto comenzó mucho antes, hace más de dos mil años, en los tiempos bíblicos –le aclaró–. En el libro del Éxodo puedes ver la forma en que Dios actúa cuando elige a alguien para una misión. Moisés llegó a rechazar hasta cinco veces la empresa que Dios le había encomendado. Moisés le decía «pero quién soy yo... yo no sé ni hablar», porque era tartamudo. Pero Dios insistió con Moisés y le decía «yo estaré contigo», y al final lo convenció, no es que lo obligara. Algo parecido pasó con Jeremías, uno de los grandes profetas históricos, quien no quería aceptar su misión porque era un simple agricultor. Pero a veces Dios se «encapricha» con alguien y al final lo seduce. Forma parte de su estilo. Puedes comprobarlo también en el Nuevo Testamento, leyendo los episodios de cuando Jesús elige y convence a Pedro y a los demás discípulos para que se convirtieran en «pescadores de hombres».

Le recordó, además, que la Iglesia siempre ha enseñado a través de la historia, la necesidad de completar la redención del hombre, de colaborar con el sacrificio de Jesucristo en la cruz. Y le insistió en que esa labor corredentora no es cosa del pasado, sino que ahora es más necesaria y urgente que nunca.

—No sólo se trata de esta Isla, el sufrimiento es global y alcanza proporciones que rompen todos los límites del horror –insistió Gregorio, y enumeró los horrores–: Todos los crímenes contra la vida misma, el asesinato, el genocidio, el aborto, el suicidio. Todos los atentados contra la integridad de la persona humana y su dignidad: la tortura, física y mental, la prisión arbitraria e injusta, el permitir y hasta inducir condiciones de vida infrahumana, la deportación, la esclavitud, la prostitución, la venta de mujeres y niños, el uso de seres humanos como simples instrumentos de trabajo para producir ganancias... Es como si el hombre fuera el peor enemigo de sí mismo.

Adanel estaba más pálido ahora y la herida de su frente volvía a sangrar, levemente. Ya no era el surco que le había causado aquella bala, el cual había sido reparado con injertos de su propia piel. Ahora era una hendidura del tamaño de un ojal abierto. La sangre bajaba por su frente en un hilo que luego se deslizaba hacia las sienes, o las cejas, o la línea de la nariz, dependiendo de la posición en que estuviera su cabeza. Sus ojos estaban muy abiertos, pero su expresión era relajada.

–Jesús pide ayuda especial a ciertas personas que él elige. Y a veces insiste tercamente, aunque, al final, estas personas son libres de aceptar su proposición. Tú debes saber de una vez que tú has sido elegido. Pero también tienes que saber que puedes decir que no. Si dices que no, nada te pasará, Dios tiene otros candidatos. Si dices que sí...

Son los que llaman «los estigmatizados»

—Hay algo que todavía no puedo entender –dijo Violeta, aprovechando la pausa que había hecho Gregorio al decir «si dices que sí...» con el dedo índice levantado–. No entiendo por qué las llagas.

Enseguida se sintió incómoda porque se dio cuenta que había interrumpido a Gregorio en una parte importante de su relato. Sin embargo, pensó que esto no era tan grave después de todo, sino por el contrario, esto indicaba que ella se sentía segura y confiada, en familia. Y eso estaba bien.

Así lo tomó Gregorio, quien, además, estaba algo sorprendido porque ella no había interrumpido antes su discurso y había escuchado tanto tiempo en un silencio de colegiala. Y respondió, moviendo la cabeza:

—Las llagas... Este era el final de la historia, Violeta. Y también el principio. Este es un extraño privilegio que Jesús guarda para unos pocos de sus legionarios. La mayoría de los servidores de Cristo, incluidos seglares, sacerdotes, mártires, profetas, papas, santos, no han sido llamados a llevar tales signos. Esos escogidos han hecho hazañas legendarias, milagros, actos heroicos muchas veces. Han creado órdenes, como San Ignacio de Loyola. Han curado cientos de enfermos. Han sido autores de obras que han cambiado el curso de la historia de la Iglesia, como la Summa Teológica de Santo Tomás de Aquino. Han librado batallas gloriosas, como Juana de Arco. O han sido héroes misioneros como San Francisco Javier. O campeones de la humildad y la pobreza, como San Martín de Porres, al que llamaban Fray Escoba... Ninguno de ellos llevaba las marcas de la cruz. No las tuvo la Madre Teresa de Calcuta, quien no está en los altares, pero lo estará, pues es una heroína de nuestro tiempo. Ni siquiera las tuvo San Pedro, la piedra fundacional de la Iglesia, el primer Papa, escogido a dedo, personalmente por Jesús...

Volteó sus manos e hincó la palma de su mano izquierda con su afilado dedo índice. Violeta lo miraba ahora con miedo.

–Las llagas –continuó–, los signos vivos y sangrantes del asesinato de Jesús... La prueba extrema de la locura del hombre... La prueba también extrema del amor y la paciencia de Dios. Ésas están reservadas para unos pocos.

Miró a Violeta y se adelantó a su pregunta:

–¿Por qué? Eso no lo sabe nadie y Dios no se lo ha dicho a nadie todavía. Es como un capricho suyo, personal. Es una gracia insólita, extraordinaria, que Jesús ha reservado para un pequeño grupo: son los que llaman «los estigmatizados». ¿Sabes, Violeta, lo que significa «estigma»? Estigma significa una marca en el cuerpo, generalmente una marca humillante, signo de esclavitud o de infamia. Se estigmatizaba a los esclavos o a los renegados con una marca hecha con hierro candente. Estigmas, por extensión, también se le llaman a las huellas sobrenaturales que llevan en su cuerpo algunas personas que han aceptado ser copartícipes de la pasión de Jesucristo. Y se les llaman estigmas porque son marcas que asombran, que desconciertan, pero que también perturban y escandalizan. Un estigmatizado es un crucificado que está vivo, un símbolo palpitante de Jesús entre nosotros...

Violeta interrumpió a Gregorio, esta vez involuntariamente, con un sollozo estertóreo que estremeció todo su cuerpo y la obligó a esconder su cara de miel entre las manos. Gregorio, que estaba de Violeta a la distancia de uno de sus largos brazos, colocó su mano enorme sobre su hombro. Ella se aferró a esa mano, recia y áspera, pero piadosa, y hundió su cara en ella, y la bañó con sus lágrimas. Él comprendió aquel estallido del corazón, pero decidió continuar con aquella revelación. Nadie mejor que él sabía que a veces la verdad debe verterse a chorro, vaciarse toda de una vez, aunque sea cruel, aunque queme.

–La Iglesia ha elevado muchos santos a los altares y ha hecho un largo índice de mártires, y de vírgenes y de héroes y campeones de la fe. Pero, ¿sabes cuántos estigmatizados reconoce en toda la historia de la cristiandad? Unos pocos, Violeta, no más de trescientos veintipico. Desde San Francisco de Asís, quien fue uno de los primeros en llevar las llagas en sus manos y sus pies en los años 1,200, hasta el Padre Pío de Pietrelcina, fallecido hace sólo treinta y cuatro años, pasando por muchas santas –la mayoría de los estigmatizados han sido mujeres– como Santa Rosa de Lima y Teresa de Ávila. En el todavía muy reciente siglo XX no autenticó más de dos docenas de estos casos excepcionales. Esto es un misterio, un fenómeno extraño, fascinante, estudiado por los médicos, los psiquiatras, los esotéricos, pero inexplicable... La razón de la existencia de santos y mártires y de todo este contingente de voluntarios del sufrimiento, incluido el pequeño segmento de los estigmatizados, sólo es comprensible dentro de los linderos de la fe y a la luz de la lógica de la mística, si es que se puede hablar así.

–¿Cuál es esa lógica? –preguntó Violeta, tratando de calmarse, pero sin poder evitar un tono de protesta.

–El equilibrio del mundo se ha perdido –explicó él–. El mal rebasa el bien. Sólo en términos de supervivencia, en un planeta fértil como el nuestro, el hambre está devorando a más de una tercera parte de la humanidad, porque el hombre no ha querido distribuir justamente los recursos. Veinticuatro mil personas mueren cada día de hambre en nuestro mundo, seis seres humanos por segundo. Esta verdad, ella sola, es horrenda, pavorosa. Pero a esto, súmale todo el crimen, la mentira, la tortura, el genocidio, todo el mal que hace unos momentos mencionaba. Entonces, alguien tiene que hacer algo, alguien tiene que pagar por esto, porque la justicia humana no es suficiente y hasta es parte muchas veces de la corrupción global. Ya Jesús hizo lo suyo, cuando se dejó clavar injustamente en una cruz, para expiar toda esta culpa humana que no tiene fondo y parece no tener fin. Y lo hizo para redimirnos a nosotros, a los del pasado, los de hoy y los del futuro. Y lo que hizo es suficiente, porque el sacrificio de Dios basta para lavar todo ese mal, en proporciones infinitas. La sangre de Cristo, si fuera posible esta comparación, llenaría un océano donde todos los males, todas las traiciones, todo el daño, todos los pecados de la humanidad, de ayer, hoy y mañana, son lavados, esterilizados, cremados. Y ése océano está vivo, es una realidad actual y también eterna. La cruz no tiene tiempo, es atemporal, omnipresente en espacio y tiempo. Aunque sea muy difícil de entender, la crucifixión de Jesús rebasó su fecha y su lugar, y está sucediendo hoy y cada día, cada vez que se celebra una misa, pero aunque no se celebrara ninguna, será una presencia viva en la historia del hombre hasta el fin de los tiempos, como un abrazo sideral, ubicuo, infinito. Pero...

En este punto, Gregorio retiró su mano de entre las de Violeta, quien la había retenido, como quien estruja un pañuelo. Y, con mucha dulzura, tomó su barbilla y la indujo a levantar la cara y mirarlo a los ojos. Entonces dijo:

—Pero, siguiendo esa «lógica mística», Dios quiere que el hombre participe con Él en esta expiación, en esta reparación. Quiere que ciertas personas escogidas por Él lo ayuden a redimir al hombre, paguen una parte de la deuda insondable que la humanidad tiene con las víctimas de todos los tiempos, con los condenados, con los asesinados, con los torturados, con los prostituidos... y con Él mismo.

—¿Por qué Adanel?... ¿Por qué precisamente él? –preguntó Violeta.

—La respuesta completa no la tengo yo. Quizás hay otros a quienes se ofreció este compromiso y lo rechazaron. O tal vez hay otros que lo aceptarán, además de Adanel. Sólo sé que su espíritu, como ya te dije, tenía todas las condiciones para ejecutar esta misión. La sustancia de su alma reunía los requisitos. También sé que él lo ha aceptado, después de un largo tiempo de lucha. ¿Tienes idea de las luchas que Adanel ha librado en estos doce o trece años? ¿Sabes de su dolor, sus dudas, sus conflictos, del desgarramiento que significó solamente la renuncia a ti, Violeta... ?

—No –dijo ella, más serena, limpiando su cara con la tosca servilleta de paño que tenía delante–. No lo sé, ni él me lo dijo, ni nunca lo imaginé.

Gregorio le explicó:

—Adanel atravesó varias etapas. La primera fue de dudas. Sabía que Jesús, o alguien, o algo, lo estaba llamando y lo seguía a todas partes. Dios le hablaba a través de los sueños, pero no le hablaba claro. Entonces oró, rezó mucho, meditó, entró en una fase de contemplación, en la cual tenía visiones, a veces contradictorias. Un día entró en lo que los místicos llaman «las tinieblas de los sentidos». Esta es una experiencia devastadora porque parece que el alma se ha secado, que Dios te ha abandonado, que tienes que buscarlo en un desierto, con la pura razón, sin recompensas sensibles, ni siquiera intelectuales. Es como una purga a la que somete Dios al alma de los elegidos que aceptan este reto. Entonces hizo ayuno, oró con más intensidad, se entregó a ciegas. Cuando superó esta etapa, Adanel se sentía más seguro. Había asimilado la evidencia de que su herida incurable de la frente era una señal, una prueba de que Jesús lo había marcado y comenzó a entender que él quizás estaba siendo llamado a ser uno de esos escasos y extraños seres estigmatizados.

Gregorio se levantó, desapareció por un momento por la puerta que debía dar a la pequeña cocina y regresó con dos vasos y una botella regordeta, forrada en cuero. La destapó y sirvió una pequeña porción en cada vaso. Le pasó uno a Violeta y tomó el otro para sí. Le explicó que era un ron muy viejo, tan viejo que no era áspero, sino dulzón y casi aterciopelado. «Es bueno para el cuerpo y para entonar la mente», le dijo, y ambos bebieron un trago. Enseguida continuó:

—Cuando Adanel enfrentó y aceptó esa fascinante, pero aterradora posibilidad, comenzó a notar muy pronto, quizás unas horas después, que las palmas de sus manos le dolían, se hinchaban, y la piel comenzaba a abrirse y a sangrar. En una mezcla de miedo y de entusiasmo, se arrodilló y le dijo a Jesús «Si esto es lo que quieres de mí, yo lo acepto, pero háblame, porque no sé por qué me escoges a mí y no sé si podré con esto».

—Y... ¿Dios le habló? –preguntó Violeta.

—Claro que le habló –dijo Gregorio–. Le habló de muchas formas. Tú sabes que Él tiene muchas lenguas y muchas formas de comunicarse con sus hijos.

Me has hablado

—¿Por qué yo, señor? —preguntó Adanel—. Soy un soldado, un simple capitán, un pobre hombre que se equivocó, un desecho, una mierda...

Adanel estaba de rodillas en el suelo. El cuarto era muy pequeño, con una sola ventana que daba hacia un patiecito interior. No estaba solo porque la mujer que le había dado albergue le había pedido que cuidara a su niño mientras ella salía a hacer unas diligencias. El niño tendría cuatro o cinco años de edad y parecía dormido, en una rústica cuna de madera pegada a la pared. La mujer era muy valiente pues sabía que a Adanel lo estaban buscando en ése y en todos los barrios cercanos y había oído decir a uno de los hombres que lo buscaban —que no vestía uniforme, pero se notaba que estaba armado— que si sabían de este prófugo, tenían que avisar enseguida al comité de barrio o a la policía. «Es un tipo peligroso», había dicho, «está enfermo y loco... Además, si no lo entregan, será un delito de complicidad con el enemigo y una traición a la Revolución».

Pero ella no lo había delatado, como tampoco lo habían hecho tantos otros *vecinos* durante todo el año que llevaba oculto, cambiando de escondite cada cinco o seis días.

—¿Por qué yo? —seguía preguntando Adanel.

Desde hacía varios días habían aparecido aquellas llagas en sus manos y a veces sangraban y le dolían horriblemente. Ahora mismo la sangre que fluía de ellas manchaba el suelo de la pobre habitación. Y el hilo de sangre que manaba de la herida de la frente había vuelto a empapar de rojo la venda que siempre rodeaba su cabeza.

–¿Por qué quieres que lleve tus llagas? –seguía clamando–. Yo no lo merezco, pero además, creo que mucho más útil te sería si me dejaras trabajar con los tuyos, con la Iglesia, con la disidencia... Si me das una mano puedo organizar a esta gente que hoy me acoge y me esconde. Puedo sumarme a los héroes que, a plena luz, recogen firmas, organizan sindicatos, abren bibliotecas libres en la sala de su casa, se enfrentan pacíficamente a la tiranía para reclamar derechos y libertades. Si me das las fuerzas puedo contribuir a que mis hermanos en las Fuerzas Armadas vean la verdad. Y si por todo esto voy a prisión, yo podría llevarte a ti, junto conmigo, preso, para trabajar con esos hijos tuyos enterrados en vida...

Así hablaba Adanel con Jesús, de rodillas, sangrando por sus manos y su frente. Y le decía, «háblame, que yo entienda... háblame de alguna forma».

Entonces, pasó algo que lo consoló porque se dio cuenta que era oído. Ese fue el primero de una serie de signos que le descifraban lo que Dios estaba pidiendo de él.

El niño se sentó en su cuna, lo llamó por su nombre y le dijo:

–Adanel, sangra conmigo por esta Isla.

Adanel se quedó petrificado al oír esto. Se levantó y se acercó al niño, quien ahora estaba concentrado en pintar disparates en un papel con unos creyones que él le había traído hacía ya tiempo, cuando recorría los barrios repartiendo cosas.

Cuando la mujer que lo tenía escondido regresó, halló a Adanel sentado en la cama, mirando como el niño garabateaba los papeles. Vio la sangre en el suelo, en la cama y en la ropa de Adanel, pero no se asustó porque ella ya sabía lo que le estaba sucediendo a su huésped. Aunque era una mujer sencilla y sin mucha formación, se sinceró con Adanel y le habló de una forma que él nunca hubiera esperado de ella, o de ninguno de aquellos *vecinos* que ahora lo ocultaban y lo cuidaban. Mientras le enjugaba la sangre de las manos, le limpiaba las llagas y le cambiaba la venda de la frente, le dijo:

—Soy afortunada de tenerte en mi casa. Todos en el barrio sabemos que eres un enviado de Dios. Es como si el Cristo viniera a vivir un tiempo con nosotros.

—¡Por Dios! ¿Quién te ha dicho eso? —le preguntó Adanel.

—Lo dicen todos —dijo ella—. Lo dicen las ancianas que te dieron albergue hace tres días. Lo dice Lázara, la inválida que te vio pasar una vez, a pocos pasos de ella, cuando corrías a esconderte, aquella vez que casi te atrapan. Lo dice Marcos, el ciego que vive solo en la casita que da para la zanja que está en el mismo borde del barrio, y él ni siquiera te ha podido ver. Lo dice el cura viejito que te lleva la comunión cada día, donde quiera que te ocultes. Lo dice hasta Mongo Oguaní, el viejo babalao de la casa de la esquina.

—Te he manchado tu casa con mi sangre —dijo él apenado.

—Tu sangre es más bendita que el agua bendita. Tú estás bendecido por Dios. Alguien como tú tenía que venir, a lavar los males de esta Isla. Han querido matar a Dios otra vez, y la Virgen ha tenido que esconderse. Nos roban a nuestros hijos para envenenarles el alma. La mentira es la ley, la hipocresía es la única moral. El mañana está muy oscuro, la esperanza está muerta...

Ella le explicó sus razones. La Isla ha caído en la desgracia. Un grupo de malvados la maneja a su antojo, reniega de su historia, inventa leyes inhumanas y ni siquiera las cumple luego. Pisotearon los valores de La Isla, sus recuerdos, sus glorias. Deshonraron a sus mártires, fusilaron, expulsaron o metieron en la cárcel a sus mejores hombres. Matan, encarcelan, prostituyen, mienten, se reparten la menguante riqueza. Profanaron la tierra, mancillaron las aguas y violaron la bendita naturaleza que Dios nos regaló.

—No bastan las misas, ni los rosarios, ni las procesiones —continuó—. No alcanzan los novenarios, ni los rezos perpetuos de las ancianas, ni los inciensos, ni las bendiciones del cardenal y los obispos, ni las plegarias a la Virgen de Oriente.

La mujer se llevó las manos a la cabeza y parecía querer taparse los oídos. Y le decía, ahora en voz baja y grave, que no era suficiente la agonía de los presos, ni los sacrificios en los templos, ni andar descalzos por los caminos y subir de rodillas las escaleras de San Lázaro, dejando sangre en cada piedra. Que no alcanzaba el dolor de las madres solas, ni el holocausto cotidiano de los hombres y mujeres que se lanzan al mar con sus niños y sus viejos. Las tinieblas eran más poderosas que la luz. La Isla Perla se hundía irremediablemente en un mar oscuro y maldito.

—Estamos condenados —dijo, casi gritando en voz baja, con vehemencia—. Esta Isla no tiene redención. Hasta en la tierra se abren llagas... ¿No sabes tú lo que está pasando en Río Hondo? La cruz está en el suelo, aplastando al Cristo. Alguien tiene que ayudarlo. Alguien tiene que compartir con Él este peso de La Isla-Cruz. Y yo creo que ése eres tú... Bendito eres.

La mujer cayó de rodillas ante Adanel, pero éste la levantó y le agradeció sus palabras:

—No sé quién ha puesto esas palabras en tu boca. Pero creo que a través de ella Jesús me está hablando.

Ella se sentó en la cama junto al niño y tomó uno de los papeles que éste había estado llenando de garabatos y dibujos sin sentido. Adanel miró el papel y pudo leer una corta oración, que, aunque escrita con los trazos vacilantes de la mano infantil, decía claramente: «Sí. Soy yo».

Miró entonces Adanel hacia arriba y dijo:
—Me has hablado. ¿Qué más puedo pedirte?

Adanel volverá a ver la luz

–Esta Isla tiene redención, Violeta –dijo Gregorio–. Pero parece que Dios quiere corredentores. Adanel es uno de ellos. Y es un milagro vivo y andante. ¡Un milagro de hoy!
Ella no quería hablar.
Era demasiado. El choque al ver a Adanel después de trece años, llagado, sangrante, si bien vivo y por momentos con la mirada de los iluminados, había sido desolador. Y luego, el encuentro con este hombre misterioso que, aunque lleno de piedad y de una fuerza espiritual nueva para ella, la había perturbado con su relato hasta las raíces de su razón, sus emociones y sus nervios. Estaba exhausta. Sentía que no estaba preparada para esto. Aunque había sufrido mucho durante varias etapas de su vida, especialmente aquellas que tenían que ver con la ausencia inexplicable de Adanel, nadie la había acondicionado para tales experiencias, las cuales, además, estaban llegando todas juntas, sorprendiéndola, aplastándola. Sus amores con Adanel habían estado llenos, desde el primer minuto, de una plenitud y una pasión devastadora, pero que a pesar de su intensidad, habían colmado de paz sus días juveniles. El baile, su otra pasión, su vocación excluyente y agotadora, sólo había traído a su vida satisfacciones físicas y espirituales, y aunque éstas fueron cocinadas en crisoles de penitencia volunta-

ria y de castigo muscular, hoy ella era en La Isla una figura cimera del arte de volar en los escenarios del ballet. Su vida religiosa, por otra parte, era sencilla, pintoresca, poblada de coloridos santos que reinaban en altares domésticos aderezados de velas, abalorios y frutas siempre frescas. Su Dios era el mismo de Gregorio y de Adanel y estaba clavado en una cruz. Ésta a veces era de madera, o de latón, y otras era de escayola, o podía llevarse al cuello, colgando de una cadena dorada, pero no pesaba nada. Jesús había sufrido, sí, pero en el pasado. Y volvía a sufrir los viernes santos, y se podía ver exhausto bajo el peso de la cruz en las imágenes que se balanceaban en las procesiones a lo largo de las calles. Pero luego, según le decía tía Copelia, Él resucitaba otra vez el domingo. Rezaba, claro que sí, cuando tía la llevaba a ver al Nazareno a la iglesia aquella en el pueblito aquél. Y sentía mucha tristeza al ver a aquel hombre que sangraba profusamente de su frente por culpa de las púas de la absurda corona de espinas. También rezaba cada noche, antes de dormirse, y eso era un ritual intocable para ella: rezaba a la Virgen y al ángel de la guarda, y les pedía por los pobres y por sus padres que estaban en el cielo, y por ella misma, para que pudiera realizar todos sus sueños... Pero este otro Dios, el que Gregorio le estaba revelando, no parecía ser el mismo. Andaba a la búsqueda de personas que lo ayudaran con su cruz. Estaba buscando gente que compartiera con Él la redención del mundo. Necesitaba hombres y mujeres que aceptaran la invitación a hacerse santos y mártires. Además, les insistía, se encaprichaba con ellos, los seducía, aunque, según Gregorio, respetaba la libertad de cada uno. Y este Dios, nuevo para ella, perturbador y terrible, había invitado a Adanel, su amado Adanel, a que sangrara en la tierra por La Isla y por la humanidad.

Violeta no quería hablar. Además, tampoco sabría qué decir.

–¿Qué te pasa, hija? –preguntó Gregorio, mirándola con una piedad que tenía mucho de comprensión–. Ha sido demasiado, ¿verdad?

Tomó la botella regordeta y le sirvió un poco de aquel ron balsámico y antiguo. Y le dijo:

—Toma un poco más de este ron. Es noble y bondadoso y te ayudará a descansar. Duerme un poco. El día de hoy no da para más, Violeta. Recuéstate en ese escaño, yo te traeré una frazada para que te tapes, porque en la madrugada habrá fresco.

—¿Qué pasará con Adanel? —preguntó ella, acomodándose entre los cojines del escaño y sintiendo que el cansancio la vencía irremediablemente—. ¿No puede usted hacer algo por él?

—Durante los primeros años a mí me permitieron entrar a su celda en el Sanatorio. Tenían la esperanza de enterarse, a través de mí, qué era lo que le estaba pasando a Adanel. Me dejaban entrar todos los días... y yo sabía que grababan mis conversaciones con él. Después, un día, me botaron y me pidieron que no volviera. Hasta me amenazaron con encerrarme a mí en otra celda si me veían por allí.

A Violeta se le cerraban los ojos, a pesar de que hacía un gran esfuerzo por no dormirse.

—Pero buscaremos una solución —prometió él finalmente—. Con tu ayuda, la de Dios, y quizás con la de Florencio, intentaremos sacar a Adanel de esa tumba. Su tiempo de tinieblas se ha cumplido. Adanel ahora volverá a ver la luz. Y muchos lo verán a él. Mañana trabajaremos juntos en un plan... Ahora, descansa, hija...

SUCESOS PARALELOS (TRES)

–¿Y pudieron ver la llaga?
–Sí, la vieron y la revieron. Estuvieron mirándola mucho rato desde arriba del mogote, con sus propios ojos... Y con los gemelos de Aracelio, el maestro.

Los tres hombres hablaban mirando los mogotes que circundan el vallecito de Río Hondo, a sólo unos diez o doce kilómetros de allí. El sol de las once bañaba esos mogotes con una luz tan intensa que parecía sobrenatural, en contraste con la amable sombra del portal de la bodega donde conversaban. Estaban sentados frente a una mesa de madera que tenía un tope en los bordes, para impedir que las piezas del dominó cayeran al suelo. Las piezas, de hueso amarillento gastado, permanecían en desorden sobre la mesa, algunas bocarriba. El que había hecho la pregunta era el mayor de los tres y le daba vueltas distraídamente a una de las piezas, la cual giraba sobre sí misma, como un trompo rectangular. El que respondió era más joven, pero también de faz arrugada y curtida por el sol, y tenía puesto el sombrero de guano, a pesar de estar a la sombra. El tercer hombre miraba, con gran concentración, el pequeño y sólido vaso que contenía un aguardiente blancuzco con olor a anís. Los tres fumaban habanos de confección casera.

—¿Y no los descubrieron los soldados? —volvió a preguntar el que jugueteaba con la pieza de dominó.

—Pues quién sabe... Esos están por todos lados —respondió el del sombrero.

El tercer hombre tomó el vaso con la bebida anisada y se lo empinó de un golpe.

—Yo no entiendo cuál es el misterio que le han puesto al asunto este —dijo—. Hace un par de meses mi cuñado Cristóbal se llegaba todos los días hasta allí y se sentaba al lado de la llaga. Él dice que respirar el humito que sale de ella le hacía bien...

El hombre mayor disparó la pieza con un movimiento de su dedo índice y ésta se deslizó sobre la mesa y golpeó a las demás con un sonido seco. Y dijo, con un dejo de disgusto:

—La culpa la tienen las mujeres, que se pusieron a rezar allí, como si aquello fuera la iglesia.

—Y a llevar flores —dijo el otro.

—Ya querían pedirle al cura que levantara un altar allí —terció el que había empinado el aguardiente, y tosió.

Por el camino de tierra que atravesaba el pueblito pasaron dos jeeps militares a toda velocidad en dirección al macizo de mogotes, levantando una bocanada de polvo que llegó hasta ellos, dejando una fina capa sobre la mesa. Las antenas de los dos vehículos se inclinaban como si fueran cañas al viento.

—¿Y qué dijo el cura? —preguntó el primero.

—El cura es un viejo cascarrabias —dijo el del aguardiente, y le hizo señas al bodeguero para que le trajera la botella—. Se puso bravo y dijo que la Iglesia no tenía nada que ver con esas supersticiones. Claro que esa misma tarde —y aquí el hombre se rió con una carcajada corta— lo vieron curioseando por allí, disfrazado de civil.

—Yo creo que deberíamos hablar con Pepe Antonio —terció el mayor—. Como alcalde, él tiene la autoridad para hablar con los de la guarnición... Y pedirles que dejen entrar a la gente al vallecito. Qué más da que recen un poco allí...

El bodeguero, un mulato viejo y flaco, cuyas carnes fláccidas se caían en cascada bajo la camiseta, le sirvió otro trago al del vasito.
—¿Les pongo un poco? —preguntó a los otros dos.
Ellos no le respondieron.
—Pepe Antonio ya hizo lo que podía —dijo el del aguardiente, colocando con delicadeza el vasito sobre una de las piezas de dominó—. Fue con una delegación a ver al comandante del campamento, un tal Cajigal, y ni lo dejaron acercarse. ¿Tú no sabías? Está cabrón porque dice que eso no se le hace a la autoridad máxima del pueblo y del partido local.
El del sombrero se dirigió ahora al más viejo:
—¿Y tú qué crees de eso, Félix? Tú que dices que lo has visto todo.
Félix volvió a tomar una ficha del dominó y la hizo rotar otra vez. Dio una chupada larga a su habano y con los ojos entrecerrados miró largamente al que le había hecho la pregunta. Espantó la ceniza del habano en el suelo y dijo en voz muy baja:
—Pues no sé. Esto sí no lo había visto nunca.
Siguió un silencio que permitió que los tres oyeran la brisa tibia. También oyeron lo que parecían disparos lejanos.
El tercer hombre tomó otra vez el vasito, entre el índice y el pulgar, manteniendo los otros tres dedos levantados, en abanico. Pero no se lo empinó, sino que lo sostuvo a la altura de la boca mientras hablaba.
—Por ahí dicen que esta tierra está sufriendo tanto que le empezaron a salir llagas.. Y que la gente del laboratorio agrícola no ha podido saber qué es la sustancia que botan esas grietas...
—Eso lo resuelven con abono... —interrumpió el del sombrero.
—¡Carajo, Mongo, no están hablando de eso! —estalló el otro, y continuó—. Dicen que esta Isla está penando los errores de sus hijos. Y que a veces las llagas se le abren a la tierra, como se le abren a veces a los hombres. Que la tierra es como la carne de su pueblo, y sufre y llora... y sangra.
Empinó el vaso de aguardiente, se lo tragó de un golpe y añadió:
—La tierra es como la carne de Adanel Palmares... Sí.

Los tres hombres se miraron entre sí y miraron a ambos lados y hacia atrás.

El bodeguero, detrás del mostrador, no oyó nada de lo que decían, pero vio sus gestos de miedo y de sospecha. Aunque no había nadie más en esa esquina a esta hora.

CAPÍTULO IV

LA LUZ

El angustioso amanecer de Florencio Risco

El timbre del reloj despertador entró como un taladro hasta el mismo fondo de su pesado y pedregoso sueño, y Florencio se sobresaltó y abrió los ojos de golpe. Dio una vuelta en la cama y apagó el ruido con urgencia. Luego volvió a clavar la cara en la almohada, que estaba empantanada y fría, y se tapó los oídos con ambas manos.

Una segunda alarma sonó directamente junto a su oreja izquierda, esta vez con un sonido tecnológico de bip-bip digital. Recordó entonces que había ajustado su reloj de pulsera a la misma hora que el otro, como una precaución adicional. Eran las seis y treinta de la mañana.

En un instante lo recordó todo y la secuencia visual del día que le esperaba se le reveló de forma casi fotográfica, acompañada de fogonazos de luz. Saltó de la cama, y le pareció que había chocado con el techo, y así tomó conciencia del dolor de cabeza que tenía.

Se sentó en la cama otra vez y mientras marcaba el número de teléfono de Livia, su novia farmacéutica, hurgó en la gaveta de la mesa de noche, en busca del frasco de aspirinas. Cuando ella respondió, ya él se había tragado seis pastillas, en seco, ya que el líquido más cercano que existía era el resto del whisky que había quedado en la botella al pie de la cama.

—Floren —dijo ella con voz soñolienta, pero con un júbilo creciente—, llegaste, mi amor... ¿Te pasa algo?

Él se disculpó por llamarla tan temprano y le explicó la urgencia que tenía con las fotos. Que si podía revelárselas y sacarle unas copias ahora mismo, él iría para allá y esperaría por ellas.

—Claro, ven para acá, lo hacemos ya mismo —dijo ella—. Recuérdate que no puedes esperar mucha calidad de mi cocinita de procesar fotos... Pero ven, aquí nos arreglamos.

Veinte minutos después, Florencio Risco bajaba a saltos las escaleras desde su apartamento de primer piso en el reparto de Miralamar. Entre sus disciplinas aprendidas en la Fuerza estaba la de afeitarse, bañarse, ponerse el uniforme, acicalarse y hasta desayunar medio litro de café con leche y un buen pedazo de pan con mantequilla, todo en quince o veinte minutos. Al llegar al último escalón, sin embargo, tuvo que aguantarse al pasamanos y hacer una pausa de algunos segundos. El dolor de cabeza todavía no había sido vencido del todo, ni tampoco los restos de cierta repugnancia que le dejara la náusea de la noche anterior.

Livia vivía a un par de cuadras, que él apuró en menos de cuatro minutos. Pero no tuvo que tocar a la puerta. Ella la abrió cuando él estaba subiendo los dos escalones del portalito, porque había estado vigilando su llegada por la ventana de su habitación, todavía desde la cama. En cuanto entró, ella le echó los brazos al cuello, y él pudo sentir el olor íntimo a sábanas y a ropa de dormir de la muchacha, saliendo en cálidos efluvios desde dentro de su bata desabotonada.

—Mi capitán —le dijo al oído, y le dio un beso mojado en la oreja—. Me tenías abandonada...

Florencio sintió que una onda erótica le subía, cálida y urgente, desde el comienzo de las ingles, como una marea incontenible. Fue algo sorpresivo que lo turbó repentinamente porque en su angustiosa agenda del día no había incluido nada así y no quedaba ningún espacio para tales lances. «Es lo que me faltaba», pensó, y se contuvo. Con toda la delicadeza de que fue capaz, tomó los brazos de Livia por las

muñecas, se los quitó del cuello y los mantuvo inmovilizados, como si los esposara.
　Ella lo miró muy asombrada y le preguntó:
　—¿Pero a ti qué te pasa?
　Él le explicó como pudo que estaba en medio de un asunto muy urgente y que no había tiempo ahora de hacer nada que no fuera el revelado de las fotografías. Que esa noche regresaría y que, además, destaparían la botella que ella le había regalado con la condición de que la tomaran juntos.
　Livia hizo un gesto displicente, se abrochó la bata y le dijo que se iba al cuarto oscuro para trabajar en las fotos. Y añadió:
　—Si quieres, espérame afuera... Por si le tienes miedo a la oscuridad.
　Pero él insistió en entrar con ella porque quería estar allí, presente, cuando las imágenes de su reportaje gráfico sobre la *llaga* de Río Hondo comenzaran a surgir.
　—¿Cuál es tu misterio, chico? —le dijo ella mientras apagaba la luz e iniciaba el proceso de revelar el rollo—. No me digas que éstas son las fotos que tomaste ayer en Río Hondo...
　—¿Y quién te dijo que yo estuve ayer en Río Hondo? —preguntó él con cierta brusquedad, tomándola por el brazo.
　Pero ella se libró con un movimiento, brusco también, y le dijo:
　—Yo sé muchas cosas, mi amor... En esta Isla cada vez hay menos secretos. El farmacéutico donde trabajo me dijo que los médicos del departamento de biotecnología no han podido saber qué es lo que expulsa la *llaga*. Que es una materia orgánica vegetal que se parece a la sangre... No sé, debe ser como una savia.
　Florencio no supo qué responder y permaneció en silencio, detrás de ella, mirando con tensa atención cada uno de sus movimientos. Al final de una corta espera, que a él le pareció ominosamente larga, ella dijo, con un tono burlón y algo vengativo:
　—Oye, Floren, ¿tomaste estas fotos de noche... o no le quitaste la tapa al lente? Aquí no se ve nada... ¡Qué desilusión! Yo quería ver la *llaga*...

Él la echó a un lado y miró, despavorido. Las fotos no habían salido. El rollo era una cinta ciega de celuloide negro.

Sin dar explicaciones, salió del cuarto oscuro y de la casa, casi corriendo, sin saber todavía cuál sería su próximo paso. No cerró la puerta al salir y oyó la voz de Livia detrás de él que le decía «Floren, espérate chico... ¿qué bicho te picó..?»

De nuevo en su apartamento, con la cinta de celuloide negro entre las manos, salió a la terraza, respiró profundamente el aire tibio que venía de la playa, y trató de pensar.

Se sentó y, nuevamente, trató de aplicar las técnicas aprendidas y practicadas en la escuela de oficiales. Concentración en el momento de crisis. Aislamiento virtual de cuanto pasa alrededor. No oyes las balas, ni las explosiones. Ni siquiera te afecta la sangre que te salpica. Serenidad como reflejo condicionado ante el peligro. Análisis. Estrategia. Acción.

¿Qué podía haber pasado?

Posibilidad primera: la naturaleza sobrenatural del fenómeno lo hace invisible a la fotografía, o produce un bloqueo visual. Descartado. Esto no lo puedo aceptar racionalmente, es altamente improbable y, además, disparatado.

Posibilidad segunda: la cámara falló, o el rollo de película estaba dañado, velado, pasado de fecha... Descartado. La cámara es nueva y muy confiable. Es una *Nikkon N 80*, uno de los modelos más recientes de esa marca, comprada por mí en persona en New York, cuando viajé hace menos de un año junto con la comitiva del Comandante. La he usado muchas veces antes, con estupendos resultados. Y el rollo es nuevo, me lo trajeron hace un par de semanas de Miami.

Posibilidad tercera: Livia no hizo bien su trabajo. Descartado. Ella no produce fotografías con calidad de concurso, pero conoce al dedillo la técnica sencilla de revelado. Además, yo estaba delante.

Posibilidad cuarta. El cabrón de mi padre sacó el rollo original de la cámara, tomó otro, lo expuso a la luz, lo veló, y lo metió en la cámara para hacerme creer que era el mismo que yo usé en Río Hondo. Y él se quedó con el rollo original y lo tiene escondido en alguna parte... Acertado. Eso mismo es.

TIERRA ELEGIDA

Objetivo: recuperar ese carrete. Estrategia y acción...

Tomó el teléfono y llamó al hospital Patricio Benguela, el reino de su padre. Mientras marcaba los números, ideó la estrategia. Obviamente, no pediría por el Coronel doctor Basilio Risco. Correría el riesgo con la única persona que le merecía alguna confianza en ese matadero de gente sana. Ojalá que estuviera de guardia.

–Hospital Patricio Benguela... –contestó la voz de la telefonista.

–Habla el capitán Florencio Risco. Necesito hablar con el doctor Amador Seibabo. Es un asunto oficial y muy urgente.

Menos de un minuto después, el doctor Seibabo se puso al teléfono y le preguntó cómo se sentía y si ya estaba recuperado de la deshidratación sufrida el día anterior tras el incidente del estallido de vómito a bordo del helicóptero. Y le comentó:

–Su padre no se explica cómo pudo usted salir del hospital ayer, capitán, sin que nadie lo viera. Le dije que yo tampoco me lo explico...

–Seibabo –le dijo Florencio–, yo no recuerdo nada de lo que pasó ayer. Raro, ¿verdad? Debe ser consecuencia de la deshidratación.

Entonces preguntó y se aseguró que su padre, como de costumbre, llegaría al hospital pasadas las diez de la mañana y de que Seibabo lo ayudaría en la búsqueda de «un objeto personal mío que probablemente por error» se había quedado ayer en el hospital y que podría estar guardado en la oficina de su padre.

Y aunque Florencio no se consideraba un buen jugador, de una vez decidió jugárselo todo a una carta tapada. Entonces, improvisó –algo en lo que sí era bueno– y le habló a Seibabo de que a él le era imperioso ver a Adanel Palmares, por «órdenes que vienen de arriba» y que esperaba que «la autorización firmada para entrar al sanatorio esté lista».

Todo esto fue hablado midiendo cada palabra y calibrando cada inflexión de la voz. Ambos hombres estaban conscientes de que la grabación de las conversaciones telefónicas de todo el personal relacionado con el Poder, era en La Isla un procedimiento de rutina.

A las siete y cuarenta y dos minutos, Florencio conducía su carro personal, un Lada de la generación que desembarcó en La Isla a principios de los ochenta. No quiso llamar a su chofer, y tendría mucho cuidado de no contestar cualquier llamada. Sabía que corría el riesgo de que alguna unidad de la Seguridad del Estado comenzara a seguirlo, por obra de las maquinaciones e influencias de su omnipresente y tenebroso padre, pero esta posibilidad no era prioritaria para él ahora. Además, hasta el momento, no había ninguna razón real que lo convirtiera en sospechoso para el sicótico aparato de seguridad del gobierno, como no fueran las intrigas del coronel Basilio Risco, siempre enredador y tramposo, además de envidioso de cada uno de sus avances. La hoja clínica de su lealtad a la Revolución era, después de todo, impecable, y el haberse escapado del hospital anoche no era ninguna falta grave. La tormenta que comenzaba a girar en su conciencia no era todavía huracán y, lo más importante, era imposible de detectar por ahora.

Mientras manejaba por las calles casi vacías de la ciudad, repasó sus próximos movimientos. Después de hallar el rollo perdido, y hacerlo revelar de inmediato, y si la jugada que acababa de hacer le salía bien, iría directamente a ver a Adanel. Aunque no tenía totalmente claro por qué, sentía ahora una necesidad imperiosa de verlo. Quería hablar con él sobre el fenómeno de Río Hondo, pero había algo más. Al romperse todos los diques que había levantado durante años en torno a su memoria, la antigua amistad con Adanel, aquella venturosa «hermandad de sangre» como aquél solía llamarla, estaba ahora abierta como una herida, y en carne viva. Era su obsesión del momento.

Tomó su teléfono celular y trató de comunicarse con Violeta. Ella formaba parte de la estrategia que lo ayudaría a llegar a Adanel. Pero, además, ella completaba el tríptico que había quedado flotando tras la tormenta que azotara y revolviera todas las capas de su conciencia. Le era necesario encontrarla, como a un salvavidas para el náufrago que ha perdido todos los cabos que le han arrojado y ahora no tiene de dónde agarrarse.

El teléfono de Violeta sonó hasta que el timbre se extinguió. No estaba en su casa. Y ella no pertenecía a la casta privilegiada del teléfono celular.

Con desesperación, lanzó el teléfono contra el asiento contiguo, y el teléfono rebotó y también, en ese preciso momento, timbró.

Por unos momentos, dudó si debía responder a la llamada. Finalmente, cuando el timbre sonaba por cuarta vez, contestó. Era Violeta.

Delante de sí tenía la dolorosa historia de esos catorce años

—Yo no le he dado a usted estas llaves –le dijo a Florencio en voz muy baja el doctor Amador Seibabo mientras le entregaba un pequeño estuche niquelado que contenía copias de las llaves de la oficina del coronel Basilio Risco.

Ambos estaban ocultos tras una ambulancia, en el sótano del hospital Patricio Benguela, porque éste era el sitio donde por teléfono habían acordado encontrarse.

—Y este documento se lo entrego de buena fe porque creo que usted es el único que podría salvar a Adanel Palmares. Le diré al doctor Risco, aunque él sabrá que es mentira, que se lo di porque usted tenía «órdenes de arriba», de visitar a Adanel.

Y le entregó un sobre que contenía una autorización firmada por él para entrar a la celda de Adanel en el sanatorio donde purgaba sus años. Le explicó que como hombre de confianza del doctor Risco él podía asumir algunas responsabilidades de la dirección del hospital en ausencia de aquél. También le dijo que estaba consciente de que esto podría costarle su puesto, ganado y cimentado a costa de trabajo duro y devoto, y de mucho sacrificio, especialmente el de soportar las veleidades profesionales de su padre y sus frecuentes humillaciones.

—No sé cuál es su plan —continuó—, ni quiero saberlo, pero a ese hombre hay que sacarlo de ese infierno. Ahora no tengo tiempo de contarle todo lo que le han hecho, o mejor debo decir «le hemos hecho», en estos años. He llegado a la conclusión que algo sobrenatural pasa con ese hombre y hemos estado tratando de electrocutarle el espíritu. Yo no soy precisamente un creyente habitual, pero hay veces que no queda otro remedio que caer de rodillas y bajar la cabeza. Hemos querido achicharrar a un ángel y eso no es posible. Esto tiene que ser castigado... No tenemos salvación.

Esto último lo dijo el doctor Seibabo con la voz entrecortada y con una expresión muy alarmada en su rostro. Entonces sacó de su bolsillo un papel de carta doblado muchas veces y también se lo entregó a Florencio.

—Dibujé este plano del Sanatorio Modelo. Tengo autoridad para facilitarle a usted la entrada al Sanatorio, no el poder para sacar a Adanel de allí. Pero he pensado que con este plano y la fuerza de su uniforme, sería posible pensar en... bueno, en una fuga ayudada. El lugar está vigilado, pero no es una fortaleza y tiene sus puntos débiles.

Entonces le indicó a Florencio sobre el plano cuáles eran esos puntos débiles y sus ideas de cómo sacarles ventaja. Cuando terminó, hizo ademán de retirarse, pero Florencio lo retuvo con amabilidad.

—Le juro por mi honor y por mi pobre madre muerta, que mi padre no sabrá esto —le prometió Florencio con gravedad—. Si mi padre se da cuenta de que le han registrado su oficina y que se han robado el rollo de fotos, hay que hacerle creer que yo me robé estas llaves de su escritorio, doctor. En cuanto a Adanel, yo tampoco sé ya qué pensar... Pero estoy dispuesto a verlo, ahora mismo. Y a ayudarlo en lo que pueda.

Florencio le estrechó con fuerza la mano y le dijo:

—Ahora esfúmese por unas horas. Invente alguna emergencia y váyase. No corra el riesgo de que mi padre llegue antes, o lo llame por teléfono. Yo dejaré suficientes evidencias que demuestren que yo robé estas llaves de su gaveta. Ojalá volvamos a vernos usted y yo...

Amador Seibabo lo miró y no dijo nada. Le dio la espalda y fue en busca de su automóvil porque había aceptado la sugerencia de Florencio. Cuando Florencio comenzaba a subir la escalera que comunica el sótano con el primer piso del hospital, lo vio pasar por su lado, conduciendo hacia la calle. Entonces respiró hondo y dio gracias a su buena suerte. La carta tapada había resultado ser un as. Y reparó en que, por pura coincidencia, esas eran las iniciales del nombre del valiente doctor.

Ya dentro de la oficina de su padre, con la puerta otra vez cerrada con llave, Florencio comenzó su búsqueda, nerviosa, pero disciplinada y eficiente. Primero miró en todas las superficies de los muebles, archivadores y repisas. Siguió por las gavetas que no tenían cerradura, las portezuelas de los armarios llenos de folios, libros y expedientes, y los maletines que estaban colocados, unos contra otros, en una de las esquinas. El rollo no apareció.

Invocando la suerte que hasta ahora lo había acompañado, comenzó a probar las llaves en las distintas cerraduras de los archivos confidenciales. Sabía que esta parte no sería tan fácil como lo fue el dar con la llave que había abierto la puerta de la oficina. Le tomó más tiempo, pero sistemáticamente logró ir abriendo cada gaveta, cada archivador, cada fichero. Hasta que llegó a un mueble robusto y sólido que tenía el aspecto de una caja fuerte en pequeña escala. Temió que estuviera asegurada con una cerradura de combinación, pero con alivio comprobó que no era así. Una llave pesada de acero, de las que no pueden ser reproducidas por métodos convencionales, abrió su puerta, que parecía blindada. Dentro vio tres gavetas de hierro que contenían expedientes que estaban marcados con la palabra «confidencial».

Tampoco encontró el rollo de película dentro de las gavetas, pero echó un vistazo a los expedientes, los cuales estaban organizados en orden alfabético. Sin mucho esfuerzo, halló y sacó un abultado *file* identificado con el código SE-433 y el nombre «Palmares, Adanel», el cual estaba repleto de documentos y se veía muy manoseado.

Primero distraídamente, al azar, y enseguida con toda su aterrada atención, Florencio comenzó a escudriñar aquella colección de informes, fotografías, transcripciones de diálogos grabados; gráficos de electrocardiogramas y encefalogramas con marcas en tinta roja y anotaciones al margen; reportes de distintos médicos, paramédicos, psicólogos, brujos y charlatanes; resultados de análisis de sangre, bilis, sudor, saliva, orina, lágrimas y todos los fluidos y supuraciones que el cuerpo humano produce, tanto en circunstancias normales, como cuando es sometido a estímulos y eventos extremos como choques eléctricos, pinchazos, sesiones de hipnosis, quemaduras, golpes, pateaduras, estados inducidos por invasión de químicos, y otras contingencias inimaginables.

Supo de una vez y con espanto, todo lo que a su amigo le habían hecho, de lo cual había tenido, unos minutos antes, un adelanto en miniatura del doctor Seibabo, quien había sido uno de los testigos... y verdugos. Tenía delante de sí, documentada, fotografiada y minuciosamente detallada, la dolorosa historia de Adanel Palmares durante los últimos catorce años, desde su operación al regreso de Centroamérica.

No tenía el tiempo para examinar metódicamente todo aquel material, pero decidió que no podía salir de allí sin, al menos, componer para sí y quizás para otros, un cuadro sintético de aquel inventario de horrores. Otra vez echó mano de las técnicas aprendidas en la academia donde a él y a su amigo los habían fraguado para la defensa de la Patria. Tácticas de espionaje esta vez. Lectura rápida, observación múltiple, registro instantáneo, síntesis de emergencia, mnemotecnia de crisis.

Comenzó viendo las fotografías. En una secuencia visual que se extendía a lo largo de catorce años, presenció la transformación de Adanel, de un atlético y saludable joven, a lo que era hoy, una criatura enjuta y sangrante. Vio primeros planos de sus llagas, en manos y pies y de los ojales sangrantes de su frente. Vio también huellas que no podían atribuirse a ninguna enfermedad mental o física. Aquellas eran magulladuras, áreas amoratadas, huellas indudables de golpes y otras torturas y agresiones físicas.

Descartó los gráficos que resultaban de los exámenes realizados con electrodos colocados sobre el área del corazón, el cerebro y otros órganos, porque no los entendería aunque se esforzara. También evadió los resultados de análisis de laboratorio, los cuales eran para él como lenguaje cifrado. Y se concentró en los reportes médicos y psiquiátricos y en las transcripciones de cintas grabadas que le parecieron más relevantes.

Algo más de media hora después, sin el rollo de fotografías, pero con su memoria y sus entrañas cargadas con el peso pavoroso de lo que había logrado ver, leer y escrutar en los archivos «confidenciales» de su padre, Florencio salía del hospital Patricio Benguela, con un rumbo definido y varias decisiones tomadas.

Había colocado la caja con las llaves que le entregara Amador Seibabo sobre su escritorio, bajo unos libros. Después lo llamaría para explicarle que como no había encontrado el rollo de fotos, no había de qué preocuparse, pues nada faltaba en la oficina de su padre. Se había esmerado para que todo el registro que acaba de efectuar en las oficinas del coronel Basilio Risco, incluida la violación de sus archivos, no fuera notada ni por el más acucioso de los observadores. Estaba seguro que nadie lo había visto, porque él se había manejado como un profesional y porque las oficinas de su padre y las del doctor Seibabo –por una vieja manía de privacidad y secretividad del propio coronel– estaban ubicadas en un área no accesible a otras personas. A esa hora, además, todos en el hospital sabían que el doctor Risco estaba durmiendo todavía para reponerse de sus depredaciones de la noche anterior.

Eran las nueve y once minutos de la mañana cuando Florencio puso en marcha su automóvil y se alejó rápidamente del hospital. El rescoldo de la repugnancia que hasta una hora antes había sentido, como secuela de la noche anterior, había desaparecido. Ahora tenía la boca seca y su pulso estaba más acelerado que de costumbre, porque otra emoción había tomado el lugar de la náusea. La rabia.

El museo de Gregorio incluía alfileres

Cuando Violeta despertó, le hicieron falta unos segundos para saber dónde estaba.

Eran pasadas las cinco y media de la mañana y todo estaba en penumbras a su alrededor. Por una ventana abierta a su espalda venía la única luz posible, pero ésta era muy débil porque todavía no había amanecido. Sin embargo, muy pronto tomó conciencia de dónde estaba y recordó todo lo que había pasado la noche anterior, antes de quedarse rendida de sueño, gracias a un cansancio demoledor, dulcificado por el terso licor que, según Gregorio, era un ron muy antiguo.

Había dormido apaciblemente, apuntalada por cojines de distintos tamaños. Y a pesar de que la posición a que la obligaba el escaño que le había servido de cama le producía cierta molestia en la cintura, le hubiera gustado quedarse allí un rato más y seguir durmiendo.

Pero decidió levantarse.

De las muchas lamparitas que abundaban en la habitación, encendió la más cercana. A pesar de la poca luz que ésta produjo, le pareció que estaba sola. Encendió otras tres y así pudo orientarse a través de los canales que circulaban entre la aglomeración de muebles que la rodeaba. Confirmó su primera impresión: Gregorio no estaba allí.

Lo lamentó porque quería decirle un par de cosas. La conversación de la noche anterior había sido ya filtrada por la almohada y destilada a través de los sueños que todavía recordaba haber tenido durante su sosegado sueño. Quería decirle que no estaba de acuerdo con ese Dios que imponía tales tormentos a sus elegidos, así estos los aceptaran. No era justo que atravesara las manos y los pies de alguna gente —entre ellos Adanel— precisamente por ser buenos, tener un espíritu noble y puro, y, por tanto, pertenecer a esa «raza de santos», como la llamaba Gregorio. Y en todo caso, si las cosas tenían que ser así, entonces ella quería compartir con Adanel esos sufrimientos. «Pídale a ese Dios que a mí también me abra llagas en las manos», pensaba decirle.

Envuelta en estos pensamientos, atravesó la puerta que daba hacia la minúscula cocina y el baño. Tomó una ducha rápida que desvaneció la sensación —presente en su conciencia hasta ese momento— de que todo había sido un sueño. Pero no disolvió su rebeldía.

Además de muy enojada, Violeta estaba hambrienta. Pero no halló nada de comer en la cocinita, con excepción de media flauta de pan del día anterior. Mordisqueó un pedazo del tieso pan y mientras lo rumiaba junto a su enfurruñamiento, se puso a curiosear por la habitación, después de encender otras dos lámparas.

Paseó sus ojos por los libreros atestados y tomó un libro al azar. «Reflexiones en Torno a la Constitución de 1901", era el título. El libro era muy pesado, de gruesa y clásica encuadernación, y sus hojas le recordaron la piel amarillenta y frágil de su tía Copelia cuando ésta estaba ya cerca de la muerte. No conocía al autor, de apellido Ponce de León, pero la fecha de la edición, 1910, le era familiar, porque su tía le había contado que el cometa Halley había pasado sobre La Isla en ese año, que era el mismo de su nacimiento. Junto a éste, pudo ver los títulos de otros tomos que al parecer analizaban las sucesivas cartas constitucionales de La Isla, incluida la actual, promulgada por el gobierno revolucionario en 1976, y reformada en el 92, así como otros documentos de índole parlamentaria, legal y política.

Devolvió el pesado libro a su sitio y más allá tomó otro, más pequeño y encuadernado en piel negra. Era una edición de 1857 de

TIERRA ELEGIDA

«Lo que Fuimos y lo que Somos», un libro que describía la evolución de la Capital de La Isla desde su fundación en 1515. Tampoco conocía al autor: «D. José María de la Torre».

Medio metro después, descolgó otro libro de una alta estantería. Éste era estrecho y más liviano, pero de gran formato, porque era un compendio de mapas. «La Ciudad y sus Barrios», era su título, y databa de 1925. Era una obra echa a cuatro manos, por el cartógrafo José María Pombo y el arquitecto Pánfilo Carbonell. En la misma sección vio otros libros de mapas de la Capital y de las principales ciudades de La Isla, pero estos eran más recientes: 1950, 1977...

Le llamó la atención la serie de libros en papel Biblia donde parecía resumirse, en treinta y cuatro volúmenes, la historia de miles de familias de La Isla, desde los tiempos de la Colonia española hasta casi nuestros días. Pero más aún la intrigó la colección de guías de teléfonos, la primera de las cuales, según sus cálculos, debía haber sido editada en una fecha cercana a la introducción de las primeras líneas telefónicas del país.

No le sorprendió, por supuesto, ver varias ediciones de la Biblia y una gran abundancia de libros de tema religioso, desde la «Historia de Cristo» de Giovanni Papini, hasta el «San Pablo, Heraldo de Cristo» de Josef Holzner, pasando por las vidas de Santa Teresa de Jesús, San Juan de la Cruz, San Francisco de Asís, y muchos otros santos y mártires. A su alcance, sobre el escritorio repleto de papeles y revistas de muchas edades, halló uno de los libros que Gregorio había hojeado y citado la noche anterior. Era un libro reciente, en inglés, titulado «They Bore the Wounds of Christ», escrito por un franciscano secular llamado Michael Freze y, aunque el inglés de ella era muy pobre, comprendió que se trataba de un estudio sobre el fenómeno de los hombres y mujeres «estigmatizados» con las llagas de Jesucristo.

Siguió mirando y descubrió una colección de libros sobre otras religiones, muchos de los cuales eran verdaderas enciclopedias sobre el culto yoruba, sus ritos y liturgias. Vio muchos otros tratados de temas variados, así como mapas astronómicos y astrológicos, directorios de parroquias y folios manuscritos con primorosas caligrafías, cuyas fechas de origen estaban a veces borradas por la humedad y el tiempo. Además, esparcidas por todas partes, vio lupas de distintos tamaños, plumas antiguas, bastones de raras empuñaduras, un cayado de pastor, varios anteojos de distintas edades, un catalejo similar al que usaban los piratas y otros instrumentos que no alcanzó a identificar.

Se sentó en su ya domesticado escaño, dio una mirada circular, y trató de descifrar las claves de aquella especie de museo que tenía algo de biblioteca, hemeroteca, antología cartográfica, fichero de referencias, y sobre todo de memorabilia variada que a simple vista podría parecer caprichosa y extravagante. A través de un rápido proceso de deducción –y también de inducción– que su vivaz inteligencia realizó sin mucho esfuerzo, llegó a una rápida conclusión. Desde una perspectiva general, allí estaban concentradas las herramientas que un explorador, un investigador o un forastero, hubiera necesitado para ubicarse, orientarse, informarse, en un momento determinado del tiempo, respecto a la historia y la vida civil, cultural, política y religiosa de La Isla, y en especial de su ciudad Capital. Le vino a la mente un ejemplo que la ayudó a enfocar y reducir aquella amplia perspectiva a una más particular: si a un espía le fuera encomendada una misión en un país como esta Isla o una ciudad como la Capital, totalmente extrañas para él, le hubiera sido muy útil visitar la madriguera de Gregorio de la Cruz. Así ese espía llegara a La Isla a fines del siglo XVIII, o en el año dos mil tres. Lo cual le hacía pensar que la «casta» de Gregorio –o como quiera que se pudiera denominar su estirpe– debía haber hecho sus primeras incursiones en este país algunos siglos antes. Ellos serían los antepasados de Gregorio, los pioneros.

Tan absorta estaba en estas especulaciones, que no advirtió que Gregorio había entrado y, tras haber cerrado la puerta, estaba de pie como una sombra, mirándola muy serio. Acunaba en el brazo izquierdo, como quien carga a un niño, una garrafa de leche, una flauta de pan de hoy y una mano de plátanos.

–Llegó usted... –dijo Violeta al verlo, un poco sobresaltada.

–Buenos días, Violeta –le dijo él con afecto–. Veo que te gustan mis lamparitas. Las enciendes aunque sea de día.

Ella entonces se dio cuenta que había amanecido y miró hacia la ventana, por la cual entraban las primeras, tiernas, luces del día.

—¿Te gustan mis libros? —preguntó él con un tono mordaz—. Bueno, no todos son míos. En realidad hay muchos que hoy no sirven para nada... Como te dije ayer, habría que hacer una limpieza aquí. Pero hay que reconocer que, en su momento, fueron muy útiles a otros que vinieron antes que yo... antes de que existiera la computadora. Por cierto, ¿ya descubriste dónde tengo la mía? No es muy rápida, porque es un poco vieja, pero me ha servido muy bien...

Mientras decía esto, entraba y salía por la puerta que daba a la cocina y Violeta se dio cuenta que estaba preparando café y poniendo platos y tazas sobre la mesa.

Él seguía hablando, como si supiera que Violeta rabiaba por una pausa para exponerle sus quejas y, además, preguntar algunas cosas sobre aquel museo, y no quisiera dejarla.

—Si tuviéramos tiempo, podría enseñarte algunos libros, álbumes y otras memorias que son verdaderas joyas y que están guardados bajo llave en aquel escaparate, el de los espejos. Te sorprenderías si vieras las fotos y las firmas de los personajes históricos a quienes, de una forma u otra, tratamos y aconsejamos en el pasado... A veces con éxito y otras veces sin ningún resultado. Pero creo que lo que más te gustaría sería hojear el «Diario del Futuro» que escribió uno de nosotros, hace dos siglos. Ese antecesor mío era un profeta y predijo muchas cosas que ya pasaron en esta Isla, aunque en otras se equivocó estrepitosamente... Pero así son las cosas, nunca se sabe, porque al final, todo depende de las decisiones que los hombres toman y las consecuencias que éstas generan...

Violeta trató de aprovechar esta pausa para comenzar con su ráfaga de protestas y preguntas, pero, otra vez, él no la dejó y le dijo, en un tono paternal y condescendiente:

—Ven, vamos a tomar este café con leche, antes que se enfríe. Y tenemos que hacer un plan, ¿recuerdas?

Violeta se sentó a desayunar y él, sin dejarla aún reaccionar, desenterró bajo un puñado de ejemplares de «Grana», el único y oficial periódico que circulaba en La Isla, un teléfono negro y pesado, y lo puso sobre la mesa.

–Creo que para empezar, debes tratar de hablar con Florencio. Supongo que te sabes de memoria su número.

Violeta no estaba segura si se sentía abrumada o coaccionada, pero pensó que ya habría tiempo para calmar sus desacuerdos –y su curiosidad– y obedeció sin chistar lo que Gregorio le pedía: marcó el número del celular de Florencio. Eran las siete y cincuenta de la mañana.

Florencio respondió al cuarto timbrazo.

–Florencio, soy Violeta. Tenemos que hablar... sobre Adanel.

–Violeta –casi gritó él–, estaba tratando de hablar contigo. Voy en camino de la clínica de mi padre. No tengo tiempo de explicarte todo ahora, pero yo también quiero hablarte de Adanel... Necesito verlo, y quiero que tú vengas conmigo. He pensado en algo que a lo mejor funciona...

Florencio le explicó que estaba a punto de conseguir una autorización para visitar a Adanel. Y hasta quizás tuvieran la oportunidad de sacarlo de allí. Del Patricio Benguela seguiría directamente hacia el sanatorio en quizás algo más de una hora. Le contó su plan y le pidió que se reuniera con él allá lo más cerca posible a las nueve y media de la mañana. Y se despidió rogándole que confiara en él.

–Confío en ti, Florencio, no me queda otro remedio, por el bien de Adanel... –le respondió ella. Y aceptó el plan y estuvo de acuerdo en encontrarse con él a esa hora.

Gregorio oyó toda la conversación y cuando ella colgó el teléfono, le pidió con un gesto que le contara el plan. Por única respuesta, ella le preguntó:

–Entre las muchas cosas que tiene usted aquí... ¿tendrá por casualidad algo parecido a un traje de enfermera?

–Por supuesto que no –dijo él–. Pero podemos arreglarlo.

Gregorio salió calmadamente de la habitación y le dijo a Violeta que regresaría en diez minutos. «Puedes curiosear un ratico más», le dijo antes de cerrar la puerta.

Pero ella ya no tenía el ánimo para curiosear. Bebió otra taza de café, a la que endulzó con tres cucharadas de azúcar, guardó un plátano en la pequeña mochila que le servía de cartera, y se sentó. Repasó mentalmente la conversación con Florencio y se preguntó a qué se debería la transformación de aquél. ¿Haría bien en confiar otra vez... así de fácil? También se preguntó de dónde sacaría Gregorio esta azúcar tan fina.

Quince minutos después la puerta se abrió y entró Gregorio. Traía en la mano un perchero del que colgaba una bata blanca. Después de reflexionar en alta voz sobre la utilidad de llevarse bien con sus vecinos, incluidos sus amigos lucumíes de la esquina, puso la prenda sobre la mesa y dijo:

—No es precisamente un vestido de enfermera. Pero supongo que no es la primera vez que tienes que hacerle algunos ajustes a algún vestuario de utilería. Sé que por ahí tengo tijeras y algunos alfileres...

Informe sobre Adanel. (Código SE-433)

Mientras conducía hacia el Sanatorio Modelo para enfermos mentales, el cual está situado en las afueras de la ciudad, Florencio pasaba revista a todo lo que había logrado asimilar en su improvisada y rápida investigación, con el fin de clavar en su memoria cada imagen, cada diálogo y cada informe.

Trataba de resumirlos en la memoria, registrarlos y clasificarlos cronológicamente en su cerebro, comenzando con las primeras entrevistas, cuando Adanel regresó de la misión internacionalista con la frente herida...

«22 de marzo de 1988. Paciente presenta mejoría luego del procedimiento de cirugía con injerto de piel. Pero sorprende que hay punto en el tejido que no cicatriza del todo y presenta sangramientos espontáneos y frecuentes...» (Dr. Alexis Recio, cirujano plástico. Participó en la operación de Adanel).

«30 de abril, 1988. El joven capitán Adanel Palmares me es referido por el Dr. A. Recio. Cirugía restaurativa con injerto en la piel en el frontal craneano. A los 4 meses de intervenido, el caso preocupa a cirujanos involucrados. A pesar de cicatrización normal y evolución satisfactoria de mayoría de

los tejidos, un área de 1 mm. similar a incisión profunda presenta sangramiento intermitente, sin que se observe infección. Recomendé repetir exámenes de hematología y observación microscópica de muestras. Insisto en investigación dermatológica». (Dra. Ivelisse Moas, Hematóloga, Oncóloga.)

Florencio calculaba que el siguiente reporte había sido emitido poco antes de que Adanel desapareciera, quizás en los mismos días en que él lo visitó, a su regreso de Centroamérica. Ya el caso estaba clasificado con un código de la Seguridad del Estado.

«3 de febrero, 1989. Reporte de junta médica en torno al caso SE433. Adanel Palmares, capitán de la FAR. Participantes: Doctores F. Dante, A. Recio, I. Moas, A. Seibabo; y los psicólogos M. Prieto, H. Pola y V. Kirov. Preside: coronel Dr. Basilio Risco. Paciente continúa sangrando espontáneamente, sin un patrón definido, de herida milimétrica en la frente, a pesar de estar totalmente recuperado de cirugía estética con injerto realizada hace un año. Continúa síndrome no consecuente con el procedimiento quirúrgico: pérdida de peso, conducta introvertida, tendencia al aislamiento. Se sospecha la posibilidad de alucinaciones. No se logra consenso. Se continuará con tratamiento de ingesta de coagulantes y medicina tópica local. Se iniciará de inmediato investigación psiquiátrica ante la posibilidad de somatización. También se recomiendan terapias alternativas».

Florencio detuvo el carro por unos minutos junto a la cuneta de la carretera que lo conducía al sanatorio. Sacó la libreta de su guantera y revisó sus apuntes. Había hecho notas taquigráficas durante el registro de los archivos y ahora las corregía y añadía detalles.

En este momento concibió la idea de escribir todo esto más adelante. Quizás produciría un informe para presentárselo a alguien. ¿Pero a quién? ¿Al Comandante en Jefe? ¿No estaría éste al tanto de todo?

También le dio otro rápido vistazo al plano del sanatorio del doctor Seibabo, y trató de memorizar las posibles rutas de escape.

Reanudó su viaje y siguió recordando. Los *files* que más lo habían impresionado eran los que registraban lo sucedido después que Adanel fue capturado en 1991, tras su desaparición por casi tres años. Aquí había comenzado la parte más pavorosa de su odisea. En uno de los documentos, el propio doctor Risco narraba la primera entrevista con Adanel tras su captura. Las primeras reacciones habían sido de franca perplejidad cuando constataron que su herida de la frente se había ensanchado y descubrieron las llagas de sus manos. No entendían si éstas habían sido auto infligidas o causadas por enemigos de la Revolución. Lo interrogaron, primero con cortesía y más tarde con rudeza. Y se escandalizaron cuando Adanel les explicó lo que realmente creía que le estaba pasando. Pensaron que se había vuelto loco. Pero las consideraciones políticas primaron sobre las clínicas y lo declararon un enfermo mental peligroso por las «implicaciones religioso-sensacionalistas de su histeria» lo cual, en caso de hacerse del conocimiento público, sería altamente perjudicial para la Revolución. Temían la posibilidad de que se desatara una psicosis colectiva, con sus consecuencias de «desenfreno supersticioso y desbordamiento de pasiones pseudo religiosas con sus resultantes manifestaciones masivas, procesiones, vigilias y otros rituales típicos de las iglesias y sectas de La Isla». La decisión se tomó enseguida y por unanimidad. Adanel debía ser remitido de inmediato al «Sanatorio Modelo», el hospital capitalino de enfermedades mentales, y colocado en aislamiento absoluto.

Recordó unos fragmentos de la transcripción del primer interrogatorio:

«*Detenido: Yo no me he causado estas llagas. Ellas aparecieron en mis manos una mañana y fueron abriéndose y agrandándose durante varios días.*

Dr. Risco: ¿Te dolían?

Detenido: Sí, a veces me duelen mucho, sobre todo cuando no sangran. El dolor disminuye cuando comienzan a sangrar.

Dr. Seibabo: ¿Y por qué crees tú que aparecieron las llagas?

Detenido: Es la voluntad de Dios. Jesús me las ha concedido, para que yo sea partícipe de sus sufrimientos en la cruz...
Dr. Risco: ¿Concedido? Pero si esto es un castigo, no entiendo lo de «concedido»...
Detenido: No es un castigo, es un don, yo lo he aceptado. Jesús me eligió para que yo sea corredentor de la humanidad y especialmente para expiar los errores de sus hijos en... bueno, esta Isla.
Dr. Kirov: Entonces... ¿Dios no está de acuerdo con la Revolución? (risas)
Detenido: Dios quiere que yo sufra para contribuir a la redención de esta Isla.
Dr. Seibabo: ¿Cómo sabes esto? ¿Dios habla contigo?
Detenido: Me lo ha dicho en sueños y a través de otros signos. Yo tuve muchas dudas, pero al final él me dio pruebas que no pude ignorar. Luego Gregorio de la Cruz me aclaró muchas cosas y me ayudó a entender...
Dr. Risco: ¿Gregorio de la qué? ¿Y quién es ese..?

Florencio también se preguntaba quién era ese tal Gregorio. Este nombre aparecía muchas veces en los informes que seguían y había transcripciones de sus conversaciones grabadas con Adanel. Dedujo que a este hombre lo dejaban entrar en la celda de Adanel para poder grabar secretamente sus diálogos y así poder saber más sobre lo que estaba detrás de este extraño asunto. Aunque no vio ninguna fotografía de Gregorio, concluyó que durante varios años, éste se convirtió en visitante asiduo de Adanel. En una entrevista de los médicos con Gregorio, este personaje misterioso y al parecer culto y muy sabio, confirmaba todo lo que Adanel había dicho, y les había dado una explicación muy detallada y precisa sobre lo que él llamaba los «estigmatizados de Cristo». Gregorio había pedido permiso –y le había sido concedido– para introducir libros, el pan de la comunión y otros objetos religiosos en la celda de Adanel. Florencio tuvo la impresión de que este hombre era como un maestro, un gurú, o algo por el estilo, y que su amigo era su discípulo. A Gregorio, sin embargo, se le había prohibido ver a Adanel durante los últimos tres o cuatro años. Era fácil saber por qué. Ya sus médicos y carceleros no tenían esperanzas de comprender la realidad científica de aquello. Se cansaron de la repetición de lo mismo. Las mismas supersticiones, los mismos cuentos y melindres sobre los «vicarios contemporáneos del Crucificado», los «legionarios de Cristo», los «crucificados vivos, modelos elegidos por Jesús como testimonio suyo personal y como corredentores para salvar al hombre».

Un día le dijeron a Gregorio que no volviera más y que si lo veían cerca, lo meterían a él también en una celda. Y, a cambio de este visitante, quien era el único que le llevaba alivio y consuelo a Adanel, aparecieron los miembros de la pléyade psiquiátrica oficial. Fue una etapa llena de sesiones de hipnotismo y luego, de choques eléctricos. Trataron de llegar a las profundidades del subconsciente de Adanel, en busca de lo que ellos estaban seguros que era una mentira enquistada en algún nivel de la mente, la cual este paciente había convertido en su más apasionada verdad. Pero no hallaron dicha mentira. Tampoco hallaron traumas, ni conflictos freudianos. Adanel repetía bajo hipnosis, sólo que con más candor, lo mismo que les había dicho antes de entrar en el trance. Insistieron y trataron de lograr regresiones, recuerdos de otras vidas y anteriores reencarnaciones.

Florencio se fijó en particular en los reportes de dos de estas sesiones. En una de ellas, el hipnotista transcribía el relato de Adanel durante una supuesta regresión a un episodio que la historia registraba como ocurrido algo menos de dos mil años antes...

«Informe del Doctor Iván Uralsky, psiquiatra jefe de la Cátedra de Ciencias Psíquicas de la Universidad de Kiev, Rusia. Julio 16, 2000. (Traducción de K.Gork)

El paciente yace en estado hipnótico profundo desde hace una hora y quince minutos. Hemos logrado una regresión secuencial cronológica que se remonta al parecer a los dos mil años. El paciente describe la escena de un hombre que se arrastra bajo el peso de un trozo de madera. Hay mucho polvo y gente que escupe y grita a su alrededor. Hay hombres que portan espadas y escudos y se mezclan con la multitud, tratando de imponer el orden. El paciente ha entrado en un estado de agitación y llora profusamente. Deja de narrar y describir el escenario y ahora se ha «encarnado» en uno de los presentes. Habla a alguien, se defiende o defiende al del madero. Luego parece hablarle a éste, al hombre que se arrastra. Dice algo como «Déjame ayudarte con eso...» Luego se calma y queda en silencio...»

El informe concluía con algunos comentarios asombrados del Dr. Uralsky, en los cuales relataba que el paciente había permanecido en un estado hipnótico silencioso similar a un «éxtasis», que era imposible hacerlo regresar, y que así estuvo por más de una hora.

En el otro reporte, un psicólogo hipnotista de un centro de higiene mental de África narraba, también perplejo, un raro evento que había experimentado tras haber descendido a un nivel muy profundo del subconsciente de Adanel:

«...Paciente en trance hipnótico profundo. No reacciona y parece haber dejado de respirar. Un minuto después, abre los ojos y me mira. Habla con una voz que no identifico como la verdadera voz del paciente. Es una voz tersa y autoritaria. Pronuncia dos veces la frase: «Él es mi elegido». Enseguida cierra los ojos y regresa a un silencio hermético...»

Muchos de estos reportes tenían notas al margen, escritas a mano por su padre y que Florencio trataba de no olvidar. Eran comentarios diversos, algunos expresando desprecio y escepticismo por el contenido de los informes. Al pie de este último, la nota decía: «Dr. Njombe pidió que lo saque del caso. Quiere volver a Nairobi. Creo que le dio culillo».

En una sola hoja escrita a mano se resumía el resultado de los dos meses de «tratamiento» con choques eléctricos que había seguido a la etapa del hipnotismo. Era también la letra de su padre y decía que por primera vez en su vida había visto fracasar este procedimiento. Recordaba textualmente unas líneas:

«Como si los 22 electros se le hubieran puesto a un muñeco de trapo. No hay cambios de conducta. Sigue repitiendo las mismas cosas y su memoria está intacta. No entiendo.»

En el siguiente capítulo de esta serie se abría una puerta al submundo de lo esotérico y lo oculto. Como oscura retaguardia de los fracasados métodos «científicos», comenzó a llegar aquella plaga de brujos, exorcistas, magos y charlatanes.

Florencio no pudo recordar los nombres de todos los miembros de esta manada. Pero sí fijó en su memoria algunos de los «tratamientos» y rituales a los que sometieron a Adanel. En un informe escrito por un testigo, que resultó ser el hombre de confianza de su padre, el Dr. Seibabo, se relataban muchos de estos. Sahumerios con inciensos y yerbas santas, «despojos» con matas sagradas, terapias florales, terapias de grito, rezos variados, imposición de manos... Y otras más agresivas y humillantes como baños con sustancias irritantes y lavados con azufre y hasta con otros brebajes indescriptibles.

El último documento del caso SE-433 se refería a la etapa de las torturas, los golpes, las pateaduras y las humillaciones más extremas. Florencio comprendió muy claramente la «lógica» de aquella secuencia. En el caso de Adanel no había funcionado ningún procedimiento clínico, químico o psiquiátrico. Y tampoco los métodos alternativos, incluyendo los de la brujería y sus afines. Entonces, éste era el último recurso desesperado. Tratar de doblegar, por medio de la violencia física y mental, la voluntad de aquel rebelde cuyo único escudo para resistir era la inocencia. El material escrito sobre esta etapa era muy breve. La fuerza testimonial de este informe final estaba concentrada en evidencias gráficas brutales: las fotografías que mostraban con toda la colorida crudeza lo que había sido aquella pesadilla. Florencio pensó que donde esta «lógica» fallaba era en la pretensión absurda de atacar, borrar, suprimir aquellas llagas que ellos no podían comprender causando otras, con golpes y tortura.

Tomó conciencia de que estaba próximo al sanatorio y decidió interrumpir aquel ejercicio mental. Sin embargo, trató de apuntalar en su memoria, antes de los peligrosos momentos que lo esperaban, el insólito e inexplicable testimonio médico que más lo había intrigado:

«Abril 9, 1999. Informe del Dr. Ángelo Maggiore, Director del Hospital Ortopédico de Milán, Italia. (Traducción de G. Padola)

He examinado dos veces la mano derecha del paciente Adanel Palmares, a petición del Dr. Basilio Risco, Director del Hospital Militar Patricio Benguela. Paciente presenta herida profunda que interesa su mano derecha entre el hueso mayor y el escafoide y separa los ligamentos palmar y cúbito carpiano. Origen de la herida es desconocido y semeja incisión causada por instrumento penetrante no filoso, del ancho de un clavo de aprox. 0.75 cm. de diámetro. No se observa inflamación significativa de tejidos, ni signos de infección, pus, o hedor. Durante el examen de hoy no se observó sangramiento. Pero destaco que durante el primer examen, efectuado en 2 de abril, hace una semana, se produjo efusión abundante de sangre de color rojo intenso y brillante. Paciente perdió aprox. 200 gramos de sangre ese día. Paciente responde preguntas mías y relata que hemorragias son frecuentes en ciertas épocas y días del año. Debe anotarse que la hemorragia del 2 de abril coincide con la celebración del Viernes Santo por parte de las personas que profesan la fe católica. He expresado al Dr. Risco que no tengo explicaciones satisfactorias para este fenómeno desde el punto de vista médico»

Distinguió a cien metros el muro que rodeaba al sanatorio y aminoró la velocidad. Antes de atravesar el pórtico de piedra de coral, ennegrecido de humedad y descuido, advirtió, semi oculto entre los arbustos salvajes del jardín exterior, a un hombre alto, de barba hirsuta y ropa extravagante que llamó su atención. Pero olvidó esta extraña presencia cuando atravesó el portón y vio a Violeta, cerca de la escalinata principal, vestida con un atuendo blanco muy semejante a un uniforme de enfermera.

Eran las nueve y cuarenta minutos de la mañana.

Miró hacia el cielo y la luz ya olvidada del sol lo cegó.

Florencio estrechó a Violeta con afecto. La separó por un momento para examinar su vestido de enfermera y su maquillaje, sonrió y volvió a abrazarla. Ella se dejó estrechar, pero se mantuvo fría, no correspondió al cálido abrazo, ni respondió nada cuando él le dijo al oído:
—No pareces tú, ¿qué te pusiste en la cara?
Y luego añadió:
—Tenemos que hablar. Hay algo que no te dije por teléfono. Vamos a sacar a Adanel de aquí... ahora.
Ella lo miró sorprendida. Esperaban en una antesala del sanatorio, después que Florencio entregara a uno de los guardias de turno un sobre con la autorización que el doctor Seibabo había firmado. Cerca de ellos permanecían sentadas unas pocas personas con expresión sombría. Estaban aquí para visitar a reclusos de este centro de salud mental y cuchicheaban entre sí mientras esperaban su turno para ver a su familiar o amigo. En algunos casos, los reclusos ya habían salido al salón y conversaban con sus visitantes en voz baja. Se les podía distinguir por sus uniformes blancos y porque tenían la cabeza rapada.

Lucían perfectamente cuerdos, porque no era necesario estar loco, o enfermo de los nervios, para estar aquí recluidos. También había soldados armados, en grupos de dos o tres, vigilando calladamente.

Desde esta sala, a través de una reja, podía verse un patio interior donde parte de la población del sanatorio –algunos de ellos con signos evidentes de dolencias mentales– tomaba sol y paseaba entre setos de plantas y algunas mesas y bancos de piedra.

Florencio miraba con curiosidad a estos seres, con sus cabezas brillando bajo el sol. Violeta lo notó y le dijo:

–Si estás tratando de ver a Adanel en ese patio, no lo verás. No sé cómo pretendes sacarlo de aquí.

–Yo sé, Violeta –le dijo él–. Sé que Adanel está incomunicado.

–¿Cómo lo sabes, has venido a verlo?

–Tú sabes que no –le respondió él–. Papá siempre me puso inconvenientes y yo tampoco insistí mucho... Ayer me dijo que te dio permiso para que vinieras a verlo por un rato.

–Ah sí –dijo ella con sorna–, con la condición de que comiera esta noche con él, en su casa de Miralamar. Ya tú sabes lo que tendrá en mente, antes o después de la comida... o en lugar de la comida. Debe estarse frotando las manos. Me mandará a buscar en su carro oficial esta noche a las ocho, con chofer y guardaespaldas. Tú sabes, quiere estar seguro que cumpliré mi parte... Será como un secuestro.

–No creo que él esté frotándose las manos. Lo más probable es que a estas horas esté durmiendo todavía... para recuperar fuerzas para esta noche. Supongo que no irás, ¿verdad? Deberías esconderte...

Ella lo miró de lado y no le respondió. Pero le pidió que le explicara cómo harían para sacar a Adanel.

En ese momento se acercó un hombre vestido de médico, pero que parecía más bien uno de los enfermos, por su cabeza absolutamente calva y sus ojos extraviados bajo los arcos sin cejas de la frente. Miró a Violeta de arriba a abajo, deteniéndose en sus caderas y en la curva de sus senos, pero no la reconoció. Entonces se dirigió a Florencio, respetuosamente, y le dijo:

—¿Capitán Risco?, mucho gusto de conocerlo. El director general está de viaje, pero como médico jefe yo puedo asistirlo. Mi nombre es Casio, doctor Casio Crespo.

Florencio lo miró a la cabeza pelada cuando oyó el apellido, pero enseguida buscó sus ojos y trató de encontrar su mirada errática.

—El doctor Seibabo me indica que desean ver al paciente Adanel Palmares —continuó el hombre—. Yo los acompañaré hasta su cuarto. Él se encuentra en un estado lamentable, supongo que saben... Este enfermo se castiga a sí mismo y siempre está sucio de sangre.

Violeta trató de quemarlo con su mirada, pero él no se dio cuenta porque en ese momento sus ojos estaban clavados en sus piernas. Florencio la tomó por el brazo y la presionó suavemente, induciéndola a caminar tras el médico jefe, quien les había indicado con un gesto que lo siguieran.

Atravesaron el patio diagonalmente, abriéndose paso por entre los grupos de locos y de cuerdos, los cuales se mezclaban en una confusión patética y festiva. Y llegaron hasta el área de los enfermos peligrosos, que se halla al fondo, detrás de una reja alta y coronada de alambre de púas.

—El capitán Risco y la señorita enfermera vienen conmigo a visitar a un enfermo —les dijo el doctor Crespo a los soldados que estaban custodiando la reja.

Ellos se cuadraron y saludaron militarmente a Florencio, antes de abrir una portezuela y darle paso a los tres.

A unos sesenta metros de la reja está el pabellón de los incomunicados. Es un edificio sólido, cuadrado y de una sola planta, que a simple vista tiene el aspecto de un complejo de caballerizas, aunque las puertas son de hierro y están cerradas herméticamente. Todas las celdas miran hacia un patio central, pero están separadas de éste por un muro alto como el mismo edificio, de modo que desde las ventanillas de las puertas sólo puede verse dicho muro.

Cuando entraron al patio central, a través de un portón único cuya reja estaba abierta, el mundo se convirtió en un espacio gris, monótono y equidistante. Las cuatro fachadas de las galerías de celdas eran exactamente iguales en dimensiones, formas y color. Como en su visita anterior, Violeta sintió que desde ese momento todas las referencias se borraban. Ya no podría saber dónde estaba el norte o el sur, ni la izquierda ni la derecha. El suelo era un cuadrado de arena sucia y el techo, también cuadrado, era un pedazo de cielo sin nubes. Un olor agridulce dentro del cual se mezclaban acentos de orina, creolina y excrementos, llenaba toda aquella atmósfera, también en una monotonía odora asfixiante.

Florencio, en cambio, percibió algunos detalles diferentes, haciendo un esfuerzo de atención. Esos serían luego sus puntos de referencia. Vio en la esquina opuesta, casi a flor de tierra, la superficie cortada circular de lo que habría sido un árbol, quizás una palma. En el ángulo sombreado de esa misma esquina notó la línea rectangular de lo que podría ser una estrecha puerta, casi imposible de distinguir porque estaba pintada –o despintada– del mismo color de la pared circundante. Concilió mentalmente sus observaciones con el plano que Amador Seibabo le había entregado un par de horas antes y concluyó que aquella debía ser la pequeña puerta que comunicaba con el cuartico de servicio, el cual servía de closet, urinario y depósito de herramientas, mangueras y otros materiales varios. Según Seibabo, dicho cuartico tenía también una puerta de entrada desde el otro lado.

Cruzaron el patio y entraron a uno de los pasillos que quedan entre las puertas y el muro. Florencio distinguió enseguida la presencia de un soldado fuertemente armado que estaba de pie al extremo del pasillo. El soldado saludó desde lejos al médico y Florencio le devolvió un claro y algo aparatoso saludo militar, con la finalidad de que aquel tomara conciencia de su rango. El soldado le devolvió rigurosamente el saludo.

–Aquí es –dijo el médico jefe, y se detuvo frente a una puerta que tenía un desvaído número siete sobre la ventanilla rectangular.

Hundió una llave en la cerradura, empujó la puerta de hierro, miró a los dos visitantes y dijo, haciendo una mueca de asco:

–Aquí vive el vampirizado.

Se rió, terminó de abrir la ruidosa puerta y gritó con sequedad:

–¡Adanel, tienes visita..!

Violeta entró primero y, todavía sin poderlo ver en la penumbra de la celda, se llevó el dedo índice a la boca, indicándole a Adanel que no dijera nada. Por fin logró distinguirlo y se le acercó.

—No digas nada, no hables... —le pidió en voz muy baja.

Afuera, Florencio le dijo al doctor Crespo que podía retirarse. Él le avisaría cuándo estuvieran listos. Como el hombre insistiera en quedarse, Florencio le dijo, haciendo uso de su tono más autoritario:

—Debo interrogar a este hombre, por órdenes superiores. La señorita psicóloga se queda conmigo. Esto es confidencial. Usted debe retirarse ahora. Cuando terminemos, ella le avisará.

El médico jefe se retiró de mala gana, después de hacerle una seña al soldado al final del pasillo para que se mantuviera atento. Apuró el paso para llegar a su oficina y escuchar a través de los micrófonos ocultos todo lo que se hablara en la celda número siete. Estos oídos electrónicos eran muy fieles y habían sido instalados desde que este extraño inquilino ingresara al Sanatorio Modelo.

A través del código de señas aprendido y tan alegremente usado entre ellos años atrás, Florencio alertó a sus dos amigos y les pidió que no dijeran una sola palabra. Él estaba ahora dentro de la celda y tuvo que hacer un esfuerzo para conservar un tono de dureza despiadada en la voz. A medida que sus pupilas se adaptaban a la oscuridad, iba surgiendo gradualmente la imagen de Adanel, como cuando se revela una película. La luz sepia desplazaba lentamente a las sombras, revelando facciones, relieves, manchas, llagas. La ropa pegada a la piel tallaba en contrastes las costillas, los músculos fláccidos, las hendiduras, las costras. Adanel levantó los brazos y los abrió para el abrazo. Pero Florencio estaba paralizado. Pudo ver las llagas de las manos, abiertas, que parecían dos ojos ciegos. Y vio que aquel ojal en medio de la frente —que más de trece años antes había intuido bajo una venda— se había multiplicado y ahora era una corona de botones coagulados.

—Adanel Palmares —dijo con firmeza para los micrófonos ocultos—, hace muchos años que no nos vemos. Pero conozco toda tu historia desde que te vi por última vez al regreso de Centroamérica. ¿Qué está pasando contigo? ¿Tengo que recordarte que eres un capitán de las Fuerzas Armadas Revolucionarias...?

Adanel comprendió el juego, pero también entendió que su amigo no podía aceptar el abrazo que él le ofrecía. Era demasiado. Su aspecto espectral, la sangre coagulada, la ropa empapada de sudor. Florencio era una estatua llorosa, asustada, asqueada, de pie en medio de la celda, repitiendo frases agresivas para que el médico jefe, a quien suponía escuchando y grabando, no sospechara el verdadero propósito de esta visita.

–Enfermera –siguió diciendo en voz alta mientras le hacía señas a Violeta para que le explicara todo a Adanel–, vamos a proceder con el interrogatorio... Y tú, Adanel, mi viejo amigo, quiero que sepas que ésta es tu última oportunidad... Cuéntamelo todo. Dime la verdad...

Oculta bajo la voz de Florencio, Violeta le susurró al oído a Adanel que intentarían sacarlo de allí en ese momento. Pero éste, sentándose en el camastro, le respondió con señas que quizás no tendría las fuerzas para salir y caminar o correr.

Florencio había logrado que su propia actuación trabajara como mecanismo de autosugestión, y otra vez era dueño de sí. Ahora mantenía un monólogo constante, casi gritando. Se dio cuenta de lo que pasaba y dijo mirando con fuerza a Adanel y a Violeta:

–¿Que no tienes fuerzas, que no quieres hablar? Pues te digo que lo harás, te arrastraremos si es necesario, pero de aquí saldremos... saldremos ahora mismo con una confesión tuya. Ahora mismo... ¡Vamos, siéntate, hablemos..!

En este momento, Violeta ayudó a Adanel a ponerse de pie otra vez y entre ambos lo situaron cerca de la puerta. Florencio le pidió por señas a ella que hablara y él salió de la celda.

Violeta continuó con el absurdo guión que Florencio estaba improvisando y dijo con un tono cariñoso y condescendiente:

–Sí, capitán Palmares, su enfermedad tiene cura si usted nos cuenta toda la verdad. El propio Comandante en Jefe está interesado en que todo esto se aclare... Hábleme ahora, dígame cómo empezó todo...

Ya fuera de la celda, Florencio hizo acopio de su desesperado histrionismo y le gritó al soldado que observaba desde el final del pasillo. Sabía que no habría otra oportunidad y decidió por segunda vez jugárselo todo al mismo *as* oculto, en este caso, el plano en el cual Amador Seibabo le había señalado una puerta de escape.

–¡Soldado! –gritó.

–Diga usted, capitán –respondió el guardia corriendo hacia él.

–Se nos ha presentado una situación de emergencia aquí... Este hombre se está muriendo y no podemos permitirlo antes de que diga algo que sólo él sabe. Corra y traiga al doctor Crespo y al equipo de resucitación. ¡Ahora! ¡Corra!

Excitado por la exaltación de Florencio Risco, el hombre corrió hacia el portón único que daba acceso al pabellón de incomunicados. Florencio había calculado que más tiempo le tomaría al guardia llegar hasta la oficina de Casio Crespo que el que consumirían ellos tres para atravesar el patio y llegar hasta la portezuela que debía comunicar con el cuartico de servicio.

Por unas fracciones de segundo, la noción instantánea de que todo esto era una locura y que su vida estaba a punto de dar un giro mortal, se clavó en su conciencia con una violencia similar a su vértigo de alturas. Pero ya era tarde, de todos modos.

–¡Vamos! –gritó en voz baja junto a la puerta de la celda.

Violeta salió enseguida, sosteniendo a Adanel.

Florencio pasó el brazo de éste por sobre su hombro, y entre él y Violeta corrieron sobre el suelo arenoso del patio. Adanel sentía como si volara y era cierto, porque sus pies apenas tocaban el suelo. Miró hacia el cielo y la luz ya olvidada del sol lo cegó. Entonces recordó a Saulo y pensó que se caería al suelo, en el momento en que uno de sus pies llagados tropezó con algo duro y polvoriento.

–Cuidado –dijo Florencio–, aquí hay un tronco de árbol cortado.

Adanel se golpeó, pero Florencio tuvo la certeza de que ésa era la esquina que él había marcado mentalmente cuando llegaron.

Ya bajo la sombra del alero, vieron la pequeña puerta, miserable y mohosa como la pared que la circundaba. Y la puerta cedió fácilmente al primer empujón, porque no tenía llave y el cerrojo estaba vencido.

Entraron y tropezaron con los baldes que andaban en desorden por el suelo y Violeta creyó que una serpiente se le había enroscado en sus piernas. Pero cuando lograron levantarse y Violeta se deshizo de la manguera podrida con la que se había enredado, vieron que, en efecto, había otra salida dentro del maloliente cuartucho. Florencio cerró con cuidado la puerta por donde habían entrado y Violeta abrió la otra, que miraba hacia un terreno trasero, lleno de viejos automóviles paralizados por la falta de piezas y la herrumbre.

Adanel vio la puerta, abierta otra vez hacia la luz y sintió que se caía hacia atrás, flotando, y se golpeaba levemente la cabeza. Cuando abrió los ojos vio que estaba tendido en el suelo pedregoso, junto al hombre de la corona de espinas, tratando de ayudarlo a levantar el pesado madero que los aplastaba. El hombre lo miró con gratitud y él nuevamente tuvo la sensación de que allí, bajo el madero, estaba seguro.

Florencio levantó a Adanel, que se había desmayado, y con la ayuda de Violeta lo puso sobre sus hombros, como un fardo. Lo sintió liviano y le pareció que no tenía huesos. Entonces salió a la luz y vio que su uniforme estaba manchado con la sangre de Adanel porque una de sus manos había quedado colgando sobre su pecho. Agarró esa mano para asegurar el cuerpo sobre sus hombros y, sin querer, palpó su llaga palpitante. Y se estremeció.

Violeta le gritó algo porque ya ella se había internado por entre el laberinto de los viejos carros. Desde allí le señaló a un hombre muy alto que ahora se asomaba por detrás del esqueleto de una vieja ambulancia.

Florencio reconoció al hombre. Era el mismo extraño personaje de barba hirsuta y ropa extravagante que había visto entre los arbustos antes de atravesar el pórtico del sanatorio.

No supo de momento qué hacer y pensó en sacar su pistola de reglamento, que llevaba en su cartuchera, ajustada a la cintura.

El hombre salió de detrás de los restos de la ambulancia y caminó hacia donde, según calculaba Florencio, estaban los jardines frontales del sanatorio. Pudo verlo completo. Era alto, vestía de negro, y su barba indomada contrastaba con su cráneo desnudo, que era un espejo bajo el sol. Ahora tenía la sensación de que este hombre no representaba ninguna amenaza. Más bien, experimentó una ola de confianza.

—Apúrate Florencio —le gritó Violeta—, nos iremos en el carro de Gregorio.

Del otro lado del edificio, desde el patio central, llegaban voces alteradas que repetían: «que no escapen, que no escapen».

Pobre de mí. Pobre de nosotros.

Escaparon.

Gregorio había escondido su automóvil muy cerca del pórtico de piedra de coral del sanatorio, amparado por los arbustos que crecen libremente afuera. Ahora iban a toda velocidad –la que permitía el viejo motor– por la carretera que lleva a la Capital.

Violeta volvía a experimentar la sensación de ir montada en un vetusto coche tirado por caballos y temía que en cualquier momento el jadeo animal de la antigua máquina se extinguiera en un estertor terminal. Se volteó a mirar hacia el asiento trasero, en el cual Florencio había recostado a Adanel con el propósito de que no pudiera ser distinguido desde afuera.

Florencio acunaba la cabeza de su amigo sobre su regazo y le golpeaba levemente las mejillas, tratando de que volviera en sí. Y a la vez, vigilaba por la ventana trasera en busca de los carros que comenzarían a perseguirlos y que, sin ninguna duda, les darían alcance en cuestión de pocos minutos. Ninguno de ellos hablaba y sólo se oía la fatigosa respiración del motor.

De repente, Gregorio dio un violento corte hacia la derecha y pareció que la vieja nave se volcaba, a pesar de su peso y enormidad.

—Brenda conoce muy bien este atajo —explicó cuando pudieron reponerse del remezón—. Y no se les ocurrirá buscarnos por aquí.

Florencio miró a Violeta, buscando una explicación. El atajo era una guardarraya polvorienta quebrada por charcos y grietas, y poblada de piedras, maleza y otros obstáculos. El carro brincaba ahora con el brío aparatoso de una potranca. A ambos lados crecía una vegetación salvaje que parecía más espesa y cerrada a medida que avanzaban y Florencio tenía la impresión de que el camino expiraría en cualquier momento, ahogado por aquel embudo vegetal.

—Brenda es el nombre de esta carroza —le respondió Violeta, alzando las cejas—. Y él es Gregorio, el dueño de Brenda, el hombre que ayer me rescató de la locura y el ángel de la guarda de Adanel durante todos estos años. Creo que él sabe lo que hace, Florencio, y parece que conoce muchos caminos...

—¿Caminos...? —repitió Florencio.

—Así es —dijo Gregorio con orgullo, encendiendo las luces, porque aquella garganta de árboles, arbustos y todo tipo de matojos, se hacía más oscura a cada metro.

—Mucho gusto —alcanzó a decir Florencio antes de que las hojas de un extenso platanal abofetearan ruidosamente el lado derecho del automóvil. Una de las hojas se partió, entró por la ventanilla y cayó sobre la cara de Adanel.

Adanel sintió la bofetada y miró a la furiosa mujer que lo increpaba. «Él no ha hecho nada... Ni yo tampoco», le dijo a la mujer, «¿por qué me pegas?». Ella gritó y alentó a la muchedumbre a que continuara gritando: «¡Crucifíquenlo!» «¡Y a ti también!», le gritó en la cara la misma mujer y lo mojó de saliva. Él había logrado, junto con el hombre sangrante que arrastraba su túnica roja, levantar el pesado madero, que ahora se apoyaba también en su hombro. Varios hombres se acercaron, amenazantes, a pesar de que algunos soldados de casco y escudo trataban de contenerlos. «Déjalo solo, esa cruz no es para ti...», le decían. Él quiso decir «Sí, también es mía», pero sintió un miedo repentino.

—¿Cómo está Adanel? —preguntó Gregorio, quien estaba concentrado, defendiéndose de los escollos del angosto camino, y trataba de no caer dentro del riachuelo de aguas turbias que ahora corría paralelamente a ellos.

—No se despierta —respondió Florencio—. Y creo que ahora está sangrando por las cuatro llagas.

Violeta lo veía porque habían entrado en un claro rodeado de poderosas ceibas que filtraban los rayos del sol. La sangre fresca y brillante había comenzado a fluir en abundancia de las cuatro llagas de Adanel y seguía tiñendo el uniforme planchado, impecable hasta unos minutos antes, del capitán Risco. Miró Violeta a Gregorio con angustia y pensó que la vida se le estaba escapando a Adanel... y a ella.

Gregorio no quitó los ojos del camino, pero le dijo:

—Llegaremos pronto, hija, no te preocupes. Él no morirá ahora.

Ella no dijo nada, y siguió mirándolo, con insistencia. El camino era ahora menos montaraz y a lo lejos parecía abrirse otra vez a la luz.

—Te dije anoche que Adanel volvería a ver la luz —le recordó Gregorio—. Y que muchos lo verían a él.

Entonces señaló el horizonte. Violeta vio lo que parecía ser, a esa distancia, un pequeño pueblo. Contra una verde colina soleada y poblada de palmas, se destacaba un campanario blanco y unos pocos edificios de baja altura.

—Allá nos esperan —dijo Gregorio.

Florencio no escuchó estas palabras. Ya casi convencido de que nadie los había seguido por aquella enmarañada trocha, miraba ahora con toda su atención la escena que lo circundaba y de la cual él formaba parte. Delante de él, estaba aquel extraño personaje, que según el ánimo predominante, se podría pensar fugado de un episodio de *Los Miserables* de Víctor Hugo, o de una película de *Star War*. Junto a éste, en el amplio asiento delantero, iba Violeta, la taína, su antigua, hermosa, y siempre inquietante amiga, disfrazada en blanco con su atuendo clínico. Y, desvanecido sobre el fino kaki verde olivo —mezclado ahora con rojo— de su uniforme militar, yacía su amigo de toda la vida, yéndose en sangre, a punto de morir, o muerto ya quizás. Y otra vez la conciencia de que el curso de su vida había sufrido un corte mortal lo tomó por asalto. Y por unos segundos dejó entrar la duda.

¿Qué hago aquí? Manchado de una sangre que no es la mía, esta sangre rara, insólita. ¿Es la sangre de Adanel, mi *hermano de sangre*, como a él le gustaba decir? ¿O es sangre inocente, de otro hombre, de un dios, y viene del pasado, por las venas eternas del holocausto, del amor... o del horror? Se estremeció otra vez y sintió terror. Recordó el cráter de Río Hondo, con sus efusiones líquidas parecidas a la sangre, borboteando ante sus pies. Aquella llaga enorme y misteriosa que, ahora lo comprendía, no había querido dejarse fotografiar.

Esta certeza también lo asaltó de repente. Estaba emboscándolo hacía rato y saltó finalmente sobre él. No había ningún rollo de fotografías oculto en los archivos secretos de su padre. El único rollo era ése que Livia no había podido revelar.

La cadena de ideas lo trajo a la realidad más llana, al presente amargo y confuso. Recordó que su *Lada* había quedado estacionado dentro del sanatorio. Recordó también que tenía una cita con el Comandante en Jefe al final de la mañana. Y como si despertara, miró el reloj. Eran las once y tres minutos. «Para mí terminó todo», pensó. Pero no sintió esta convicción como definitiva.

La voz de Violeta lo sacó de sus cavilaciones.

—¿Quiénes son?

Ella se refería a un grupo de personas que se distinguía a lo lejos, en un recodo del camino, que ahora era una carretera de tierra apisonada.

—Son vecinos del barrio de San Lázaro —le respondió Gregorio—. Están esperando a Adanel.

—Pero, ¿cómo saben...?

—Hace tiempo que lo esperan. Nunca perdieron las esperanzas de que Adanel regresara. Algunos lo conocen, otros no. Ellos son parte de los muchos *vecinos* que escondieron en sus barrios a Adanel por un tiempo, antes de que lo descubrieran y se lo llevaran al sanatorio.

—¿Y no tiene peligro aquí? ¿No vendrán otra vez a llevárselo? —insistió ella.

—Siempre habrá peligro. Pero por aquí no es muy frecuente ver soldados, y en algunos barrios como éste, ni los del comité de vigilancia entregarían a Adanel. Forman parte de su red de «vecinos». Ellos tienen su propio sistema de inteligencia.

Gregorio detuvo el carro a unos cincuenta metros del grupo. Miró a Violeta y a Florencio, y antes de salir, dijo:

—Pero de todas formas hay que andar con mucho cuidado. Voy a adelantarme...

Violeta y Florencio vieron alejarse a Gregorio, quien, a paso rápido —mucho más de lo que se esperaría de un hombre de su edad y su talante— se acercó al grupo y se puso a conversar con ellos. Estaban en una especie de vallecito, flanqueado por colinas bajas y amables, coronadas de álamos. Se podían ver algunas casitas humildes en las cercanías del camino, porque ya estaban en las inmediaciones del barrio.

Florencio trató de ubicarse, pero no pudo saber con exactitud dónde estaba. Sabía, sin embargo, que no podían estar muy lejos de la Capital porque sólo les había tomado unos quince o veinte minutos llegar hasta allí. Pensó que, a pesar de que en un mapa La Isla parecía pequeña en comparación con los territorios continentales que la circundaban, dentro de ella existían muchos mundos. Y desde hacía ya un tiempo, sabía que ni él, ni los estrategas del ejército, ni las huestes de la Seguridad del Estado, ni de la Inteligencia Militar, ni los radares, ni los agentes especiales, conocían muchos de esos mundos. Además, especialmente en una isla, tales mundos pueden, como en el espacio sideral o infinitesimal, ser de muchos tamaños, girar entre sí, organizarse en sistemas, y asombrar a las más despiertas y acuciosas inteligencias por su infinita grandeza o pequeñez. Sin preguntarse qué recónditas conexiones de la memoria le habían traído este recuerdo, evocó aquella tarde, trece años atrás: *Bacú* había muerto y Adanel hablaba del nacimiento de una región que él no había logrado concebir: Tierra Nueva.

—Florencio —lo llamó Violeta—, Gregorio nos hace señas... ¿Qué quiere?

En efecto, Gregorio les decía con señas que se acercaran, que no había peligro. Algunos de los lugareños venían caminando hacia el carro y Florencio y Violeta decidieron ponerse en movimiento, con la mayor rapidez.

Ella rodeó el automóvil para ayudar a transportar a Adanel, pero ya Florencio lo había colocado sobre sus hombros, como si no pesara nada y lo llevaba a buen paso hacia el grupo. Nuevamente él tuvo la sensación de que su amigo era liviano como un fardo de espumas.

—Vengan por aquí —les dijo una mujer pequeña y delgada, que ocultaba el pelo bajo una gorra de pelotero y que parecía liderar al grupo. Ella se internó por un *trillo* que serpenteaba entre una yerba muy alta y que conducía a un conjunto de casitas modestas amparadas bajo los inmensos y rumorosos álamos.

Los *vecinos* rodearon a Gregorio, Violeta y Florencio, y los escoltaron cuidadosamente por el camino hacia las casitas. Muchos de ellos tocaban a Adanel, igual que los fieles más sencillos tocan a las imágenes de los santos en los altares. Le daban palmaditas en la espalda, le tocaban los pies llagados, le tomaban las manos ensangrentadas.

Sobre los hombros de Florencio, Adanel —todavía dentro de aquel coma regresivo— sintió que la gente vociferante que acosaba al hombre del madero le gritaba y lo halaba a él por las manos. Ahora se sentía avergonzado porque tenía miedo. Y se dejó arrastrar porque no quería resistir más. La multitud seguía rugiendo, escupiendo al del madero y gritando «¡crucifíquenlo!» A él lo levantaron entre varios y amenazaban con tirarlo sobre unas zarzas.

—¿Qué le pasa? —preguntó uno de los hombres cuando entraron a una de las casas que estaban bajo los álamos.

—Se desmayó —le dijo Violeta.

—Está dormido —dijo la de la gorra de pelotero, y le habló a Florencio—. Acuéstalo aquí, en esta cama.

Una anciana miró a Florencio, que parecía muy atribulado, y le dijo:

—Dichoso eres llevando a éste en tus hombros, como una cruz...

—Pero si él no pesa... —le respondió Florencio y creyó que era capaz de llorar.

Adanel supo entonces que sería lanzado sobre aquellas matas espinosas que reptaban sobre las piedras que estaban al borde del camino. Miró atrás y vio al hombre del madero, que había emprendido su lento andar y ya estaba lejos de él. Y gritó: «¡Déjenme, yo no conozco a ese hombre... No sé ni siquiera su nombre!»

Florencio sintió de repente que Adanel le pesaba, como un fardo lleno de piedras. Y lo dejó caer en la cama, haciendo un gran esfuerzo.

Adanel abrió los ojos, comprendió todo en un instante, volvió a cerrarlos y murmuró para sí: «Pobre de mí. Pobre de nosotros. Perdóname otra vez, Señor, por haberte negado».

Gregorio lo oyó. Estaba muy cerca de él porque se había arrodillado para ayudar a Florencio a colocarlo en la cama. Entonces se acercó y le dijo al oído:

—No somos hoy más fuertes que ayer, ni lo seremos mañana. Él te perdona. Ahora descansa, estás a salvo aquí.

Ninguno de los presentes comprendió lo que pasaba, pero Violeta se arrodilló también y lo besó en la frente. Florencio miró otra vez su reloj y no pudo ocultar una expresión de honda preocupación cuando miró a su amigo.

—Ven, Florencio, siéntate aquí y hablemos –le dijo Adanel desde la cama.

La mujer que actuaba como la jefa del grupo dio entonces dos palmadas y dijo:

—A moverse caballeros, que hay que llevarlo ya a un lugar más seguro.

Y dirigiéndose a una de las muchachas que había presenciado todo con una expresión de gran asombro, le dijo:

—Y tú, Aracelis, trae el caldo de pollo que está en el fogón. Hay que darle de comer a Adanel ahora mismo.

Tierra Elegida

–Florencio, hermano, me trajiste a la luz otra vez... Gracias.

Adanel hablaba desde la cama. Le habían colocado varias almohadas tras la espalda y la cabeza, y estaba casi sentado. Violeta le daba de beber humeantes cucharadas de un cuenco de caldo que la muchacha a quien llamaban Aracelis sostenía, temblorosa. Gregorio había logrado llevar afuera al grupo que los había acompañado en devota procesión hasta la casa. Por eso, con excepción de Aracelis, los tres amigos estaban solos en la pequeña habitación. Por la ventana abierta entraba una brisa olorosa a tierra húmeda y llegaban los rumores de la conversación de los excitados *vecinos*, los cuales permanecían concentrados afuera.

–Y tú, Violeta –continuó Adanel–, tú también has corrido un riesgo muy grande. ¿Qué harán ustedes ahora?

Violeta se encogió de hombros y no respondió, porque realmente no estaba preocupada por ella misma. Pensaba que no tenía mucho que perder y sentía algo parecido a la emoción de estar entregada, resteada. Además, sabía que su falsa identidad de psicóloga clínica la protegía por ahora.

Florencio sí respondió. Dijo «no sé». Realmente él no sabía qué hacer. No había podido librarse de los vaivenes del conflicto recurrente que comenzó a asomarse a su conciencia desde que tomó la decisión de sacar a Adanel del sanatorio. Este conflicto había ido creciendo con cada paso que daba hacia los límites de las regiones sin retorno. Sabía que ya esos límites habían sido cruzados, pero, aún así, no se resignaba a esa realidad. En su pecho todavía palpitaba la indignación al recordar lo que le había hecho a Adanel la pandilla presidida por su padre. Y en su mente se agitaba la convicción ominosa de estar pisando zonas desconocidas, sembradas de grietas que parecían llagas, tierra que parecía sangre y llagas humanas que manaban misteriosamente una sangre inocente. Y esto le producía un terror desconocido por él hasta ahora. Pero su lado práctico no había sido vencido y reaparecía con la fuerza y la obstinación de un soldado que emerge herido, pero vivo y lleno de instintos, del cráter abierto por un obús.

–Creo que yo debo irme ahora –dijo.

–¿A dónde irás? –replicó Violeta–. Ahora tú también eres un prófugo. Además, mírate a ti mismo.

Florencio vio su uniforme ensangrentado, pero insistió:

–Me voy. Tú debes esconderte, Adanel. Deja que estos te oculten, mientras más lejos, mejor. Yo no te seguiré... Y tampoco quiero saber dónde te llevarán.

Violeta lo miró sorprendida:

–¿Y cómo vas a explicar todo esto?

Aracelis salió de la habitación, pero al llegar a la puerta, se volteó a mirar a Adanel y se santiguó. Los tres quedaron solos, por primera vez en todos aquellos años.

–La única forma de explicarlo es decir toda la verdad –dijo Florencio y volvió a mirar su reloj.

–Entonces entregarás a Adanel –concluyó Violeta.

–No. No sé a dónde se llevarán a Adanel. No podría entregarlo aunque quisiera.

Florencio acababa de tomar una decisión. No todo estaba perdido para él. Adanel estaba libre y con esto quedaba saldada su deuda de amistad. Pero él regresaría a su mundo. Y lo haría de acuerdo a un plan que ahora comenzaba a urdir. Se enfrentaría a su padre. Trataría de ver al Comandante en Jefe para contarle todo. Era imposible que éste supiera y aprobara lo que habían hecho con Adanel. Eso no era obra de la Revolución, sino de su desalmado padre. Buscaría justicia. Eso es, justicia. Esta era la puerta de salida a su conflicto.

Debajo de la epidermis de estas racionalizaciones, había otras razones, por supuesto. Él las identificaba, y hacía un rápido esfuerzo por calibrarlas y entenderlas. La evolución de los acontecimientos le presentaba un nuevo juego, con todo un abanico de probabilidades y riesgos. Y él sabía, ante todo, que no estaba preparado para ciertas movidas. Hacerse cómplice de aquel grupo de «vecinos» era una de ellas. Ésta implicaba la fuga, el escondite, la clandestinidad en la miseria, el contubernio con estos fenómenos incomprensibles de las llagas de Adanel, la hermandad con esta gente pequeña que él tampoco comprendía y la vida en el oscuro mundo de ellos, lleno de madrigueras, conspiraciones y sótanos. Prefería los riesgos de su propio mundo, porque para bregar con estos sí estaba entrenado. Prefería entregarse, confesar su culpa, negociarla a cambio de un perdón, condicionado éste a ciertos favores de silencio con relación a los archivos secretos de su padre. Todo combinando con la posibilidad placentera de poner de rodillas a éste último. Y al final, después de todo, Adanel tendría justicia... y estaba libre. «Sí, lo ayudé a escapar», diría, «para evitar un escándalo a la Revolución... Se estaba cometiendo una injusticia con un capitán de las FAR, herido en combate...» Esa era la jugada. Otra vez, todo a una carta: la justicia. El riesgo era inmenso, pero era su mejor opción. Aunque tuviera que enfrentar otras consecuencias, o a sí mismo... y a la náusea.

—¿Qué pasará contigo? —preguntó Adanel.

—Él sabe cómo salvarse —dijo Violeta, sin poder evitar que sus palabras tradujeran cierto desdén.

Afuera se oyeron murmullos. Estaban preparando una improvisada camilla para trasladar a Adanel por los caminos que lo llevarían a rincones más seguros.

Florencio se sentó en la cama, puso su mano sobre el hombro de Adanel, procurando esta vez no mancharse de sangre y le habló en voz baja.

—Ahora, Adanel, dime la verdad. ¿Qué te pasa? ¿Quién te ha herido de esa forma? Dime a mí la verdad de tus llagas.
    Violeta pensó marcharse, pero se quedó donde estaba. Desde la puerta, Gregorio impidió que entraran los de afuera, porque, aunque no oyó la pregunta, la intuyó.
    —Hay una sola y única verdad para explicar mis llagas —respondió Adanel con firmeza, y le explicó todo a su amigo, en la forma más clara, más cruda y más corta que pudo.
    —¿Quieres decirme que es verdad entonces que eres...? —comenzó a preguntar Florencio.
    —Sí —dijo Adanel serenamente—. Soy lo que el mundo conoce como un estigmatizado. No nos imaginábamos cosas así en aquellos días, Florencio. No sabíamos nada de esto cuando recorríamos *Bacú*, ni cuando saltábamos en paracaídas, ni cuando pasábamos hambre juntos en aquellos entrenamientos en las montañas de Oriente.
    Florencio se levantó de la cama y se palpó instintivamente las huellas de sangre en su uniforme, las cuales todavía no se habían secado del todo. Tocó la tela acartonada en rojo y volvió a mirarse con horror.
    —Todo ha cambiado, mi hermano de sangre —continuó Adanel—. En esta Isla, en el mundo, y en los pueblos hermanos que solíamos llamar la tierra nuestra. Todo ha cambiado en mí también. Hay Otro más grande que nosotros que me eligió para compartir la redención de esta Isla. Y Ése sangra también a través de mí. Vete en paz y sálvate como puedas. Y dile a todos lo que has visto...
    Florencio se dirigió tambaleante hacia la puerta y parecía que iba a caerse al suelo. Pero antes de salir le preguntó:
    —He estado en Río Hondo. He visto allí una grieta muy grande, parecida a tus llagas. ¿Qué tiene eso que ver contigo?
    —La tierra es como la piel de su pueblo y a veces se le abren llagas, como a mí. Esta Isla ha sido elegida para sufrir, Florencio, no ella, sino su pueblo. Ella sangra en nombre de su pueblo, que es el que sufre. Así como sufro y sangro yo. Dile todo esto a quien quiera oírte...

TIERRA ELEGIDA

Florencio salió de la casa y afuera todos le abrieron paso. Corrió por entre la yerba alta, que a esa hora, casi el mediodía, reverberaba de verdes y de calores. Se perdió detrás de los álamos cercanos pero luego lo vieron salir otra vez, en un claro. Se detuvo por un momento y miró a su alrededor. Y luego volvió a correr hacia el camino por donde habían llegado en el carro de Gregorio. No lo volvieron a ver porque el camino se metía dentro del bosque al doblar el recodo.

Un rato después sacaron a Adanel en la camilla que habían fabricado los *vecinos*. La camilla era como una cama, pero menos pesada, y había sido fijada sobre un bastidor de tablas. De éste sobresalían a cada lado cuatro brazos que se apoyaban fácilmente sobre los hombros de ocho vecinos. En la cama hubieran cabido al menos dos personas, porque era amplia y casi cuadrada. Varios vecinos habían depositado en ella sus almohadas hasta hacer una montaña y Adanel iba sentado sobre su cima, como en un trono blando. Otros habían traído sábanas y colchas de distintos colores y dibujos para cubrirlo a él y, además, adornar el conjunto. Por eso, vista desde lejos, la cama parecía flotar como una balsa de colores, sobre las altas yerbas y las cañas. Todos iban en procesión, pero en silencio. Gregorio y Violeta iban a ambos lados de la cama, mezclados con la multitud.

Más adelante entraron por entre una guardarraya de palmas reales que se extendía por varios kilómetros y parecía interminable. No había casas, ni personas, ni animales en los alrededores. Violeta y Gregorio no tenían la menor idea de dónde estaban ni hacia donde se dirigían. Cuando ella preguntó a la mujer pequeña de la gorra de pelotero, ésta le dijo con una gran seguridad: «a un lugar seguro, a Tierra Nueva».

Adanel, desde su altura, veía las cabezas de los vecinos que cargaban su cama flotante. Estos se turnaban a cada rato, de manera que entre los ocho cargadores había siempre diferentes hombres y mujeres de distintas edades, estaturas, razas. Veía los tallos de las palmas que pasaban a su lado y se le antojaban como columnas. Miraba entonces al cielo y veía sus penachos agitándose contra el azul y el blanco de las nubes. Y decía, con el pensamiento, esta oración:

—Gracias, Jesús. No merezco ser llevado en andas, como si fuera un santo o un Papa. Pero parece que lo que tú quieres ahora es que tu pueblo me vea, y viéndome, te recuerden a ti y crean. Ahora entiendo de verdad estas llagas que me has dado y por qué mi sangre no se agota. Soy tu carne sufriente y mi sangre es también la tuya. Soy tu Isla, clavada sobre los hombros de estos hijos tuyos, flotando sobre estas dulces cañas y bajo las palmas eternas. Soy tu tierra elegida...

Elegida para ser la hija predilecta del que nos halló, en su ruta hacia el sur, en la mitad del planeta, entre las olas... Para ser la más bella, la más fiel, y también la más rebelde.

Elegida para ser crucero de las naves del ayer, llave de un nuevo mundo, carnada de discordia, cordero bendecido y ofrenda sacrílega.

Cuna de utopías y de caos, de esperanza y desengaño, de sueños apostólicos y pesadillas de un nuevo Apocalipsis.

Esclava y liberta, feliz y desgraciada, la más rica de las islas y también la más menesterosa, desvalida y triste.

Nos elegiste para ser ejemplo de grandezas y de infamias, paraíso de bonhomía y de traición, madre de sabios y de imbéciles, útero de virtud y de vileza.

Hemos sido los más inocentes y los más mentirosos, orgullo de la historia y vergüenza de la historia, hemos sido los amados y los proscritos.

Somos tu tierra elegida, Jesús, tu tierra pródiga, tu tierra sangrante.

¿Qué quieres de mí? ¿Qué quieres de nosotros? ¿Cuáles son los límites del dolor? ¿Cuándo terminará todo esto? ¿Cuándo comenzará todo...?

SUCESOS PARALELOS (CUATRO)

El sol del mediodía proyectaba la sombra del helicóptero militar verticalmente, justo debajo de éste. Por eso el piloto y los otros dos hombres que viajaban dentro no podían verla arrastrádose por el suelo, a pesar de estar volando a baja altura.

Lo que sí veían, con toda claridad, era la muchedumbre que a esa hora se desplazaba hacia los mogotes del vallecito de Río Hondo, proveniente de los cuatro puntos cardinales de la región.

–Parece un hormiguero –comentó el piloto, en un pronto de ingenuidad.

–Pero deben ser hormigas bravas –dijo el soldado que viajaba atrás, acariciando el cañón de su fusil AKM 47 de asalto, que permanecía acostado junto a él en el asiento.

Los tres hombres habían despegado unos pocos minutos antes en vuelo de reconocimiento desde el centro del valle de Río Hondo. Una llamada desde el Estado Mayor, en la Capital, había alertado a la guarnición allí acantonada sobre rumores de una posible invasión de campesinos, niños y otros curiosos procedentes de los pueblos cercanos.

—Pero aquí hay más gente de la que nos habían dicho —advirtió el tercer hombre, el copiloto—. Y allá veo una caravana de carros, por el camino que entronca con la carretera norte... si no me equivoco.

—Vamos pa'llá —dijo el piloto y maniobró para dirigirse hacia la carretera.

En efecto, desde el aire parecía un hormiguero en movimiento. Aunque muchos de los miembros de la multitud traían sombreros de guano, lo que predominaba eran cabezas de pelo negro y esto creaba una visión muy similar a la de las hormigas cuando vienen juntas, en columnas, en masas de bordes irregulares y en grupos de tres o cuatro.

También era cierta la observación del copiloto. Por el terraplén que nacía en la carretera del Circuito Norte venía una caravana de vehículos de distinto porte y naturaleza. Automóviles, camioncitos, carretones, pequeños autobuses, bicicletas y hasta algunos caballos con uno y hasta dos jinetes. La caravana levantaba nubes de polvo a ambos lados y se acercaba hasta confundirse con otras multitudes que iban a pie y que parecían venir de todas partes.

—Sí, comandante Cajigal, vienen del pueblito de Río Hondo y también de otros pueblos... No sé, son mucha gente... —reportaba el copiloto por radio al comandante de la guarnición acantonada en el valle.

—Coño, ¿pero cuántos son? —preguntaba la voz metálica de Cajigal.

—No sé, comandante, son cientos... A ver... Serán ochocientos.

—Yo veo miles —dijo el de atrás.

—¿Qué dice? —preguntó la voz—. ¿Miles...?

Desde la superficie, a través del polvo de los carros y los caballos, una mujer tomó una piedra del suelo y la arrojó al aire, como si quisiera pegarle al helicóptero. «Cabrones», dijo.

La voz metálica volvió a preguntar:

—¿Están armados?

El piloto y el copiloto se miraron entre sí.

—¡No! —respondieron los dos. Y el copiloto añadió:

–*Vienen con sombreros, o a cabeza descubierta... Algunos están semidesnudos, los niños llevan mochilas escolares y creo que algunos viejos tienen un palo para apoyarse... No están armados.*

En el campamento se dio la alarma. En pocos segundos, los sesenta y tres hombres acantonados en el vallecito salieron de sus tiendas de campaña y ocuparon sus posiciones. Esta operación había sido ensayada varias veces, como si fuera un acto de una obra teatral. Cada uno tomó el fusil que descansaba a su lado, se puso su casco sobre la cabeza y corrió hacia el punto que tenía asignado. Los responsables de los cuatro nidos de ametralladoras calibre treinta –estos habían dormido junto a ellas, no en las tiendas– se aseguraron que las cintas erizadas de balas estuvieran en posición y quitaron los cerrojos de los seguros. El primer helicóptero de los dos que aún estaban en tierra despegó con sus tres hombres armados y unos momentos después lo siguió el otro. El tableteo de las dos naves retumbó dentro del espacio acústico del valle, generando ecos y resonancias múltiples. Un alboroto de pájaros de distintas tallas y colores llenó el aire de graznidos y remolinos. Una segunda ola de animales se activó bajo el bosquecito de ceibas y algarrobos, pero esta vez no eran pájaros, sino jutías, majaes y unos pocos cochinos jíbaros, que huían en desbandada, asustados por el ominoso sonido que produjeron los dos tanques de guerra ocultos al ponerse en movimiento.

La orden fue dada por el comandante Cajigal e inmediatamente transmitida a todo lo largo y ancho de la cadena de mando.

–Alerta máxima. Posición de defensa. Esperen órdenes.

Desde los dos helicópteros recién incorporados al espacio aéreo de la zona de combate, llegaron al campamento nuevos reportes muy preocupantes.

–*La carretera del Circuito Norte se aprecia con gran congestionamiento, comandante. Desde los doscientos metros de altura vemos una cola de vehículos que se pierde en el horizonte. Vienen del este y también del oeste de La Isla.*

–¿Y hacia dónde se dirigen? –preguntó la voz metálica.

—Están ingresando por el terraplén al área restringida, pero muy lentamente. Hay demasiados vehículos en el área... Esto parece un parqueo gigante desde acá arriba.

—Okey, cambio y fuera.

Antes de oír estas últimas palabras, los nueve hombres distribuidos entre los tres helicópteros que sobrevolaban ahora el área, pudieron oír claramente que la misma voz metálica había dicho: «Pidan refuerzos».

Desde las emboscadas principales, situadas a lo largo del abra que daba entrada al valle, la multitud no se veía como un hormiguero, sino como una ola que avanzaba lentamente, desde una costa lejana y polvorienta. La vanguardia de esa ola andaba ya muy cerca y estaba compuesta por hombres y mujeres jóvenes y algunos niños que corrían delante de ellos.

Uno de los soldados del nido más avanzado de las calibre treinta miró a la ola a través de la mirilla y retiró la vista de golpe, moviendo la cabeza como si un insecto grande lo hubiera picado.

El que estaba a su lado lo miró con alarma y le preguntó:

—¿Qué fue?

—No, nada —respondió—. Pensé en qué haría si me mandan a disparar.

CAPÍTULO V

EL FIN

Los tres deseos del coronel Risco

Florencio corrió durante más de una hora por el camino por donde habían venido en el automóvil de Gregorio.

Cuando llegó a la carretera, en el punto donde se desviaran, se sentó sobre unas piedras, porque estaba exhausto. Había sudado mucho y las manchas de sangre de su uniforme eran otra vez charcos viscosos. Sentía mucha sed, pero no veía en los alrededores ninguna forma de aliviarla. A los pocos minutos, se levantó y reanudó su carrera hacia el sanatorio.

Como a unos cien metros del pórtico de piedra de coral se detuvo y vio que frente al sanatorio había algunos soldados, todos armados y vestidos con uniformes de camuflaje. Dudó por un momento, pero continuó, ahora caminando. La decisión no necesitaba nuevos análisis. Se entregaría.

Comprendió que lo habían visto cuando un oficial lo señaló y uno de los soldados entró al sanatorio como buscando a alguien. Tres soldados corrieron hacia él.

—Capitán Risco – dijo uno de ellos–. ¿Está herido...? Tenemos órdenes de...

—Aquí estoy –dijo Florencio alzando los brazos en ademán de rendición–. Cumplan sus órdenes... No, no estoy herido.

Los tres soldados lo rodearon y, cuando estaban a sólo unos pasos del pórtico, uno de ellos le sacó la pistola de la cartuchera. Un hombre corpulento apareció, un poco agitado, y le dijo, con un tono de paciencia en la voz:

—Florencito, *mijo*, ¿ahora qué..? Mira en el estado en que vienes. ¿Estás herido? Quiero que sepas que estás arrestado.

—Lo sé, coronel —respondió él—. Me estoy entregando.

—Carajo... —dijo el Coronel Risco con un dejo de fastidio, tomando la pistola de Florencio que uno de los soldados le alcanzaba—. Ven acá chico, tenemos que hablar...

Hizo señas a varios soldados que habían traído hasta ellos un automóvil grande y negro, un Mercedes Benz de los ochenta que parecía blindado, y les pidió que metieran a Florencio en la parte trasera. Él también entró y el carro arrancó ruidosamente. Cuando Florencio miró por la ventana de atrás, vio que tras el pórtico de coral se asomaba la cabeza calva del doctor Casio Crespo, quien parecía asegurarse que todo había concluido.

—Vámonos al hospital —dijo secamente Basilio Risco al oficial que conducía el Mercedes, y fueron las únicas palabras que pronunció durante los veinticinco minutos que duró el viaje. Tampoco miró a Florencio y mantuvo una expresión vaga en la que no podía adivinarse nada. Florencio tampoco habló y conservó los ojos cerrados todo el tiempo, lo cual facilitaba su concentración y limpiaba de obstáculos sus cavilaciones.

Al llegar al hospital, y con una eficacia que se acercaba a la brusquedad, Florencio fue sacado con rapidez del automóvil, esposado, y conducido al interior del edificio. Allí tomaron el ascensor reservado para el uso del director y su gente de confianza. A él y a su padre los acompañaron dos enfermeros robustos de quijadas tensas, muy parecidos entre sí, y vestidos completamente de blanco, menos los ojos, que ellos mantenían ocultos tras unos lentes oscuros que parecían antifaces.

El coronel Risco oprimió la tecla del piso once y a Florencio esto le llamó la atención porque sabía que este edificio sólo tenía diez pisos. Pero su intriga se disipó muy pronto, cuando la puerta se abrió hacia la azotea y una bocanada de aire tibio entró libremente en el ascensor.

—Ven conmigo —dijo secamente Basilio Risco, y encabezó la marcha diagonal a través de la azotea.

Detrás caminaba Florencio, con las manos esposadas a la espalda. Los dos siniestros enfermeros cerraban la marcha. Él sintió la caricia de la brisa en la cara y le pareció que su olor traía acentos de mar, el cual se veía brillando a lo lejos, detrás de varios edificios de baja altura. Era la primera vez en su vida que subía hasta esta azotea, y veía con inquietud que el muro que la bordeaba era muy bajo o inexistente en algunos segmentos. Fijó la vista en el suelo como precaución y vio las losas irregulares y ennegrecidas de humedad sobre las que caminaba. Pero tuvo que levantar la vista cuando su padre le gritó. Y entonces comprendió todo. En una de las esquinas del techo, donde no existía baranda protectora, habían colocado dos sillas, una mirando hacia él y la otra al vacío. Ese era el confesionario que su padre, el doctor Basilio Risco, coronel médico de la Revolución, había preparado especialmente para él.

Florencio quedó paralizado de repente y los dos hombres de blanco quedaron muy cerca de él, a su espalda.

—Ven acá, siéntate, vamos a hablar —le gritó su padre.

Uno de los hombres lo empujó y él tuvo que continuar caminando hacia la esquina desnuda de la azotea. Su padre ya se había sentado en la silla que miraba hacia dentro y le indicó con un gesto que se sentara en la silla que daba al vacío.

Como vacilara, uno de los enfermeros lo tomó por el brazo y lo obligó, y él tuvo que pasar la pierna por encima de la silla, la cual estaba tan cerca del borde que no permitía pararse frente a ella antes de sentarse. Quedó mirando hacia la calle, que ante sus ojos ondulaba diez pisos más abajo. Sus talones podían apoyarse en el borde del alero, pero la otra mitad de sus pies quedaba suspendida en el aire. A su derecha estaba su padre, sentado de espaldas a la calle, mirando fijamente cada uno de sus movimientos. Los dos hombres de blanco se habían alejado.

Con excepción de las prácticas de paracaidismo, diecisiete años antes, nunca había experimentado como ahora el tormento centrífugo y visceral de su mal de alturas. Siempre había algo de que asirse, y siempre pudo llevarse las manos a los ojos, lo cual lo ayudaba a aliviar el vértigo. Pero ahora estaba esposado, de frente a la nada, y su único asidero referencial era su padre, respirándole pesadamente sobre la sien derecha.

–¿Quieres que te vende los ojos, hijo? –dijo éste, en un tono que alguien que no lo conociera hubiera calificado de piadoso.

–No –fue todo lo que pudo decir Florencio.

–Entonces hablemos... Para empezar, dime, ¿qué te parecieron mis *files*? ¿O crees, comemierda, que este viejo corsario nació cuarenta años antes que tú, para nada?

–Tus *files* son los archivos del infierno –rugió por fin Florencio–. Sí, los registré, me revolqué en tu circo de horrores. Especialmente los de Adanel, el caso SE433. Y, ¿sabes algo? Los grabé, aquí en mi cabeza. Aunque los quemes, los puedo repetir de memoria ante quien quiera oírlo, y ante cualquier tribunal. A menos que me mates... Y eso, creo que no te conviene.

–En eso tienes razón. No voy a matarte, ¿cómo se te ocurre? A mi propio hijo, orgullo de la Revolución. A menos que esta condición tuya del mal de la *gallina mareada* te mate del susto, te quiero vivo.

Al decir esto último, Basilio Risco inclinó un poco hacia delante la silla de Florencio, quien tuvo una explosiva arqueada. Luego siguió hablando.

–En lo que estás completamente perdido es en lo del tribunal. Ni voy a quemar mis *files*, ni nadie necesita que tú repitas de memoria lo que viste. En los sótanos de la Seguridad del Estado tienen, y por cierto, muy bien encuadernados, copia de todos mis papeles. Y hay otro con muy buena memoria que podría repetirlos, especialmente el caso de tu amigo, el sangriento...

Volvió a inclinar la silla de Florencio por unos segundos hacia el vacío y gritó, ahora como un loco.

–¿Sabes quién es el de la buena memoria? ¡Dime, dime tú de quién estoy hablando, dímelo, carajo!

—¿El Comandante en Jefe? —dijo Florencio a punto de caer.
—¿En qué mundo has estado viviendo, Florencito? —dijo Basilio enderezando la silla y poniéndose de pie.
—¿A dónde vas? —preguntó Florencio—. No vas a dejarme aquí, ¿verdad?
—Sí, me voy —respondió él—. Te dejaré aquí por un tiempo para que pienses bien lo que te voy a decir ahora.

Entonces, Basilio Risco, ya de pie y en ademán de retirarse, le explicó a su hijo, de forma descarnadamente rápida, lo que calificó como una «negociación», incondicional e indiscutible. Para poder vestir otra vez un uniforme limpio y planchado de capitán de las FAR y conservar todos los honores y privilegios de su rango, tendría que hacer tres cosas. La primera y la más sencilla era entregarle vivo —o «medio vivo» en sus palabras— a Adanel Palmares. La segunda era traerle —«bien vivita», también en sus propias palabras— a su amiga, la taína, el «caramelito de miel». La tercera era comparecer ante el Comandante en Jefe para presentarle su cacareado reporte personal sobre el fenómeno de Río Hondo. Y convencerlo de que todo era un fraude preparado por elementos contrarrevolucionarios, entre los que se incluían varias sectas religiosas fanáticas —y algunos curas— cuya intención era excitar la imaginación del pueblo con supersticiones y obras de brujería. Esta última era una tarea urgente que Florencio debía ejecutar personalmente, mañana mismo. Y su recomendación debía ser la eliminación de la infausta grieta, depositando en ella los escombros dejados por los dos últimos huracanes que habían asolado la parte más occidental de La Isla en meses recientes. El Comandante estaría encantado de oír que ese cráter tendría una utilidad práctica después de todo. Y no había que preocuparse por las fotos que él no había podido tomar de las supuestas llagas. Todo estaba previsto.

Y terminó diciendo, antes de darle la espalda y dejarlo solo frente al abismo:
—Vendré a buscarte mañana temprano. Y si todavía estás vivo y, además, estás dispuesto a cumplir mis tres deseos, podrás darte una ducha, ponerte un uniforme nuevo y desayunar caliente conmigo... Por cierto, ahora hueles muy mal.

Se marchó, después de darle instrucciones a los dos enfermeros para que lo vigilaran y que de ninguna manera permitieran que hallara la forma de moverse hacia atrás. «Si quiere moverse hacia adelante, es su problema...», fueron sus últimas palabras.

Un momento antes de activar el ascensor, Basilio escuchó la voz lejana de Florencio:

–Papá... no puedes hacerme esto... Tráiganme agua...

Entonces sonrió y apretó el botón del primer piso.

Tierra Nueva

La procesión que llevaba en andas a Adanel estaba llegando a su destino cuando el sol se ocultaba tras los follajes de las colinas.
    Habían caminado por entre cañaverales, extensiones sembradas de árboles frutales y viandas, vegas de tabaco y varias zonas de cultivo abandonadas. Esto suponía dar amplios rodeos con el fin de evadir las carreteras principales y las ciudades. Para Violeta aquella jornada había sido un descubrimiento. Aunque había nacido en esa provincia, nunca imaginó que podía ser tan vasta, que tuviera tales redes de terraplenes y trillos y que fuera posible andar por horas y horas al margen de las ciudades y sin atravesar áreas pobladas. Admiraba el conocimiento de la zona que tenían aquellas personas, campesinos en su mayoría, lo cual les permitía siempre hallar un camino, vadear un arroyo, atravesar un bosque, sin ver soldados y sin ser vistos. También le llamaba la atención la organización que parecía existir entre ellos. Varias veces se cruzaron con personas que parecían estar esperando aquella comitiva y ella juraría que se trataba de vigilantes o agentes de enlace de aquella red de *vecinos*. Otras veces pasaron cerca de grupos de lugareños que conducían algunos animales o trabajaban en la tierra. La reacción de estos era siempre la misma, saludaban discretamente y, en algunos casos, se santiguaban.

—¿Dónde estamos? —preguntó Violeta a Aracelis, quien se había mantenido caminando a su lado todo el tiempo, desde que salieron del caserío bajo los álamos.

—Todos estos son los caminos de Tierra Nueva —respondió ella, con naturalidad.

—¿Tierra Nueva? ¿Y eso qué es, un nuevo pueblo? Yo no lo he visto nunca en los mapas.

—No es un pueblo —dijo ella, encogiéndose de hombros—. Es el espacio de tierra que está entre los pueblos. Tú sabes, en los pueblos y las ciudades manda el gobierno y los soldados. En estos lugares no manda nadie, esto es de nosotros y de los animales. Por aquí andamos libres y hacemos lo que queremos.

El rumor de un avión militar la interrumpió y todos se movieron bajo unos árboles de mango que estaban cerca. Allí estuvieron hasta que el pequeño avión se alejó y luego reanudaron su camino.

—Ellos vienen y van —continuó Aracelis—. A veces nos vigilan y nos registran, pero aquí nadie tiene armas, ni nada que esconder. Y entonces se van y esto vuelve a ser Tierra Nueva.

A Violeta le vino a la mente un mapa del cuerpo humano por dentro. Los espacios entre los pueblos serían como las cavidades que existen entre los distintos órganos. Áreas libres entre el estómago, los riñones, los pulmones, el corazón. Era como si entre las zonas pobladas que estaban bajo el control del Estado comenzaran a nacer y desarrollarse nuevas zonas libres, con sus propias reglas, o la total ausencia de ellas: un caos natural con sus leyes instintivas y espontáneas. Pensó que eso era algo disparatado. Pero también pensó que en La Isla todo era tan ilógico que quizás estuviera surgiendo un nuevo orden, con su propia lógica.

—¿Y ya existen comunidades o pueblos en Tierra Nueva? —preguntó Violeta.

—Todavía no, porque entonces vendrían los del gobierno y el ejército a controlar la vida —dijo Aracelis—. Pero dentro de cada pueblo y cada ciudad existe también Tierra Nueva... ¿Sabes? En cada persona y en cada casa y en cada barrio hay un espacio donde no pueden entrar. Esa es la continuación de Tierra Nueva...

—¿Entonces, es una especie de clandestinaje?

—Puede ser, pero sin armas, sin reuniones secretas, sin conspiraciones —dijo Aracelis, y sonrió como restándole importancia a lo que decía—. Es la vida de cada día, sin hacerle mucho caso al gobierno, cada uno en su mundo, pero ayudándonos unos a otros, compartiéndolo todo como buenos vecinos.

Estaban saliendo a una explanada que se abría ahora en una extensión sin árboles, y aunque ya había comenzado a oscurecer, el grupo decidió tomar todas las precauciones. Bajaron a Adanel hasta el nivel del suelo y lo acomodaron en una carretilla ancha, sobre la que habían colocado algunas almohadas. La procesión se dispersó y sólo un pequeño grupo acompañó a Adanel, a quien habían cubierto con una colcha. Junto a esta carretilla llevaban otras con viandas y frutas, o con tierra y algunas matas, todo con el fin de repartir la atención y que Adanel pasara inadvertido ante posibles intrusos.

«Compartiendo como buenos vecinos», había dicho Aracelis. Ahora Violeta comenzaba a entender mejor a que se referían Adanel y —sin saberlo— el propio Florencio, cuando hablaban de los «vecinos» que habían cuidado y escondido a aquel antes de que fuera capturado y encerrado en el sanatorio. Estos «vecinos» eran los habitantes de este mundo nuevo que había nacido y seguía creciendo, en las cavidades neutrales de la anatomía de La Isla. Eran los ciudadanos de Tierra Nueva. Ellos sabían quién era Adanel. Unos pocos lo habían conocido personalmente antes de su captura y se habían turnado para atenderlo y venerarlo, como hacen algunas familias con esas vírgenes de yeso, emperifolladas y entrañables, que van rotando de casa en casa, de barrio en barrio y de pueblo en pueblo. Los demás, la mayoría, lo conocían por las historias que se contaban, por las estampas dibujadas a mano por los niños y por los sueños que cada noche tienen los desesperados y los olvidados.

Cuando estaban a unos cincuenta metros de las primeras casas de la barriada, el grupo que llevaba a Adanel se desvió por un sendero pedregoso que parecía ser el cauce seco de un antiguo arroyo. Éste corría bajo unas matas de malanga de hojas inmensas y llegaba hasta una de las casas por la parte de atrás. Allí esperaban varias mujeres que, con mucha delicadeza, sacaron a Adanel de la carretilla y lo condujeron al interior de la casita. Violeta iba con este grupo y las ayudó a trasladarlo. Gregorio se había mantenido junto a los otros grupos que entraron por la calle principal de aquel barrio.

La casa estaba elevada junto al antiguo cauce y aunque era pequeña, tenía un sótano amplio como un salón, el cual estaba al nivel del suelo. Bajaron a Adanel hasta esta habitación usando una escalera que serpenteaba, oculta tras las puertas de un viejo escaparate adosado a una de las paredes. Aunque no tenía ventanas, el salón estaba bien ventilado por varios respiraderos con rejillas y, además, iluminado por más de una veintena de velas.

Una docena de personas, entre adultos, niños, y ancianos, esperaba en el recinto, sentados en el suelo. Entre ellos también estaba un sacerdote joven que se puso de pie cuando vio que bajaban a Adanel.

–Hola, Adanel –dijo el sacerdote–. Bienvenido. Otra vez estás entre nosotros.

Todos se pusieron de pie y dieron paso a Adanel y a las personas que lo acompañaban. Adanel los miraba a todos, uno por uno, tratando de reconocerlos, pero aparte de Violeta, no veía caras familiares. Violeta le dijo al oído que Gregorio se había quedado afuera, en la calle, ella suponía que vigilando. Unos minutos después, el recinto estaba lleno de vecinos y, aunque cada uno hacía laboriosos esfuerzos por acercarse a él, mantenían un respetuoso límite a su alrededor. El sacerdote se acercó y le dijo:

–Yo era todavía un seminarista muy joven cuando te apresaron y te encerraron en el Sanatorio Modelo. Tú no me recuerdas, pero yo sí a ti. Una vez hablamos, hace diez años, cuando andabas escondido y el cura de aquel barrio te llevó la comunión. Mis oraciones y las de todos en Tierra Nueva han sido oídas. Te quedarás entre nosotros, te cuidaremos y te esconderemos, hoy aquí, mañana en otros sitios. Ya no volverán a encerrarte. Ahora nos perteneces a nosotros.

Aunque Adanel estaba muy débil a causa de la fatigosa y larga jornada, a todos agradeció los cuidados que le prodigaban y los riesgos que corrían por su causa. Le hizo señas para que acercara el oído al sacerdote, que ahora estaba a su lado y le había puesto una mano sobre el hombro, y le dijo:

—Sí te recuerdo. Te llamas Tomás y cuando nos vimos, ambos, tú y yo, teníamos muchas dudas sobre la razón de estas llagas. Ahora Jesús me ha convencido... Son cosa de Él, ¿no crees?

—Sí, así lo creo —dijo él—. Y tocó con su dedo la llaga de una de las manos de Adanel.

Entonces el padre Tomás dijo una misa en presencia de todos y habló de la fe y de los misterios de Dios. Y de la sangre que sudó Jesús en la víspera de su crucifixión, cuando estaba solo entre sus discípulos dormidos, y su imaginación divina fue asaltada por la certeza de los clavos, el dolor, la sangre y la orgía del mal en los siglos venideros. También habló de los hombres que son elegidos para expiar las culpas de los otros. Y de las tierras exhaustas que sangran por los errores de sus hijos.

Después todos salieron, menos Violeta y dos de las mujeres que habían cargado a Adanel a su llegada. Lo lavaron, lo alimentaron y se quedaron en vigilia junto a él, para cuidar su sueño. Apagaron todas las velas, menos una, que permanecería viva toda la noche.

Una hora después, a las ocho de la noche, Violeta salió de la casa para buscar a Gregorio.

Baila para La Isla, y para Dios...

—Aquí estoy –dijo Gregorio cuando vio a Violeta salir al pequeño jardín–. Te estaba esperando.

Gregorio estaba apoyado en una cerca rústica que se mezclaba con unos matorrales, frente a la casa donde habían escondido a Adanel. Violeta lo vio y se sobrecogió, a pesar de que reconoció su voz. El perfil de su alta cabeza, vagamente iluminada por la luna, le recordó la primera vez que lo vio, en el jardín decrépito del Sanatorio Modelo.

—¿Qué hace usted ahí? –fue la pregunta que se le ocurrió en ese momento.

—Esperándote –le repitió él.

Ya Violeta había notado que a Gregorio no le gustaban las multitudes. Durante la procesión a través de los caminos de Tierra Nueva se había mantenido cerca de Adanel, pero tratando de exponerse lo menos posible, y en silencio. Ella suponía que esa era la razón por la cual Gregorio no había estado presente cuando bajaron a Adanel a la estancia en el sótano, ni durante la misa.

—Adanel me preguntó por usted –dijo ella en un tono que tenía un dejo de protesta.

—Adanel sabe que mi trabajo terminó –respondió, rotundo.

Violeta notó cierta transformación en Gregorio. No sabría explicar si era indiferencia o tristeza, pero ciertamente no era la persona paternal y cálida, y hasta algo traviesa, a la que ella se había acostumbrado.

–Está ahora en buenas manos y en buena tierra –continuó él–. Lo llevarán para aquí y para allá, se lo disputarán y lo cuidarán como él se merece. Ahora está seguro. Y yo debo irme.

Ella protestó con su incurable, infantil porfía, y su voz ronquita perdió algunas sílabas cuando dijo, tratando de no gritar:

–¡Cómo que se va...! ¿Adónde se va? Ahora cuando más falta nos hace... ¿Cuál es el apuro?

Gregorio no pudo evitar reírse y se rindió una vez más a la indócil explosión de Violeta.

–¿Quién me necesita? –dijo–. Creo que desde ahora, yo más bien sobro aquí. Además, te lo dije hace poco, que yo me mudaría pronto.

–Lo necesito yo –respondió ella por fin, y dejó que un caudal de sentimientos, emociones y razones, se escapara en una catarata de palabras–. ¿Qué haré yo? Entre Dios y su hijo Jesús, me quitaron a Adanel, ahora para siempre, ya lo sé. ¿A dónde iré..? No puedo regresar, pero tampoco quiero regresar. Ahora sí que estoy sola. Yo no entiendo a su Dios y si Jesús le habla a Adanel, o le manda recados, conmigo no quiere hablar. Y ahora se va usted, que por lo menos me explicaba las cosas... ¿Quién me queda?

Ella inclinó la cabeza y la recostó sobre uno de los gajos que habían usado para levantar la cerca donde Gregorio se apoyaba. Él la tomó con sus manos enormes y acunó su cabeza contra su pecho, en un acto de ternura que fue para ella como una licencia para desbaratarse en un llanto de lágrimas gruesas y tibias.

Aunque ya Gregorio lo sabía, ella pudo, entre sollozos, gestos y protestas, decir todo lo que quería. Le pidió un milagro. No que Adanel se curara de sus heridas, sino que ella también fuera marcada por las llagas. Ella no pretendía arrebatarle a Dios a su Adanel, pero al menos, demandaba que la dejaran compartir con él su dolor, su misión y su destino. Ella todavía no podía entender las razones de esas llagas, ni la justicia en la expiación de culpas ajenas, ni el método para elegir a un inocente que pagara por los errores de unos locos. Pero prefería sufrir junto a Adanel, aunque fuera a ciegas, en lugar de dejarlo solo.

–No es justo –dijo para terminar, casi en un estertor–. ¿Cuál es el sentido de todo esto? No es lógico...

Gregorio la dejó terminar. Esperó en silencio como se espera pacientemente que pase una tormenta. Y luego dijo:

–Es la lógica de la cruz. Y para poderla entender es necesario entender lo insondable del mal y la infinitud del amor de Dios. Pero, aunque no podamos comprenderla, al menos podemos aceptar esa lógica, porque el propio Dios se hizo hombre y se dejó clavar en esa cruz, para vencer al mal y redimir al hombre... por amor al hombre. Adanel se entregó a esa lógica, fue llamado y aceptó...

La miró. Le limpió las lágrimas con sus dedos largos y nudosos, que parecían ramas de un viejo árbol junto a su cara tersa y lunar. Y continuó.

–Tú no has sido llamada para eso, además de que yo no hago milagros. Tú fuiste llamada para otra cosa... Y lo has hecho bien.

–¿Para qué fui llamada? –preguntó ella.

–Pues para bailar. Para volar en los escenarios, dentro y fuera de los teatros, en alas de la música. Dios se complace en la criatura que eres tú. Y Él es el aire en el que vuelas y es la sangre que corre por tu cuerpo cuando tocas la tierra, para elevarte otra vez.

La separó de su pecho huesudo, que ella había percibido como un gong poderoso y lleno de resonancias. Y la indujo a alejarse, poco a poco, con un gesto casi imperceptible. El último contacto era con las manos y él soltó las manos de ella, que eran dos pájaros ansiosos. Y comenzó a alejarse.

–Regresa a la capital, Violeta. Si quieres ver a Adanel alguna vez, siempre habrá un *vecino* que te podrá conducir a él. Reza por él y por ti. Vuelve a casa. Nadie te hará daño, ni siquiera el abominable doctor... No podría.

Ella supo, porque su instinto se lo dijo, que no podía ni debía seguirlo. Y él siguió alejándose, y comenzó a fundirse con las sombras de la noche, mientras decía:

–Vuelve a la música, vuelve a la danza. Ya eres Pájaro de Fuego. Y serás Cecilia, y Cisne Indio en un ballet inventado para ti... Baila, Violeta. Baila por Adanel...

Su voz también se había ido desvaneciendo y se fundía con los susurros de la brisa en los árboles y los coloquios de los insectos de la noche.

–Baila para La Isla... Y para Dios...

Violeta no lo oyó más. En las casas cercanas se escuchaba ahora más claro un murmullo de voces, tintineos de cocina, un radio lejano, el rumor de la vida a la hora de comer.

–Adiós Gregorio –dijo.

Pactaría con el coronel Risco

Desafiando el pánico y el vértigo, Florencio hizo varios intentos de impulsarse hacia atrás, para caer de espaldas y entonces arrastrarse lejos del borde de la azotea.

Dos veces lo logró. La primera vez cayó al suelo sobre el respaldar de la silla y quedó mirando al cielo, extrañamente claro por el resplandor de las estrellas y las constelaciones, y presidido por una luna cínica y desnuda. Estaba ya repuesto del golpe que se dio en la cabeza y listo para voltearse y andar a rastras, cuando la cara cuadrada y maciza de uno de los enfermeros apareció contra el cielo, mirándolo con una sonrisa burlona.

–Caca... Niño malo. A sentarse otra vez –dijo, y con firmeza brutal levantó la silla desde atrás y la colocó en su posición original, junto al abismo, sólo que un poco más cerca del borde.

La segunda vez fue detenido en el aire, antes de que el respaldar y su cabeza tocaran el piso. El otro hombre de blanco había asido la silla y la había mantenido inclinada por unos momentos mientras le miraba a los ojos en silencio y luego la había regresado a su postura vertical. Esta vez, al final, el corpulento enfermero le había golpeado la cabeza con el puño, como si éste fuera una mandarria y tratara de clavarlo en el suelo.

Cuando entendió que no podría hacer otra cosa que esperar, Florencio decidió hacer un esfuerzo supremo para concentrarse, relajarse y pensar. Optó por inclinar la cabeza un poco hacia atrás y fijar sus ojos en las estrellas. También había sido entrenado para situaciones como ésta y ahora estaba dispuesto a aplicar aquellas lecciones.

Se concentró mirando a Venus y respiró hondo.

Comprendió que su plan había fracasado. Imperdonables errores de cálculo lo habían hecho caer en una trampa. «¿En qué mundo has estado viviendo..?», recordó que había dicho su padre. La podredumbre llegaba hasta la raíz. Tenía registrado en su memoria el inventario de horrores que había descubierto en los archivos secretos de su padre. Pero aquello no le servía para nada porque no era nuevo para nadie, incluido el Jefe Máximo, el Comandante en Jefe. Cualquier tribunal, si estaba compuesto por hombres de las cúpulas del poder, se aburriría al oír todo lo que él había concebido como componentes macabros de un escándalo de atropello a los derechos humanos, de una denuncia sin precedentes que estremecería las bases éticas de los cuarentipico años de revolución.

Se permitió reírse de sí mismo con amargura. Se sintió el ser más ingenuo, ridículo y estúpido del mundo. La Revolución se había quitado ante él la última máscara. Ya él se había resignado a vivir en el vientre de una criatura imperfecta. Y, como su entrenamiento había sido perfecto hasta para eso, estaba dispuesto a sobrevivir entre hedores de doble moral y otras podredumbres. Pero, todavía entre sus carcomidos y acomodaticios códigos, guardaba, atesoraba en el fondo de su desván ético, un último motivo de fe, una divisa final, quizás basada en la supuesta integridad del Líder, o en las cenizas palpitantes de un principio, o en el polvo luminoso de una idea. Y ahora, ni siquiera le quedaba ese amuleto de esperanza. La Revolución era como su padre, estaba corrompida hasta el tuétano de los huesos, y era cruel, amoral, inhumana, infame, imperdonable.

Sin embargo, no todo estaba perdido para él. Ahora tendría que ganar tiempo. Tomaría esa ducha en la mañana, cuando su padre viniera a buscarlo. Y aceptaría el desayuno caliente a continuación.

Pactaría con el coronel Risco, no para la conveniencia de éste, sino para la suya. El primer y el segundo deseos eran, para su alivio personal, imposibles de cumplir. No sabía dónde estaban Adanel y Violeta. Pero simularía, con el fin de ganar tiempo. «Sí, te los entregaré papá. Dame tres días». Lo que verdaderamente le preocupaba era el tema de la llaga. Sus fotografías eran fotogramas negros y él le había prometido fotos al Comandante en Jefe. No entendía lo que su padre había querido decir con aquello de que no se preocupara con lo de las fotos porque «todo estaba previsto». Tampoco entendía cuál era el interés que tenía el coronel en convencer al Comandante de que todo ese asunto de «la llaga» era un fraude contrarrevolucionario. ¿No sería inteligente, o al menos prudente, tratar de llegar al fondo de ese enigma? Él mismo lo había presenciado y tenía que reconocer que se trataba de algo muy inquietante y extraño.

Concentró toda su atención en diseñar un plan y comenzó a programar todos los detalles. Cerró los ojos para evitar distracciones, especialmente la distracción presente y pavorosa de su condición acrofóbica. Pero como estaba exhausto, y sin saber cómo, en medio de aquel pantano nocturno de vértigo, rencor, sed y sus propios y vergonzantes olores, se quedó dormido, con la cabeza inclinada hacia atrás, de frente a las estrellas y las constelaciones.

Lo despertó la voz de su padre, pegada al oído:

–¿Tienes una decisión, hijo?

Abrió los ojos sobresaltado y vio que estaba amaneciendo. La cara del coronel Risco estaba junto a la de él, mirándolo muy de cerca y envolviéndolo en su aliento de café. Los dos enfermeros se mantenían atrás, como a dos metros de distancia. Su mente se encendió de golpe, y recordó y tomó conciencia rápidamente de todo.

–Sí –dijo–. Tengo mi decisión. Déjame tomar agua, una ducha y te diré todo durante el desayuno.

–Pero –insistió el coronel–, lo tres deseos: ¿van?

–Sí, los tres deseos serán cumplidos –respondió.

Una hora después, Florencio comía como un náufrago que hubiera sido rescatado tras varios días de ayuno. El coronel, inexpresivo y callado, lo veía comer mirando cada uno de sus gestos, esperando.

TIERRA ELEGIDA

Cuando estuvo saciado en higiene, hambre y sed, y enfundado en un nuevo uniforme fresco y bien planchado, Florencio habló de sus planes.

—Iré hoy a ver al Comandante en Jefe, aunque él me esperaba ayer.
—Yo hablé con él. Te espera hoy, en dos horas —le anunció el coronel Risco.
—¿Y qué le diré sobre las fotos? ¿Qué es lo que tienes «previsto»?
—Le dije que la verdad es que las fotos se velaron porque tu cámara se te cayó al suelo y se abrió cuando te sacaban medio muerto del helicóptero, después de tu vomitera —respondió el coronel, sin poder reprimir una sonrisa burlona.
—Es humillante para mí lo que le dijiste...
—Sí, lo es. Pero lo que debe importarte es que no le conté la estupidez tuya de ayudar a escapar a Adanel... Los que estaban allí son gente de mi confianza y creo que podré mantener esta «debilidad» tuya entre nosotros. Ojalá lo logre, porque al Comandante le interesa mucho tener bajo control a tu sangriento amigo...

Florencio respiró hondo y contuvo una ola de violencia que le bajó de la cabeza, agitó su estómago y se lo revolvió. Y preguntó:

—¿Cuál es el apuro en convencer al Comandante de que «la llaga» de Río Hondo es simplemente una mentira contrarrevolucionaria? ¿No deberíamos investigar lo que realmente está pasando allí? ¿Qué han averiguado los del laboratorio...?

Basilio Risco no lo dejó terminar. Enrojeció y dio un manotazo en la mesa que hizo vibrar los vidrios y tintinear las cucharillas.

—Los del laboratorio son unos comemierdas. Hablan de «secreciones» y de «combinaciones anormales de moléculas normales». Yo he visto los reportes y son un disparate... Lo que sale de esas grietas es fango colorado, porque esa es una región de tierra colorada... ¡Y eso es todo!

Se interrumpió para secar con su servilleta el café con leche que se había derramado sobre el mantel cuando dio el manotazo.

—¿Y que cuál es el apuro? ¿Sabes lo lejos que ha llegado esta mariconada? ¿Sabes que en este momento hay miles de personas llegando a Río Hondo de todas partes de La Isla? ¿Y que aquello parece un hormiguero humano más numeroso que la última concentración en la Plaza de la Revolución? Suficientes problemas tenemos para dejar que este asunto siga inflándose. ¡Esto hay que pararlo ya!

–¿Y qué pasa si el Comandante ha leído los informes de la gente de biotecnología? –preguntó Florencio–. ¿Qué pasa si sabe que nadie ha podido fotografiar esa grieta? ¿O si él mismo ha estado allí? Tú sabes que a él no lo para nadie cuando se le mete algo en la cabeza.

–Pues ese es tu problema, Florencito. Y mejor que lo convenzas. Con los años, el hombre está echando para atrás en algunas cosas. Y a él lo educaron los curas. Ya me han dicho que le empezó a poner velas rojas a una imagen de Santa Bárbara que le regaló un babalao.

–¿Y qué haría si piensa que hay algo «sagrado» allí? ¿Mandar a construir un templo? ¿O dinamitar el valle?

Basilio Risco miró con severidad a Florencio. Tomó de una empinada el café con leche que quedaba en su taza. Y le dijo, casi atragantándose:

–Basta de preguntas. Haz tu trabajo. Y dime de una vez qué harás para cumplir mis otros dos deseos.

Florencio le explicó su proyecto, que era una elaborada mentira y era, también, parte de sus planes para vengarse de su padre. Para encontrar a Adanel y a Violeta él debería regresar al punto donde los había visto la última vez y, a partir de ahí, buscar su rastro. Esto requeriría un fino trabajo de inteligencia para lo cual tendría que infiltrarse entre los vecinos que cuidaban a Adanel. Él tenía la ventaja de que ya lo conocían y lo habían visto cargándolo sobre sus hombros. Sólo que ahora regresaría sin su uniforme, haciendo creer a todos que estaba desertando y que su determinación era hallar a Adanel para quedarse a su lado y protegerlo. Una vez que lo localizara, se comunicaría con su padre y revelaría su ubicación. El resto sería muy fácil y sólo necesitarían un pequeño comando armado, con un par de helicópteros, o quizás unas pocas unidades motorizadas si el escondite de Adanel estaba cerca de alguna ciudad.

–Calculo que esta operación me tomará dos o tres días, a partir de mañana –concluyó.

TIERRA ELEGIDA

—En la escuela de oficiales aprendiste de estrategia —le dijo el coronel Risco, con una expresión en la cara que se parecía a la risa–. Pero parece que no te enseñaron sentido común. El plan está bien, pero si piensas que lo harás tú solo, eres un idiota.

—Pero papá —replicó Florencio—, infiltrar a más de una persona es más difícil... Pueden sospechar...

—Pues súmale dos personas a tu plan. Tus dos amigos de blanco, los que te cuidaron anoche, irán contigo... Claro, no irán vestidos de enfermeros. Tú decides cómo los disfrazas. El resto del plan está aprobado.

Florencio miró su taza de café vacía, para no seguir enfrentando la mirada impertinente de su padre, que ahora se combinaba con esa sonrisa despectiva que tanto él detestaba, aquella que sólo involucraba el labio superior.

—Además, tú irás desarmado, Florencito —añadió el coronel.

¿Cómo me haces esto a mí, Changó?

La entrevista con el Comandante en Jefe no fue fácil.

Florencio no estaba acostumbrado a las antesalas largas porque nunca había tenido necesidad de hacerlas. Esperar ante el despacho de alguien por más de diez minutos lo ponía de mal humor. Lo que no sabía era que después de la media hora el mal humor se transformaba en una sensación de humillación a la que tampoco estaba habituado. Claro que en este caso se trataba del Líder Máximo, el Jefe Indiscutido, la figura suprema de la Revolución, para quien el tiempo no transcurría igual que para el resto de los humanos. Pero aún así, esta espera, en su caso, constituía una sospechosa excepción. Él había sido durante muchos años parte de la comitiva que acompañaba al Comandante por todo el mundo en aquellos años dorados y un poco imperiales, y desde entonces se sentía como de la casa, sin necesidad de hacer antesalas.

Siguió aprendiendo después de la primera media hora de espera. Aprendió que la sensación de humillación se tornaba en enfado y hasta en indignación al final de la primera hora. En la primera mitad de la segunda hora, la indignación comenzó a disolverse en una nueva sensación: la inseguridad y la duda. Y al completarse la segunda hora de espera, una nueva emoción tomó el lugar de todas las anteriores y le secó la boca. Era el miedo.

¿Qué significaba aquella espera? ¿Estaría enterado el Comandante del episodio de la fuga del Sanatorio Modelo? Su padre le había jurado que no. Y él sabía que al taimado coronel no le convenía que estas flaquezas de su hijo empañaran su prestigio revolucionario y especialmente su posición, adquirida por derecho, en la corte del Máximo Líder. Pero también sabía que el universo de la Revolución era más pequeño en la medida en que más grandes eran las envidias, las luchas internas y las maquinaciones en torno al poder. «Alguien le contó», pensó. «Entre mi vomitera aérea y los chismes de los enemigos de mi padre, estoy en desgracia».

La tercera hora de espera transcurrió como dentro de un agujero negro, donde el miedo a perder la confianza del Comandante derivó en una especie de silencioso pánico ante la posibilidad de no poder cumplir la última parte del plan que había concebido anoche, mirando a Venus.

Cuando por fin lo mandaron a entrar en la oficina del Comandante y le pidieron que se sentara, éste no estaba tras su escritorio. Cinco minutos después apareció y Florencio dedujo que venía de su baño privado. Detrás se oyó el ruido de un inodoro descargando.

–Por fin apareciste –dijo, con voz arenosa, casi ininteligible, sin mirarlo.

–Sí, comandante. Espero que mi padre le haya explicado.

–Me explicaron –completó, cortante.

Entonces se recostó en su silla y se llevó la mano derecha a la boca en ese típico gesto que Florencio conocía tan bien, cuya razón aparente era separar de los labios los pelos del bigote hirsuto, pero que en la realidad era una postura pensativa de atención. Sus ojitos lo miraron fijamente desde sus cuencas oscuras y colgantes, y Florencio comprendió que debía comenzar a hablar, sin más preámbulos.

–Las fotos... se arruinaron –comenzó diciendo–. Supongo que mi padre le dijo.

–Sí, me dijo.

Las ideas se atascaron en la cabeza de Florencio. Sabía cómo empezar porque lo había ensayado mentalmente. Pero su sentido común –tan desdeñado por su padre– lo obligó a cambiar su discurso.

Y sus planes. Este hombre, evidentemente sabía más de lo que se suponía. Y esperaba de él un testimonio vivo. No un reporte escrito, que nunca le pidió. Tampoco una película o unas fotos, aunque él las había ofrecido como complemento. Recordó las palabras exactas con las que el Comandante lo había despertado un par de días atrás. «Ve tú mismo y averíguame qué está pasando en Río Hondo con ese asunto de la «llaga» en la tierra... Ve y dime tu opinión». Eso exactamente quería, una opinión. No decirle la verdad complicaría aún más las cosas para él ante el Comandante. Pero decirle lo que en verdad pensaba, las complicaría ante su padre. Una vez más, Florencio se vio obligado a tomar una opción, al borde del abismo.

–Le diré mi opinión, comandante –dijo por fin–. En Río Hondo está pasando algo muy extraño. Y yo no tengo una explicación racional para ese fenómeno, como no parecen tenerla los que han analizado las muestras del lodo rojo que mana de la grieta... Para empezar, tengo que decirle que las fotos no se velaron por accidente. Las fotos que tomé no salieron porque parece que esa grieta, por alguna razón inexplicable, no puede ser fotografiada...

Entonces Florencio le relató, fielmente y con viveza, su experiencia personal con la «llaga» de Río Hondo. Le contó sobre la yerba finísima del color del trigo que rodeaba el área de la grieta y sobre la fragancia sutil que ésta tenía. Le habló sobre la sensación que lo poseyó a partir de ese momento, mientras se acercaba, de estar pisando tierra prohibida, ¿tierra sagrada? Le describió el calor amable que sintió en toda la piel de su brazo cuando hundió su mano en uno de los tibios charcos rojos de lo que parecía ser la secreción acumulada proveniente de «la llaga». Narró con cuidado sus sensaciones cuando se acercó hasta el borde y se vio reflejado en la superficie de aquel líquido color sangre que la llenaba plácidamente, casi hasta el límite. Le contó con detalles minuciosos como aquella sustancia roja borboteó por un momento, alteró toda la cavidad con un débil temblor acuoso y el aire se llenó de una niebla vaporosa que tenía una fragancia similar al aliento inocente de la yerba rubia, del color del trigo, que acababa de tocar unos momentos antes. Y cuando le confesó el estremecimiento interior que le había hecho temer por su equilibrio y su conciencia, notó que el Comandante se revolvió en su asiento y tomó el teléfono.

—¿Y tú crees —le preguntó a Florencio, con el teléfono en la mano— que ese cráter es una llaga de la tierra..? ¿Y que la sangre del sufrido pueblo de esta Isla está manando de esa llaga?

Florencio se quedó petrificado con la pregunta y no supo qué contestar.

—Puedes irte, Florencito —dijo el Comandante antes de marcar un número en su teléfono.

Florencio se levantó de su butaca, pero se quedó de pie mirando bobaliconamente al Líder, como esperando algo más. Así estuvo unos segundos, viendo cómo el hombre marcaba una por una, las teclas del teléfono. Se dio cuenta que él tenía la boca abierta, cuando el Comandante le hizo un gesto con la mano, similar a los que él había visto en algunas películas. Un gesto despectivo, imperial, que abanicó el espacio como si el aire tuviera polvo, o humo. Un gesto displicente que traducía muy fácilmente un «vete», o «piérdete, chico». Por fin, dio la vuelta y comenzó a salir, un poco tambaleante, de la oficina. Antes de cruzar la puerta se volteó por un instante, pero el hombre no lo estaba mirando porque estaba concentrado en el teléfono que tenía en la mano. Salió definitivamente de la habitación mientras oía su voz, afónica, pero imperiosa, que decía:

—Procedan como hablamos... Sí, me la tapan ya.

Cuando Florencio salió, el Comandante en Jefe se levantó y se dirigió a un rincón de su oficina que no era visible desde el escritorio. Abrió con su llave una puerta y entró a lo que debió haber sido un *closet*, antes de ser convertido en capilla íntima. Cerró la puerta detrás de sí y se acercó a una pequeña imagen artesanal de Santa Bárbara, pintada con vivos colores e iluminada temblorosamente por una vela que crepitaba nerviosa dentro de un vaso rojo. Los ojitos del hombre, que ahora brillaban extrañamente, recorrieron con lentitud la imagen. Vieron la corona enjoyada, el cáliz en la mano derecha, los labios intensamente rojos. Bajaron por su capa, también roja y se detuvieron unos segundos en su espada, sostenida junto a la cintura por su mano izquierda. Trató de buscar su mirada, pero los ojos de la tosca imagen eran dos puntos negros inexpresivos y no logró la comunicación que buscaba. Siguió su recorrido visual hacia abajo y se detuvo en el castillo mínimo junto a los pies de la santa. Finalmente se concentró en la llama de la vela, la cual le pareció lo único vivo que había en aquel entorno. La llama se retorcía y se prolongaba en un hilo de humo casi invisible.

Sin mirarle a la cara, le habló a la imagen, tartamudeando en voz muy baja:

–¿Changó...? ¿Cómo me haces esto? ¿... A mí?

Entonces tomó el vasito rojo con sus largos dedos de largas uñas brujiles y lo volteó bocabajo, en un movimiento corto y rotundo. La vela se apagó al instante con un breve suspiro y la esperma derretida se derramó sobre el tapete de lino, haciendo un charco hirviente y viscoso.

A doscientos cuarenta kilómetros de allí, el teniente que estaba al mando de la caravana de enormes camiones estacionada al borde de la carretera del Circuito Norte, guardó su pequeño teléfono celular en uno de los amplios bolsillos de la camisa de su uniforme de camuflaje. Se bajó de su jeep y caminó hasta el primero de los camiones. Con un gesto, y con la voz, impartió la orden a sus hombres:

–Le metemos mano.

Unos minutos después, la caravana se salió de la carretera y entró en el terraplén que conducía a la zona donde estaba el vallecito intramontano de Río Hondo. Eran unos treinta camiones inmensos y el conjunto parecía un gigantesco ciempiés serpenteando entre un hormiguero infinito. Porque a esa hora, todo el terreno que se extendía desde la carretera hasta el abra del valle, estaba cubierta por una multitud inacabable de gente.

Los *jimaguas* Hans y Fritz, una Beretta Cougar y un Phanton de 29 pies.

Cuando salió de la oficina del Comandante en Jefe, Florencio tuvo la impresión de que los hombres de la escolta, que hacían guardia afuera, lo miraban de una manera diferente, como si lo midieran. Pensó que esto podrían ser ideas suyas. Pero también pensó que lo más probable era que, en efecto, había caído en desgracia. A partir de ahora estaría vigilado siempre y era ya un prisionero virtual.

Decidió que tenía que aprovechar el cortísimo período que existía entre el momento actual, en que aún tenía cierta libertad de movimientos, y el momento inevitable del futuro inmediato en que su mundo se limitaría quizás al tamaño de una celda. Sabía que todavía era una pieza valiosa para su padre, al menos mientras Adanel y Violeta estuvieran ocultos. Le quedaban dos o tres días de libertad vigilada para cumplir con los dos deseos restantes. El primero de los deseos parecía estarse cumpliendo, a pesar de que él había hecho todo lo contrario de lo que su padre le había encomendado.

Uno de los enfermeros lo esperaba a la salida del edificio y lo escoltó hasta el automóvil, un *Lada* negro asignado al coronel Risco, dentro del cual esperaba el otro enfermero. Los dos hombres, a quienes él identificaba mentalmente como Hans y Fritz, no se separaban de él un solo momento. Ahora vestían de negro y parecían más grandes, fuertes y siniestros que cuando usaban su ropa clínica. Ambos estaban armados con flamantes pistolas semiautomáticas Beretta Cougar, que es el modelo oficial de las fuerzas de la OTAN y, también, uno de los lujos que el coronel Risco se permitía para aderezar su seguridad privada. Eran tan parecidos entre sí que le era imposible distinguirlos y hasta llegó a pensar que eran hermanos gemelos, aunque no podía asegurarlo porque usaban siempre los lentes oscuros inexpugnables, que eran más encubridores que antifaces.

Florencio entró en el carro cuando el que lo escoltaba le abrió la puerta y le sonrió con hipocresía cuando el hombre entró detrás de él y se sentó a su lado.

–La misión número uno está cumplida –les dijo con un gran desparpajo–. ¿Dónde vamos ahora?

–Al hospital –dijo secamente el que conducía y arrancó el carro con violencia.

–Y ustedes –preguntó tratando de iniciar un acercamiento–, ¿son *jimaguas*?

La pregunta no fue contestada y los dos hombres permanecieron imperturbables.

–Y ambos son zurdos, que casualidad, ¿eh? –insistió, pero con el mismo resultado.

Florencio notó que ya se habían alejado del edificio del Ministerio del Interior, donde tiene sus oficinas el Líder Máximo, y el automóvil recorría ahora a gran velocidad las avenidas que lo conducirían de vuelta al hospital Patricio Benguela, estado mayor del coronel y doctor Basilio Risco, su padre y ahora carcelero. Y decidió aprovechar lo que sería tal vez una de sus últimas oportunidades. Se llevó la mano a la boca reaccionando a una gran arqueada que voluntariamente inventó, acompañada de su correspondiente sonido gutural. Y simuló la irrupción de un vómito incontenible que lo obligaba a inclinarse hacia delante, aparatosamente.

El enfermero que conducía actuó de inmediato mirando hacia atrás por un instante, y llevando el pie al pedal de freno. Pero enseguida reaccionó, reguló sus instintos y siguió en el control del automóvil. Su respuesta fue la de un profesional.

El que viajaba atrás se abalanzó sobre Florencio en una reacción también instintiva que tenía dos objetivos: inmovilizarlo y asistirlo para que no cayera al suelo. Florencio aplicó entonces una de las lecciones aprendidas quince años antes en la escuela de oficiales. Asestó con todas sus fuerzas un codazo rápido y seco en la entrepierna de Hans que hundió sus desprevenidos genitales y le causó un dolor instantáneo y devastador que subió hasta el cuello, se repartió por todo el torso, los brazos y las piernas y lo paralizó en un espasmo mudo. Con ese mismo brazo, desabrochó la cartuchera y tomó la potente pistola del enfermero. Muy diestro en el manejo y descuartizamiento de armas, Florencio comprendió al tacto que el arma no tenía puesto el seguro –que en este modelo, era especial para ambidiestros– y aprovechó esta ventaja que le otorgaba uno o dos segundos. Disparó tres veces en el vientre y en el pecho del hombre y se separó de él enseguida para colocar la humeante pistola en la parte de atrás del cuello de Fritz. Completó su trabajo con Hans empujándolo con los pies contra el extremo de la cabina y luego forzó a su cuerpo, ya sin vida, a hundirse al pie del asiento.

Todo fue tan rápido que Florencio tuvo que tragar saliva, tomar una bocanada de aire, y hacer acopio de concentración para serenarse, antes de quitarle su Beretta al enfermero conductor y decirle en voz muy baja:

–Ni una palabra.

El hombre se revolvió en su asiento, pero obedeció y siguió conduciendo, pero ahora a baja velocidad.

Sin pensarlo dos veces, ya totalmente seguro de lo que estaba haciendo, e identificado con la decisión que había tomado y con su consecuente trama, Florencio disparó dos veces contra el tablero del Lada, volando en pedazos el corazón del sistema de comunicaciones. Él sabía mejor que muchos a dónde disparar. Y esto, además de impedir cualquier posibilidad de ser oídos o grabados, servía para que Fritz supiera que él no estaba jugando.

—¡Acelera! —le gritó al oído—. Tú sabes que me quedan diez balas. Llévame a la Marina Hemingway. Y a la primera cosa rara que hagas, te abro la cabeza... Y nos morimos los dos.

Nuevamente, Fritz obedeció, ahora con más convicción. Aceleró, dobló en la siguiente esquina y se dispuso a buscar la forma más corta para llegar hasta la Quinta Avenida del barrio de Miralamar.

Florencio se sentía perfectamente dueño de la situación. Su única preocupación ahora era que unas gotas de la sangre de Hans le habían salpicado la pierna derecha del pantalón, cerca de los zapatos. Y esto podría ser un problema para los próximos pasos que debía dar. Tomó la pistola con la mano izquierda para mantenerla apuntada a la cabeza del enfermero, se estiró, y con la mano derecha comenzó a registrar los bolsillos del *jimagua* muerto. Cuando encontró la billetera, abultada de carnets y tarjetas de identificación, pensó que, a pesar de todo, ese era otro día de suerte. Hans, que en realidad se llamaba Rómulo Piedras, formaba parte de un cuerpo especial de la Seguridad del Estado. Le quitó sus lentes oscuros y se los puso y tomó el carnet plastificado que decía «Seguridad del Estado – Misiones Especiales».

—Apúrate *jimagua* —dijo, viendo que ya estaban en la Quinta Avenida, a unos pocos kilómetros de la Marina—. Y párate media cuadra antes de llegar.

Unos cincuenta metros antes de llegar a la entrada del complejo turístico Marina Hemingway, el hombre detuvo el Lada, junto a los cocoteros que flanquean la acera en ese punto.

—Acuéstate Remo —le dijo Florencio, obligándolo con la punta de la pistola a recostar el cuerpo en el asiento—, si tu *jimagua* se llama Rómulo, tu debes ser Remo...

—Yo no soy *jimagua*. Él no es mi... —alcanzó a decir el hombre antes de recibir dos balazos en la cabeza que no lo dejaron terminar la idea.

Florencio se bajó del carro, se acomodó la pistola a la cintura y caminó a paso rápido hacia la entrada del complejo turístico. Cuando pasaba junto a la caseta de entrada, vio que dos de los policías que custodian el sitio se cruzaban con él y corrían hacia la calle, alertados por el sonido de los disparos.

—Tengan cuidado compañeros —les dijo—. Alguien está disparando.

Aprovechando la confusión momentánea, él también corrió, pero hacia dentro, en busca de uno de los muelles de la Marina. Varios turistas se asomaban desde la cafetería y algunas mujeres jóvenes y rubias, en vistosos trajes de baño, corrían hacia el jardín, arrastrando a sus niños. Llevaba puestos los anteojos oscuros del enfermero muerto y exhibía en la mano, como una divisa, el carnet de la Seguridad del Estado que le quitara, confiando en que esos anteojos tipo antifaz fueran el detalle más conspicuo de la foto impresa en el carnet. Sabía que, además, su uniforme de capitán de las FAR era su mejor pasaporte de emergencia en estos momentos.

Cuando llegó al muelle, le pidió ayuda al oficial naval que parecía ser el jefe y que estaba parado, con aspecto nervioso, frente a la puerta de la oficina de aduanas. Agitó el carnet delante de su cara y le dijo:

—Misión Especial... Necesito su ayuda.

—Diga, capitán —respondió el hombre.

Florencio corrió con él hacia la punta del muelle y le dijo que necesitaba usar una lancha de inmediato, la más rápida que estuviera lista. El hombre titubeó por un momento, pero enseguida señaló hacia un bote de carreras blanco, como de veintipico pies, en forma de cohete, que decía en letras negras y grandes «Phantom».

—Este es el bote más rápido que tenemos aquí —dijo el hombre con orgullo—. El que le sigue es una tortuga a su lado.

—¿Usted puede conducirlo? —preguntó Florencio.

—Claro, venga conmigo.

Se montaron al aerodinámico bote y el hombre encendió los motores, mientras dos grumetes zafaban los nudos para liberarlo.

—Agárrese —le dijo a Florencio—. Y dígame a dónde vamos.

El bote comenzó a desplazarse con gran rapidez, guiado por el marino, haciendo eses para no chocar con otros barcos que llegaban o salían.

—¿Cuánto hace? —preguntó Florencio.

—Un máximo de ciento una millas por hora, como ciento sesentipico kilómetros.

Estaban a unos trescientos metros del muelle, mar afuera, cuando Florencio le pidió al hombre que bajara la velocidad. Éste obedeció y miró sorprendido a Florencio cuando le preguntó:

—¿Eres buen nadador?

—Competí una vez en Atlanta, ¿Por qué?

—Porque tienes que nadar hasta la costa... Lo siento —le dijo Florencio, lo apuntó con la pistola y le tiró un salvavidas.

La determinación con la que Florencio dijo esto, persuadió al hombre de inmediato y también lo disuadió de hacer preguntas o intentar algún tipo de resistencia. Tomó el salvavidas y se tiró enseguida al mar. Florencio cruzó una mirada con él por unos instantes y luego tomó el timón y aceleró, rumbo norte. Cuando miró atrás, unos segundos después, vio que el hombre nadaba hacia tierra, ya muy lejos de él.

—Adiós... —murmuró para sí.

Entonces echó una mirada al dial que mide el combustible, corrigió el rumbo de acuerdo a la brújula, miró su reloj, y fijó la vista en el horizonte. Eran las tres y diez minutos de la tarde. Calculó que, sin forzar el motor hasta el extremo, estaría llegando a la cayería del Sur de la Península a las cuatro y pico. Con un poco de suerte, sus colegas de la FAR, los amigos de la Marina de Guerra y los sabuesos de la Seguridad del Estado y del MININT, no tendrían tiempo de detenerlo, así salieran a buscarlo en avión.

Van a tapar la llaga

En efecto, desde el helicóptero la caravana de enormes camiones parecía un gigantesco ciempiés abriéndose paso por entre un hormiguero infinito.

—Ahí vienen los camiones —reportó el piloto al comandante Cajigal, jefe de la guarnición del valle.
—¿Cuántos son? —preguntó la voz metálica.
—Son como treinta camiones grandes, cargados de piedras, arena, escombros...
—Coño, pero esos no son los refuerzos que yo pedí...

En la superficie, la muchedumbre abría un alarmado surco para dejar pasar a la caravana. No porque el *jeep* militar que la encabezaba tanteara a la masa humana solicitando paso, sino porque la cortaba en dos, la atropellaba, la violaba a una velocidad mortal. Los camiones que venían detrás saltaban estrepitosamente con cada depresión del terreno, con cada ondulación. Y desde ellos caían piedras enormes, zarpazos de arena, escombros de árboles caídos. Los grandes camiones-concreteras venían al final, con sus redondas barrigas girando, en una digestión de cemento y agua. Toda la tierra se estremecía en un terremoto lineal y atronador. Los rugidos de los motores, el escándalo de los cláxones y el ulular de las sirenas reverberaba en los mogotes cercanos y se reproducía en interminables cadenas de ecos.

Desde la estatura de los niños y aún de los adultos, aquella visión ensordecedora se parecía a una estampida de animales gigantes, solamente posible en una pesadilla. Pero a Aracelio, el maestro de escuela, le pareció una escena apócrifa del Apocalipsis de San Juan. Siempre con sus viejos prismáticos colgando del cuello, corrió hacia donde la muchedumbre se abría en dos, gritando:

—¡Quítense... abran paso, nos arrollan!

Ahora movía los prismáticos en el aire como si fueran una honda, hacía señales a los del *jeep* y a los primeros camiones, pidiéndoles que se detuvieran. Unos minutos antes, él los había visto a través de esos mismos prismáticos, acercándose dentro de nubes de polvo y por primera vez en su vida pensó que los lentes de esa antigua pieza heredada de su abuelo le estaban distorsionando la realidad.

—¡Basta! ¡Paren! —les gritaba ahora sin ser oído.

Pero tuvo que saltar a un lado él también, y cayó al suelo junto con un grupo de sus discípulos que lo halaban con desesperación. La caravana continuaba, indetenible, implacable, atravesando la muchedumbre, aplastando a su paso cercas y talanqueras, carretones y viejos automóviles, y abriendo una trocha salvaje por entre la gente y los campos de marabú.

Desde el abra del Valle de Río Hondo, las tropas allí acantonadas ya podían ver a lo lejos la polvareda abriendo un cauce de pánico entre la multitud.

Y la orden fue dada y se trasmitió a lo largo de la cadena de mando, desde la tienda donde se concentraban los equipos de comunicaciones. La gritó el comandante Cajigal, y fue repetida como un eco:

—Ábranles paso en cuanto lleguen. Taparán la llaga.

La orden venía de lo alto. Desde uno de los pisos de arriba del Ministerio del Interior, donde tiene su alto búnker el Líder Máximo de esta Revolución. «Se acabó esta jodienda de la llaga de Río Hondo», había dicho. «Me la llenan con los escombros del último ciclón. Me la tapan después con piedras y arriba le ponen cemento. Está bueno ya». A algunos funcionarios del laboratorio bioquímico del Estado que estaban intrigados por las secreciones de la *llaga* les hubiera gustado decir: «Debemos llegar hasta el final de este asunto. El lodo que mana de la grieta está compuesto por materias orgánicas conocidas, pero organizadas molecularmente de una forma no usual». Y los técnicos del Ministerio de Agricultura comentaban entre sí: «No es exactamente lodo, es más una savia viva que se parece a... bueno, es como si la tierra produjera su propia sangre. ¡Qué cosa más extraña!». Pero nadie se atrevía a decírselo al Líder. Y éste dijo: «Me la tapan ya». Las autoridades de la Iglesia opinaban entre ellos que este fenómeno era, definitivamente, algo muy inquietante, inexplicable, pero que había que tener mucho cuidado porque la imaginación de la gente puede desbordarse. Y ya algunos en la calle estaban diciendo que esto era un milagro, las llagas del Crucificado abriéndose en esta tierra mártir. «Prudencia», concluyó la autoridad máxima de la Iglesia en La Isla. «¿Prudencia?», repitió un obispo en la región oriental. «Claro que no podemos catalogar de milagro a este fenómeno, al menos todavía. Pero hay que investigarlo, y no podemos callar... Hay que ir allí a investigar». Pero el Líder no pensó que debía preguntar, ni oír a nadie. «Me la tapan ya». Claro que había otras opiniones. Un par de geólogos de la Capital habían celebrado una reunión en casa de uno de ellos e invitaron a un colega bioquímico y a un médico amigo para oír a un periodista extranjero estudioso de estas cosas paranormales que acababa de llegar de Haití. «Pero, ¿cómo es posible que no sepan?», les dijo el viajero. «Estas llagas están apareciendo desde hace casi un año... Yo, personalmente, las he visto en África, en Egipto, en Nicaragua, en Haití. No puedo mostrar fotografías, pero yo las he visto, con mis propios ojos...» Este periodista, quien ha escrito varios libros sobre temas paranormales trató de ver al Comandante en Jefe para contarle. Pero no le fue posible. «Me tapan ya la cabrona llaga», dijo una vez más.

—Van a tapar la llaga —le dijo la mujer a su hija, viendo la caravana de camiones envuelta en la nube de polvo que por momentos parecía como el humo de explosiones.

—Quieren tapar la llaga— comentaron varios campesinos a caballo que estaban muy cerca de la entrada del vallecito. Desde sus cabalgaduras podían ver mejor los camiones en fila, dirigiéndose hacia el abra.

La voz se corrió, sordamente, en un cuchicheo masivo. Se movió en olas silenciosas, de bocas a oídos, en un secreteo creciente que parecía el murmullo de un universo de insectos. Y cuando llegó hasta el último de los extremos, de los linderos, de las puntas y los recovecos de aquel hormiguero humano, se produjo un silencio como el que precede a un cataclismo. El silencio fue tan rotundo que se sintió en todo el ámbito y llegó hasta los soldados que custodiaban la entrada del valle. Ahora desde allí sólo se oía el estrépito lejano de los camiones acercándose, filtrado por el silencio cristalino.

De repente, comenzó a sentirse un ruido de pies golpeando el suelo, similar al golpeteo de la marcha de un ejército sin fin. La multitud apuraba el paso para acercarse al valle, golpeando al unísono la tierra. Alguien comenzó a gritar rítmicamente: «no, no, no...» Unos segundos después las voces de todos eran una:

—¡No, no, no, no..!

El soldado en el nido más avanzado de las calibre treinta se santiguó y puso las manos sobre los mandos de la ametralladora. En las demás emboscadas los hombres tomaron sus armas y les quitaron los seguros. Los operadores de los dos tanques de guerra cerraron la torreta y ambos aparatos se movieron hacia adelante, con la torpeza habitual de las máquinas brutales. Los soldados corrían de un lado a otro y tomaban posiciones. Una docena de ellos trepó por entre los riscos del mogote, en busca de alturas estratégicas.

El oficial que viajaba en el jeep delantero de la fila de camiones, ahora a cien metros del abra, comprendió lo que estaba pasando, lo confirmó por radio, y ordenó a la caravana que se detuviera. La multitud también se detuvo, guiada por la conciencia instintiva de la masa.

Ahora el silencio era perfecto. Era un vacío tenso y transparente porque el polvo se había aplacado y la gente había callado su rítmica demanda. El tiempo parecía haberse detenido y el espacio era un solo cuerpo aguantando la respiración.

Cundo Cajigal, comandante al mando de las tropas del Valle de Río Hondo, salió de su tienda, se desabrochó la cartuchera donde reposaba su pistola y caminó hacia la línea de defensa. Lo hizo sin apuro, mirando lentamente a ambos lados tras sus *Ray Ban* verde oscuros. Era un hombre alto, fuerte, con el porte de los héroes, y se movía con gran confianza, separando un poco sus piernas al caminar. Su mano derecha oscilaba cerca de su pistola y se sentía poderoso. Constataba que sus hombres estaban bien ubicados y esto lo hacía sentirse seguro y orgulloso. Pasó junto a un nido de ametralladoras treinta y vio que sus operadores estaban en guardia, esperando sus órdenes. Llegó hasta la entrada del valle, donde el abra parece el resultado del hachazo de un dios. Allí se cruzó de brazos y estudió cuidadosamente la situación. A cien metros veía el comienzo de la caravana de camiones, que serpenteaba desde un par de kilómetros atrás. Miró con sus gemelos y vio que el oficial que iba a la cabeza estaba parado en el estribo del jeep y agitaba un pañuelo blanco. «Comemierda», pensó.

Un poco más cerca, más o menos a setenta metros, veía las primeras filas de la multitud, formada por hombres, mujeres, niños, animales, carretones, camioncitos. Paseó la vista a lo largo y ancho de ellos, primero de manera general y luego más lentamente. Los detalló cuidadosamente a través de sus prismáticos. Era gente de todas las razas, edades, sexos, estaturas, vestimentas. Le llamó la atención una mujer embarazada que llevaba un niño en brazos. También se fijó en un hombre negro, muy alto, que iba a caballo y llevaba una niña en la grupa. Y en un anciano sentado en una silla de ruedas maniobrada por una muchacha joven, rubia y muy delgada. Se detuvo en un grupo de niños en uniforme escolar que rodeaban a un hombre de bigote prominente y notó que éste también lo estaba mirando con unos prismáticos. Como estaba casi al mismo nivel de la muchedumbre, no pudo calcular cuánta gente estaba allí parada, pero detrás de esas primeras filas había tantas personas que pensó en un mar. Tampoco podía hacer un estimado de los porcentajes de hombres, o mujeres, o niños y niñas que componían el gentío, porque se trataba de una mezcla confusa, imposible de medir, contar o porcentualizar. Le pareció, eso sí, que jadeaban, a pesar de que todos estaban inmóviles, como en una fotografía tomada con un lente telescópico.

Sintió un murmullo detrás de él y se volteó. Comprendió que todos sus hombres, los soldados en las distintas posiciones, emboscadas, trincheras y barricadas, estaban pendientes de él, mirándolo fijamente. «Es lógico que sea así», pensó. Y no sólo porque era el jefe allí. Él siempre supo qué hacer para que lo respetaran y siempre disfrutó que lo miraran. Desde niño había adquirido la fama de ser un líder entre los de su barrio, un *guapo* que no le tenía miedo a nada y que siempre ganaba las peleas en las que se metía. Desde entonces había estudiado y aprendido los gestos, las poses, y las expresiones que suelen impresionar a los demás.

Volvió a cruzarse de brazos y sintió muy vivamente el peso de la gran responsabilidad que tenía sobre sí en estos momentos. Y tomó conciencia de repente de que había llegado su momento de la verdad. Nada de lo que había pasado antes tenía importancia ahora. Había asustado a todos siempre, y nunca había sido vencido. Pero todo eso le parecía ahora una historia inútil, una película vieja. Todo lo de ayer le parecía falso, como si todo hubiera sido un alarde, una actuación, ni siquiera un ensayo para enfrentar la realidad. La verdad estaba aquí y ahora, y había llegado de repente... Y el tiempo se acababa.

Sintió un nudo en la garganta y se acordó de su madre, viva aún, pero muerta en su memoria desde mucho tiempo atrás. «¿Y ahora qué coño hacemos, Cundo Cajigal?», dijo en voz muy baja, para sí mismo. Entonces le dio la espalda al campo de batalla, y regresó a su puesto de mando, ahora a paso rápido, bajo la mirada ansiosa de sus hombres. Una vez allí, comunicó su decisión a sus tenientes y sargentos, a través de unas órdenes que por primera vez en su vida eran impartidas en voz baja, aunque firme, y en un tono de prudencia que no se le conocía.

—Avísenle a los de los camiones que avancen —dijo—. Y ordenen a la tropa que si el gentío se mueve disparen algunas ráfagas al aire para asustarlos. Que no entre nadie hasta que tapen la grieta.

—Comandante —preguntó el oficial que actuaba como su segundo en el mando—, y qué hacemos si la gente no le hace caso a los tiros al aire y siguen caminando y comienzan a entrar en el valle? Supongo

que... bueno usted sabe... no le vamos a tirar a esa gente desarmada... No sé...
 –¿Si la gente no hace caso y se nos vienen pa'encima?
 –Sí, mi comandante.
 –Entonces nos vamos todos para el carajo –concluyó Cajigal.

Tiempo para la paz

«¿Un tiempo para matar...
O un tiempo para curar?»
Esto mascullaba el soldado Rafael Arcán, quien veía todo desde su posición en lo alto del mogote.

Florencio Risco no había vuelto a pensar en el soldado Rafael Arcán, a pesar de que éste había sido el único que lo acompañó hasta el borde de la llaga, sólo dos días antes, cuando vino a Río Hondo a investigar este fenómeno. Olvidó que éste le había dicho que era un custodio de la *llaga* y que lo había seguido mogote arriba, cuando él subió a tomar más fotos de la extraña grieta. A sus preguntas sobre quién le había ordenado seguirlo, el soldado Arcán le había respondido algo que él nunca entendió. Le había dicho: «Yo recibo órdenes de otro comandante». Posiblemente Florencio nunca recordaría este encuentro, y mucho menos ahora que estaba a punto de entrar en una lancha *Phanton* en las aguas territoriales de los Estados Unidos, rumbo al Cayo de las Noventa Millas.

Pero Rafael Arcán, el custodio de la *llaga*, sí recordaba a Florencio y estaba muy al tanto de todo lo que estaba pasando.

«¿Un tiempo para destruir...
o un tiempo para edificar?»,

musitaba, recordando las sabias y antiguas palabras del Eclesiastés.

Estaba allí, en la roca más alta del mogote, desde el amanecer, cuando las primeras avanzadas del hormiguero humano comenzaron a aparecer, camino del valle de Río Hondo. Vio como la multitud crecía con la luz del sol y como aumentaba en volumen y dimensiones con el paso de las horas. Vio a los helicópteros sobrevolar a la muchedumbre y la invasión de automóviles, camioncitos, carretones y toda clase de vehículos que llegaban de todas partes. Vio venir, finalmente, a la caravana de camiones que abría un camino de destrucción y atropello por entre la multitud.

El silencio lo alcanzó cuando los enormes camiones y la multitud se pararon frente al abra y el tiempo pareció detenerse. Miró al cielo y trató de interpretar la mirada de Dios cuando el comandante Cundo Cajigal caminó ceremoniosamente hacia el frente, en un alarde de poder y autoridad. Oyó los guiños metálicos que hacen las armas cuando se les quita el seguro y percibió la espiral de confusión, desamparo, interrogantes, miedo, odio y amor que se levantaba desde el valle y sus alrededores. Esta espiral llegó hasta él como un aliento de agonía, tembloroso y oscuro. Y sintió piedad por todos estos seres.

«¿Un tiempo para morir?», pensó. Y volvió a mirar al cielo, esta vez para clamar a lo alto con una potente oración llena de compasión y de misericordia.

Vio al comandante Cajigal regresar a su tienda y unos instantes después oyó que los camiones de la caravana prendían los motores y se precipitaban hacia la entrada del valle. La multitud también se movió y un horizonte de gritos subió hasta donde Rafael Arcán estaba, y él se horrorizó.

Sonaron las primeras ráfagas de ametralladoras. Disparaban al aire, cerca de las cabezas a veces, y las primeras filas de la muchedumbre se tendieron en el suelo. Por unos momentos regresó el silencio y sólo se oían los motores de los camiones, que ya comenzaban a traspasar la línea de defensa y entraban en el valle, en su carrera final hacia la *llaga*.

«Tiempo para la Guerra», murmuró Rafael Arcán.

Pero enseguida el silencio fue ahogado por una nueva ola de gritos y los que se habían tendido, o agachado, o arrodillado en la tierra, se levantaron y corrieron hacia el abra. Como un mar que abandonara su lecho en un acto de rebeldía huracanada, las multitudes comenzaron a entrar al valle.

Se oyeron nuevas ráfagas de ametralladora y algunos disparos graneados. Pero el gentío seguía avanzando y los soldados dejaron de disparar.

Los últimos camiones de la caravana eran ahora tomados por asalto y la gente los obligaba a detenerse. No fue necesario tomar los camiones que iban delante y estos se detenían sin violencia y se alineaban para retirarse.

Cumpliendo una orden de su comandante, todos los soldados comenzaron a abandonar el valle. Detrás de la caravana de camiones, se fueron los dos tanques y varios transportes militares cargados de hombres y armas. La gente que entraba al valle se cruzaba con los soldados que salían, y unos no estorbaban el paso de los otros. Discretamente se miraban, pero no se hablaban, como si aquello estuviera ocurriendo en dos planos distintos del tiempo y el espacio. El comandante Cundo Cajigal iba montado sobre el primero de los tanques, como si fuera a caballo. Iba concentrado en sus propios pensamientos, con los brazos cruzados, mirando al horizonte.

«Tiempo para la paz», gritó Rafael Arcán. Y su grito reverberó jubiloso en todo el valle. Entonces alzó los brazos al cielo, inclinó la cabeza solemnemente, y comenzó a quitarse el vestido de camuflaje y lo fue colocando a sus pies. A medida que se iba despojando de la ropa, podía verse su piel luminosa y transparente. Ya estaba desnudo y fulguraba, cuando los últimos transportes militares se perdían entre el polvo y la lejanía dorada del atardecer.

Una hora después, el interior del valle estaba lleno de gente en toda su extensión. Por eso muchos no podían entrar y tuvieron que permanecer afuera. Otros trepaban las laderas verticales de los mogotes, donde estos eran accesibles.

La gente se arrodillaba en torno a la *llaga* y algunos encendían velas, porque comenzaba a oscurecer. Pero Rafael Arcán, el custodio de la llaga, ya no estaba allí cuando esto sucedía.

Unas ganas inmensas de llorar

Basilio Risco se enteró enseguida de lo que había pasado con su hijo Florencio. El propio Comandante en Jefe lo llamó para contarle todo. Notó que en la voz del Comandante se mezclaba la indignación con la ironía. «Tu muchacho debe estar llegando en estos momentos a las costas del Imperio», le dijo. «Lo tenías bien entrenado, Basilio... Dejó un reguero de sangre por todos lados».

Cuando él preguntó por qué no lo habían interceptado, el Comandante le había dicho: «Cuando el primer *Mig* despegó, ya Florencio estaba seguramente pisando la arena de la Península. ¿Quieres ir tú a buscarlo, doctor?» Y él no supo qué responder antes de que colgaran el teléfono.

Ahora, dos horas después de saberlo todo, no había podido aplacar su rabia. Se había encerrado en su espacioso despacho, y oía como sonaban sin parar los tres teléfonos que tenía sobre la mesa. Eran sus instalaciones privadas, separadas del resto del hospital y las cuales contaban con su propio ascensor. Era su feudo, su fortaleza, la cual sólo compartía con su gente de confianza y con su personal de seguridad. Pero ahora estaba solo, porque su segundo en el hospital, el fiel Amador Seibabo, se había esfumado, y sus dos potentes guardaespaldas personales, los enfermeros de quijadas cuadradas y lentes oscuros como antifaces, habían muerto con las balas de sus propias pistolas.

Estaba tan furioso el coronel Risco que no podía estarse quieto. Caminaba por toda la habitación a largos pasos, apartando sillas y mesas, cambiando de posición los muebles y moviendo los adornos que reposaban sobre armarios y libreros. Tomaba las fotografías enmarcadas que estaban en fila sobre los libreros, las miraba brevemente y las volteaba bocabajo, una por una. Era su colección de fotos de los días de gloria. Allí estaba él, junto al Comandante, ambos con barbas negras y uniformes verde olivo. Allí estaba, con su viejo fusil *Garand*, sentado sobre una piedra, en lo alto de la montaña. Y con la delegación que viajó a Venezuela en los primeros días de la victoria. Y con el grupo de médicos rusos en aquel Congreso de psiquiatría militar celebrado en Varsovia en los sesenta. Era mucho más delgado entonces, aunque siempre había sido corpulento, como un jugador de fútbol americano. Esta foto con Florencito en los brazos nunca le gustó porque el niño tenía cara de pendejo. La tiró al suelo. También tiró la que le tomaron en Angola, sentado sobre un tanque de guerra, junto al general Arnal, el Rommel isleño. Y también la foto de su esposa, la única que guardaba, cuando ella era muy joven y todavía usaba el uniforme del colegio.

De un manotazo barrió todas las fotos de ese anaquel y éstas cayeron al suelo en un estrépito de vidrios rotos. Caminó sobre ellas y se dirigió hacia la pared detrás de su enorme escritorio. Descolgó de la pared un retrato suyo pintado al óleo en gran formato por un pintor amigo que ya estaba muerto. El cuadro lo reproducía a él, en uniforme, con las galas de coronel, montado en un caballo blanco, en una pose ostensiblemente napoleónica, con un estetoscopio colgando sobre el pecho y un bisturí gigantesco en la mano derecha. Él sabía que este cuadro tenía la misma dosis de humor que había distinguido al fallecido artista. Pero ahora le parecía descubrir que la verdadera intención del retrato había sido ridiculizarlo a él, en una insultante agresión de humor negro. Tiró el cuadro contra un globo terráqueo de pedestal, tallado en caoba, que le habían regalado sus alumnos del curso del 67. Destrozó el cuadro y luego pateó el planeta de madera.

En el espacio que había ocupado el cuadro vio, pegado a la pared con dos tachuelas, un recorte de revista que él mismo había fijado allí, oculto tras el óleo. Era una fotografía en blanco y negro, a página completa, de Violeta Junco, vestida con el frágil y ceñido atuendo que usan las bailarinas para ensayar y ejercitarse. La foto había sido tomada por un periodista durante una pausa en los ensayos. Ella estaba sentada, en una pose de relajamiento y abandono, y el elástico tejido de la prenda insinuaba en un juego de luces y sombras los breves y firmes senos de la muchacha, así como las líneas y relieves del vientre y, un poco más abajo, del pubis. Ella sonreía levemente y toda su piel brillaba, lubricada por el sudor que es tributo obligado en los tórridos gimnasios de La Isla. Miró la foto y una nueva ola de ira se sumó a su ya embravecido océano de humores. «Me dejaste embarcado, cabroncita», dijo en voz baja, mordiendo las palabras. «Tú y yo íbamos a comer juntos hoy, en mi cama...» Apretó los ojos, detalló la fotografía con fruición y la tocó con sus dedos. Luego la arrancó, la arrugó dentro del puño y en un arranque de rabia final se la metió en la boca, la ensalivó, la masticó y con la lengua la movió de un lado a otro.

Comenzó a jadear y sintió que el aire le faltaba. Y comprendió que debía serenarse. Se sentó en su gran silla giratoria, se reclinó hacia atrás y miró al techo mientras repetía para sí mismo, como si fuera una jaculatoria: «Tranquilo, Basilio, tranquilo...» Y rítmicamente añadía: «Ya va a pasar... ya va a pasar... Al final ganarás... al final ganarás»

Pero no lograba calmarse. Le pareció que todo el ámbito comenzaba a girar alrededor de él. Y un chorro de recuerdos comenzó a acosarlo, como si estos entraran por un boquete de la pared. Eran memorias visuales, tan claras como las fotografías que había volteado bocabajo o había pisoteado unos momentos antes. Sólo que estas tenían movimiento y se alternaban con una luz centrífuga que lo cegaba. Se vio a sí mismo en su niñez, manejando un velocípedo por las aceras de su barrio. Vio a su madre mirándolo con dulzura, apoyada en la baranda de su cuna. Vio a su madre llorando frente al cadáver de su padre, tendido en el suelo, desangrado y con el pecho y la frente abiertos a balazos. Los policías vestidos de azul trataban de separarla del cadáver, pero ella no se dejaba y se acostaba encima del cuerpo destrozado.

Tosió con fuerza y sus bronquios roncaron y expulsaron todo el aire de su cuerpo. Abrió la boca para aspirar todo el aire posible de aquel espacio que comenzaba a oscurecerse. Pero sólo logró reponer, en una arqueada pedregosa, una pequeña parte del oxígeno que su torpe cuerpo demandaba.

No podía hablar, pero movía los labios repitiendo en silencio las palabras que pensaba: «Ya va a pasar... Tranquilo... Tranquilo...»

Se levantó y caminó dando tumbos hasta el mueble robusto y sólido en forma de caja fuerte que se levantaba en una esquina del despacho. Allí estaban sus archivos. Sus privados, preciados *files*, en los cuales se resumía por entero su vida profesional, sus investigaciones, sus experimentos. Trató de abrirlo pero no atinó a insertar la llave en la cerradura. El aire le faltaba, desesperadamente. Sintió que las piernas se le aflojaban y se abrazó al mueble en forma de bóveda, y fue cayendo, deslizándose a lo largo de éste hasta quedar de rodillas, con la cara pegada a la cerradura. Su ojo derecho estaba ahora frente a la rendija que se había negado a recibir la llave. Vio la cara de su padre tras el cristal del ataúd, con el hueco de un balazo en medio de la frente. Estaba abrazado al ataúd y gritó porque le parecía que por ese hoyo salía una sangre granulosa, de un color casi negro. Un policía azul, gordo y de bigote fino, lo arrancaba del sarcófago y lo arrastraba fuera y lo pateaba.

«Ya va a pasar... Ya va a pasar», pensaba.

Ahora le parecía que podía ver a través de la rendija de la cerradura. La siguiente imagen era de sí mismo, con una bata blanca encharcada de sangre. Con varios instrumentos de cirugía estaba abriendo un cuerpo por el vientre en una operación de autopsia viva. Oía los gritos del hombre y él también gritaba, y era todo como una orgía de sangre y de terror. Vio varios cuerpos vestidos de azul que se arrastraban sobre la sangre, chapoteaban, se movían como un hervidero de gusanos.

Cayó hacia atrás, su cabeza impactó el suelo y el golpe le cerró los ojos. Sintió un peso enorme en el pecho y pensó que alguien estaba aplastándole el torso con una bota sólida, implacable. Pero cuando abrió los ojos sólo vio el techo lleno de luces que lo herían. Quiso gritar, pero estaba paralizado, como si no hubiera más aire en sus pulmones. Le parecía que todos sus órganos se atragantaban en su boca, tratando de salir, en medio de un dolor asfixiante y terminal. Por una fracción de segundo pasó por su mente la noción instantánea de que estaba sufriendo un infarto, pero esta idea se desvaneció enseguida.

También el dolor se desvaneció, y el pánico cedió su lugar a una gran tristeza. Y unos pocos momentos antes de que su cuerpo se relajara en el abandono irremediable de la muerte, sintió piedad por sí mismo y unas ganas inmensas de llorar.

CAPÍTULO VI

EL PRINCIPIO

¿Caprichos de Dios?

—Regresa, Violeta —dijo Adanel mirándola a los ojos, y esa mirada le recordó a ella otros tiempos—. Regresa a la Capital, a tu casa, a tu arte.

Habían pasado tres meses desde que Adanel volviera a la luz y lo escondieran en Tierra Nueva. Ahora estaba sentado junto a la ventana de una habitación pequeña que miraba hacia unas colinas cercanas, las cuales estaban coronadas de pequeñas casas. Durante esos noventa días lo habían trasladado discretamente a otros sitios del mismo barrio y a otros barrios de esa provincia. Aun para Violeta era imposible hallarlo si no la llevaban hasta él cuando ella lo pedía. Sus heridas y todo su cuerpo estaban limpios y ahora Adanel parecía transfigurado, envuelto en unas ropas blancas y luminosas. Y hoy su mirada le recordaba a Violeta aquellos ojos, negros y firmes, que la seguían cada tarde desde distintos puntos de la platea, cuando ella bailaba en el teatro García Lorca de la Capital.

—Eso me dijo Gregorio la noche que se fue —le respondió ella—. Pero yo quisiera quedarme contigo, para siempre.

—No, Violeta, no es posible. Nuestras vidas tienen ahora distintos sentidos. Yo viviré errante y escondido el resto de mi existencia, hasta que amanezca en esta Isla. Entonces quizás podré descansar.

—¿Y qué harás, a dónde te llevarán?

—Seré la imagen de Jesús y un recordatorio de su vida entre los hombres. Estas llagas son mi cruz y las cargaré por toda la Tierra Nueva. Ellos, mis *vecinos*, me llevarán a mí de casa en casa, de barrio en barrio, por todas las provincias y por todos los caminos de La Isla. Muchos me verán y todos, aunque no me vean, sabrán de mí.

—¿Hasta cuando, Adanel?

Hasta que yo expíe, hasta desangrarme, los horrores que sus propios hijos y muchos otros le hemos hecho a esta Isla, desde que ella se le abrió al mar al principio de la Historia. Hasta que mi sangre moje cada rincón y ese testimonio alcance a todos.

—¿A todos?

—Sí, también a ellos, los que me persiguen. Ellos también abrirán sus mentes y después sus corazones. Cuando finalmente me encuentren, ya no será para encarcelarme y torturarme. Ya no querrán borrar mi mente con choques eléctricos, ni cambiar mi voluntad con químicas o sahumerios. Ya no querrán tapar mis llagas. Habrán entendido y serán redimidos.

—¿Cómo lo sabes? Tú sabes bien que están tratando de tapar las llagas de la tierra. Que desafían al pueblo y quieren profanar la tierra hasta el extremo de violar con escombros y piedras esas señales misteriosas. Ya hoy sabemos que estas llagas están apareciendo en muchos sitios y que deben respetarse...

—No importa que quieran tapar la *llaga* de Río Hondo. No han podido hasta ahora. Y aunque lo logren, el dolor de la tierra se manifestará en otros sitios. Además, mis llagas no podrán ser borradas.

Violeta notó que Adanel había comenzado a sangrar levemente por las llagas de sus dos manos. Y por el cambio repentino en la expresión de su cara, supo que él estaba sufriendo un dolor agudo. Pero no quiso referirse a eso porque ya sabía que a él no le gustaba hablar de sus dolores.

—¿Tienen algo que ver tus llagas con las llagas de la tierra? —preguntó en cambio.

—No lo sé —respondió él—. Mis estigmas no son nuevos para el hombre. Después de la muerte de Jesucristo muchos han sido bendecidos con ellos, a través de la Historia. Pero estos signos en la tierra, parecidos a las llagas humanas, son nuevos, son algo de este tiempo. Todavía no han podido ser estudiados suficientemente. Además, la mayoría de los gobiernos ocultan su presencia, se han convertido en tema de controversia, y el tema es distorsionado continuamente por los ignorantes y los charlatanes. Otros hablan de la Parusía, la segunda venida de Cristo. Pero la Iglesia todavía no puede pronunciarse, aunque ya está estudiando el fenómeno en algunas comunidades de África y Centroamérica.

Miró sus manos, que ahora comenzaban a sangrar profusamente. Ella se asustó y fue en busca de unos paños limpios que siempre sus custodios colocaban cerca para estos casos. Él le dijo que no era necesario llamar a nadie. Que le alcanzara los paños y se quedara a su lado. Las doce pequeñísimas llagas de su frente también comenzaron a sangrar, aunque muy levemente.

—En estos días —explicó él—, se cumplen catorce años de mi llegada de la misión en Centroamérica, cuando todo esto comenzó. ¿Te acuerdas? Nos vimos al pie del *fico* de *Bacú*. Yo tenía mi cabeza vendada y mi herida no sanaba. Tú no entendías qué me estaba pasando... Y yo lo entendía menos que tú.

—Sí, lo recuerdo —dijo ella mientras le enjugaba las gotas de sangre de la frente.

—Esos signos en la tierra son un símbolo del dolor planetario de la humanidad —continuó él—. El hombre viene de la tierra y es como una extensión de ella. La tierra es la piel de un planeta que fue dedicado a él, al hombre. Y si el hombre sufre, también sufre la tierra. El dolor de la humanidad, al menos de una grandísima parte de ella, es ya tan inconmensurable, tan abismal, que no son suficientes las sequías y los cataclismos naturales para expresarlo. Estas grietas son, entonces, un síntoma «humano» de la tierra, una metáfora de su dolor. No se abren en todas partes. Se abren en las regiones donde el hambre, la injusticia y la iniquidad llegan a extremos insoportables. Por eso han aparecido en regiones del África y del Cercano y Lejano Oriente, y en Haití, y en Nicaragua, y en la Colombia selvática de la guerra.

—Y aquí —añadió Violeta.

—Sí, también en La Isla, porque ésta, como esas otras regiones del sufrimiento, son tierra elegida.

Ella se sentó a su lado y mantuvo en sus manos los paños mojados de sangre, para seguirlo asistiendo en éste, que era uno de sus momentos más difíciles, cuando sangraba así, sin control. Adanel se aferró a su brazo, respiró profundamente y se estremeció en un temblor espasmódico, que ella sintió como una convulsión. Luego pareció serenarse, dejó de apretar su brazo, la miró con una sonrisa confiada y comenzó a sudar.

—Elegida, como tú —dijo ella entonces—. Pero al menos tú aceptaste este castigo...

Él subió las cejas porque iba a decir algo, pero ella no lo dejó.

—Ya sé, no es un castigo. Gregorio me habló mucho de eso. Es un honor... Pero insisto que a ti te preguntaron. A La Isla, no. La eligieron para sufrir desde que le nació al mar, como dices tú. Nos dieron la belleza, la luz, el mar, la tierra fértil, el escenario perfecto para la vida... Pero no hemos tenido paz duradera, y en lugar de progresar, a través del tiempo, nuestra vida y nuestra Historia se han ido degradando... ¿Quién, en el pasado, entre mis ascendientes taínos, o entre los tuyos y míos españoles, o entre los ancestros lucumíes que arrancaron de su tierra, o entre los políticos, los presidentes, los tiranos y los salvadores de todos los tiempos, dijo que sí, que aceptaba este destino, estos estigmas, o el honor —lo dijo con ironía— de estas llagas de los pobres de siempre, los perseguidos de siempre... y ahora también en la tierra, estas llagas de la tierra.

Adanel bajó la cabeza y ambos inauguraron un silencio que estaba lleno de dudas y de tristeza. Ella le acarició el pelo y, sin querer, se manchó con la sangre de su frente. Luego lo tomó por la barbilla y lo indujo a mirarla. Ambos estaban llorando.

—No lo sé tampoco —dijo él—. ¿Crees tú que porque acepté estas llagas conozco la mente de Dios? ¿Puede alguien explicarlo? ¿Puede el pueblo de Israel darte una respuesta por la parte que les ha tocado a ellos? ¿Conoce mejor a Dios Juan Pablo II que lo que Abraham o Moisés lo conocían? ¿Tenía las respuestas Job, el paciente, el fiel?

—¿Caprichos de Dios? –preguntó ella, pero a él le pareció una afirmación, no una pregunta.

—Creo que sí –afirmó él, pero a ella le sonó esta respuesta como una duda parecida a una pregunta.

—Supongo que a Dios no lo entiende nadie –dijo ella, y le secó las lágrimas y luego enjugó las suyas.

—No es nada fácil entenderlo –confirmó él–. Sólo puedes amarlo y entregarte. Y dejar que haga lo que quiera.

Violeta miró al techo y estiró los brazos. Sintió un deseo repentino de abrazar a Adanel, a pesar de la sangre, del dolor... a pesar de todo. Hubiera querido desnudarlo y desnudarse ella también y entregarse a él. Pero no se atrevió. En lugar de esto, dijo:

—Qué falta me hace Gregorio. Él tenía casi todas las respuestas.

—No las tenía todas –replicó él.

—Ya lo sé. Ahora ni siquiera estoy segura de que alguna vez existió.

—¿Por qué dices eso, Violeta?

Ella se levantó y caminó hacia la ventana. Miró las casas que coronaban la colina y percibió la vida dentro de ellas. Llegaban voces lejanas de niños y de cantos populares. Se quedó mirando una columna de pájaros que se elevaba detrás de los árboles y estuvo a punto de preguntarle a Adanel si serían tomeguines. Pero lo olvidó al instante y confesó, hablando de espaldas a él:

—Cuando supe de la fuga de Florencio y la muerte de su padre, decidí darme una vuelta por mi barrio. Creo que me sentí más segura. Estuve un rato en casa y hasta pensé quedarme y no salir. Pero no pude resistir y salí a la calle... Salí a buscar a Gregorio.

—Pero tú sabías que él ya se había ido.

—Sí, pero no pude aguantar la curiosidad y traté de llegar hasta su casa... bueno, hasta su guarida, o su museo, debía decir.

—¿Y...?

—Pues no pude encontrarla. Seguí los rastros que recordaba, me guié por todos los puntos de referencia. Y de repente me perdí en unas calles muy parecidas a las de su barrio, y me metí por unos portales que me parecían familiares, y subí escaleras idénticas a las que llevaban a su cueva... Pero no encontré su puerta. Entonces salí y busqué, con paciencia, fijándome mucho, pero tampoco encontré la casita del babalao amigo de él, ni la bodeguita que estaba en la esquina opuesta. Y me di cuenta que estaba dando vueltas, y de repente todas las casas me parecían iguales y todas las esquinas eran las mismas... Y pensé que me volvía loca y comencé a caminar en línea recta, sin doblar ni a la izquierda, ni a la derecha, a ver qué pasaba. Hasta que llegué a la bahía. Y estuve sentada una hora mirando las aguas sucias y los barquitos llegando y saliendo para Reglas y Casas Blancas. Y fue entonces que decidí regresar aquí.

Hizo una pausa y se volteó para mirarlo.

–¿Quién era él, Adanel? ¿Realmente existió Gregorio?

–Tú sabes que sí, Violeta.

Ella no respondió y se quedó mirándolo, ahora de espaldas a la ventana. Él la veía casi en silueta y recordó cuando ella vino a verlo a su celda después de tantos años, y él reconoció enseguida su silueta inconfundible, por su perfil de pez, de curvas suaves y armónicas. Entonces, y ahora también, reconocía su olor de siempre, a fruta infantil, a yerba virgen.

–Regresa, Violeta. Ya no te pertenezco, ni tú a mí. No hay peligro para ti en la Capital. Regresa a tu casa, a tu arte, a la música, a la danza. Baila para La Isla... y para Dios.

–¿Para Dios? Eso mismo me dijo Gregorio...

–Sí, para Dios. Baila para Él y perdónalo.

Bienvenido al exilio

Florencio Risco se ajustó con cuidado el nudo de la corbata *Lanvin* recién comprada en la tienda del hotel donde lo habían alojado. En unos momentos vendrían a buscarlo para llevarlo a un salón de reuniones de la *Florida Central University* donde hablaría ante un grupo de exilados.

Aunque tres meses no son suficientes para adaptarse totalmente a una nueva vida, Florencio Risco se sentía en la capital del exilio como si hubieran pasado treinta años.

Él atribuía en parte esta capacidad de adaptación al riguroso entrenamiento que había sufrido en la escuela de oficiales. Éste había incluido todo un catálogo de experiencias, y entre ellas, los intensos períodos vividos en Rusia y en otros países de la antigua Unión Soviética. Claro que los Estados Unidos de América y sus ciudades no se parecían en nada a Omsk ni a los pueblos cercanos a Moscú donde había vivido, como Balashikha y Zagorsk. Pero al final del día todo era cuestión de hacer lo que los demás hacían y no preguntar mucho.

Las preguntas se las hacían ahora a él, y debía tener mucho cuidado qué y cómo respondía. De hecho, su única queja hasta ahora consistía en que le estaban preguntando demasiado y no lo habían dejado descansar desde su llegada a estas tierras de libertad.

Pero él sabía que su capacidad de adaptación no era solamente una cuestión de buen entrenamiento. Había, además, algo genético que él creía haber heredado de su madre –estaba seguro que no venía de su padre, tan fanático y obstinado. Y esa cualidad era un instinto similar al mimetismo característico de ciertos animales como el camaleón. A él no le era difícil cambiar sus emociones, sus ideas y hasta sus creencias. Con tal de que le respetaran sus derechos básicos, como comer tres o cuatro veces por día, vivir en un lugar decente, vestirse con ropa limpia, y mantener un mínimo de comodidades, de acuerdo al promedio correspondiente a su clase.

Cuando llegó a las costas de la Península en la *Phantom* que había tomado prestada en la Marina Hemingway, lo hizo desarmado, en calzoncillos y con una camiseta blanca. En cuanto divisó a lo lejos lo que él pensaba que era el Cayo de las Noventa Millas, tiró al mar la pistola Cougar con la que había despachado a los *jimaguas* y se deshizo de su uniforme de capitán de las FAR. Estas eran las primeras precauciones que había decidido tomar, porque no sabía la reacción que este vestido pudiera causar entre las personas que lo vieran por primera vez. Además, le preocupaba que no había podido limpiar la mancha de sangre que quedó en sus pantalones, a la altura del tobillo, cuando empujó a *Hans* con su pierna derecha después de dispararle tres veces en el tórax.

Se asomó a la ventana de la habitación, pero enseguida se retiró hacia atrás. Quizás para impresionarlo, le habían dado una habitación en un piso veintidós. Uno de los agentes que lo custodiaba le había dicho en perfecto español: «Disfrute la vista. Desde allí se ve gran parte de la ciudad y de la bahía de Biscayne». Y él, por supuesto, no había dicho nada de su vieja y nunca totalmente domesticada *condición*. Pero no tenía nada que temer. En esta ciudad todas las reuniones se hacen en espacios cerrados y bien refrigerados, y estaba seguro de que no organizarían nada en una azotea.

Tocaron a la puerta y él supo que se trataba de las personas que lo conducirían a la conferencia. Antes de abrir, se miró una vez más en el espejo y volvió a revisar el nudo de su corbata. Por último, se puso sus lentes de sol, costumbre que había adquirido en su nuevo país, no sólo para defender sus ojos de la luminosidad del ambiente, sino también para manejar mejor sus ojos sin ser notado. Este detalle lo hacía sentirse más seguro.

Veinticinco minutos después entraba en un amplio salón poblado de mesas dispuestas con uniformidad y elegancia. A primera vista, calculó que allí podría haber entre ciento ochenta y doscientas personas. Aunque desde hacía muchos años él había vencido el miedo escénico que lo atormentaba en su niñez, se sintió un poco intimidado. Era la primera vez que lo presentaban ante un público tan numeroso. Desde su llegada, todas sus reuniones se habían celebrado en salones mucho más pequeños, a puerta cerrada y con no más de seis personas a la vez. Se dio ánimo a sí mismo pensando que esta vez no habría tantas preguntas. En esta ocasión él tendría el control de la reunión. Era *su* conferencia y, además, la llevaba por escrito.

Se sintió más seguro cuando lo presentaron. El presentador era un catedrático de la universidad, nacido también en La Isla, y estaba usando términos muy amables y hospitalarios al referirse a él. Mientras este hombre hablaba, Florencio se dedicó a mirar a su auditorio tras sus lentes oscuros. Paseó sus ojos por cada una de las mesas y notó con extrañeza que todas las personas presentes estaban mirándolo a él, en lugar de mirar al catedrático que hablaba. Trató de restarle importancia a este hecho.

La presentación duró seis minutos y a través de ella, quedó claro para el público que, a pesar de su rango en las fuerzas armadas, su cercanía con el Comandante en Jefe, y su larga carrera dentro de la Revolución, él, el capitán Florencio Risco, se había fugado por su propia voluntad, y en una operación marítima peligrosísima, porque consideraba que el régimen estaba hundiendo a La Isla. Esto lo había llevado a conspirar, con riesgo de su vida, para librar de la prisión y dejarlo instalado en el clandestinaje, a un connotado disidente llamado Adanel Palmares.

Ahora su trabajo consistía en contar con lujo de detalles, durante los cuarenticinco minutos que le habían concedido, su acción heroica. Y así lo hizo. Relató con emoción su relación fraternal con el capitán Palmares, la traición que éste había sufrido por parte de sus propios soldados en la misión en Centroamérica, su regreso con heridas mortales, su prisión, sus torturas y su reclusión en el Sanatorio Modelo para enfermos mentales. Luego contó con dramatismo el asalto al sanatorio dirigido por él, la fuga hacia territorio rebelde, y sus contactos con los guerrilleros campesinos, quienes ahora cuidaban las heridas de su hermano de sangre, para luego incorporarlo a la lucha armada. Por último, relató su propia fuga, en la cual tuvo que evadir a varios agentes especiales del MININT que trabajaban para su malvado padre, médico experto en torturas físicas y psicológicas. Omitió hablar de la verdadera condición de Adanel porque pensó que no le iban a creer y porque él mismo no acababa de entender lo que le estaba pasando a su antiguo amigo. Prefería no tocar ese tema para que no le hicieran preguntas imposibles de responder.

Terminó diciendo: «Nadie sabe, ni yo mismo, dónde se oculta el capitán Adanel Palmares. Pero muy pronto las fuerzas que están bajo su mando se harán sentir. Yo propongo crear un movimiento en el exilio para colaborar con su causa, o con su eventual rescate».

Diez o doce personas aplaudieron, pero enseguida el catedrático presentador abrió el tiempo para las preguntas. Cuatro docenas de manos se levantaron y las preguntas comenzaron.

Florencio echó de menos los interrogatorios a puerta cerrada, en los cuales a veces le ofrecían café y hasta whisky. Notó que muchas intervenciones no eran verdaderas preguntas, sino declaraciones, comentarios, y hasta pequeños discursos. Pero también hubo muchas preguntas comprometedoras y cargadas de malicia. Y él las respondía como podía, tratando de no tartamudear. Le preguntaron que por qué había esperado tanto para romper con la dictadura. Que explicara mejor lo de la guerrilla campesina porque nadie en el exilio había oído antes hablar de un alzamiento. Que hablara de los disidentes y su trabajo en favor del fortalecimiento de la sociedad civil. Que comentara lo que sabía sobre la segunda nación que se estaba forjando en los espacios interiores de la Isla, eso que llamaban «Tierra Nueva».

Cuando el presentador, que ahora actuaba como moderador, comprendió que Florencio Risco estaba en dificultades, miró el reloj y dijo que el tiempo se había terminado y que sólo permitiría tres preguntas más. Se levantaron diecisiete manos, pero el catedrático escogió tres al azar. La primera estuvo cargada de amargura. La hizo una señora mayor que preguntó que dónde estaba él y qué edad tenía cuando a su esposo lo fusilaron por el delito de pelear por la libertad y el decoro. Él dijo que estaba en Etiopía en esa fecha y que no conocía a ese señor. La segunda no fue una pregunta, sino una afirmación que levantó algunos aplausos. Un muchacho con tipo de universitario le dijo que era bienvenido al exilio y que aquí no tenía nada que temer. La tercera pregunta la hizo un periodista joven que se había mantenido callado hasta ese momento y que dejó a Florencio pensando por un buen rato, durante el cual, el salón se mantuvo en un silencio tenso y perplejo:

—¿Por qué no nos habla de la llaga de Río Hondo y lo que pasó allí hace tres meses? Según mis cálculos, usted estaba todavía en La Isla en esa fecha.

—No sé de qué me habla —respondió Florencio finalmente.

Bailaba para Dios

Aquella madrugada Violeta decidió no ir al ensayo. Se sentía llena de fuerza y de música, pero decidió cambiar de escenario.

Cuando se disponía a salir de su casa, todavía de noche, se vio reflejada en su espejo, el del marco soñado por Gaudí. Se acercó a éste por un momento y miró la habitación que se reflejaba detrás de ella, levemente iluminada a velas, invertida por la magia de la óptica. Se movió a ambos lados y la habitación se movió también detrás de ella. Por un momento recordó a Adanel y se lo imaginó sentado en el rincón que ahora veía en el espejo. Se preguntó cuántas imágenes tendría este espejo guardadas en su memoria de azogue, pero no quiso saberlo.

Dio un paso como lo hubiera dado en el ensayo de ese día, y escapó así del espejo y de su propia imagen.

«Adiós», pensó. Y salió a la calle, todavía iluminada por la luna.

Tenía ganas de bailar. Sentía unos deseos irrefrenables de bailar. Y comenzó a bailar, en plena calle. Bailaba sobre los adoquines y las aceras de los estrechos callejones de la Zona Vieja. Aunque sabía que sólo unos pocos estaban en la calle a esas horas, no sabía si la miraban, ya que ella no miraba a nadie. Porque no estaba bailando para nadie. Bailaba para ella.

Llevaba la música dentro, la escuchaba vibrando dentro de ella, y la música la guiaba.

Sus pies volaban sobre el suelo y sus piernas se elevaban en arcos y en ángulos que parecían en armonía con las torres coloniales y las garitas milenarias de los castillos de piedra. Sus brazos se levantaban hacia el cielo lleno de estrellas que morían y trazaban óvalos y anillos. Sus manos eran alas que flotaban en los aires salados por los alientos de la bahía.

Se dejó llevar por una música secreta que nacía de los impulsos de su sangre y de su linaje primitivo. Y sobre el ancho muro que separa la ciudad del mar, se desdobló en una danza prenatal cuyo origen ella misma no sospechaba. Danzó a lo largo de ese lindero de piedra y dejó que las olas la envolvieran en su espuma.

Luego, en un giro centrífugo que desafió a los pájaros del alba que ahora la circundaban, voló hasta un recodo donde el mar era sereno y le tendía una senda de lechos firmes en la arena. Entonces bailó sobre la arena y con los pies levantó abanicos de espuma y caracoles.

Una débil luz comenzaba a dibujar el horizonte y ella hizo una pausa. Se arrodilló para ver salir el sol, que emergía entre estratos y cúmulos oscuros. Inclinó la cabeza, y cerró los ojos. Cuando los abrió, el sol era una pupila roja que teñía de sangre todo el ámbito y cada partícula del aire.

Entonces se levantó con lentitud y comenzó a bailar otra vez, alzando los brazos en ofrenda. Ahora bailaba como nunca lo había hecho. Liviana como el aire, dócil como el agua, pura y transparente como la luz. Transfigurada por la aurora. Transubstanciada en el espíritu mismo de la música y la danza. Ahora bailaba para Dios.

La llaga de Varacoas

El viaje por tierra hasta Varacoas, en el extremo oriental de La Isla, les había tomado casi un día entero a Aracelio, el maestro de escuela de Río Hondo, y a Pepe Antonio, su alcalde y presidente del Partido local. No sólo porque esta región estaba muy lejos de la provincia Occidental, sino porque habían tenido que hacer varias paradas por problemas con el motor del automóvil, un achacoso *Buick* del 52.

—Creo que ésta sigue siendo una de las áreas más remotas de La Isla —dijo Pepe Antonio.

—Una vez que llegas ya no es remota —bromeó Aracelio.

—Chico, lo que quiero decir es que sigue estando muy aislada, muy esquinada para acá para el este —corrigió el primero.

Ahora esperaban al borde de la carretera por su amigo, y colega de Aracelio, Liberato Portillo, profesor de anatomía y ciencias médicas del Instituto de Segunda Enseñanza del municipio varacoense. Ambos hombres mantenían su buen humor a pesar de la larga jornada y del inquietante motivo que los traía desde tan lejos. Hasta ellos habían llegado noticias —hasta ahora eran sólo rumores— de que en un intrincado paraje de la subregión, cerca de la desembocadura del río Macanigua, el cual vertía sus aguas en la bahía de Varacoas, había aparecido una grieta con características muy similares a la *llaga* de Río Hondo.

—Llegaron muy temprano, muchachos —dijo una voz que venía de entre la vegetación que bordea la carretera en este punto.

Ambos se voltearon y vieron aparecer por detrás de unos cafetos silvestres a Liberato —flaco, desgarbado y alegre, como en los buenos tiempos, pero más canoso. Su comentario era una obvia recriminación. La cita había sido fijada para las doce del mediodía y eran las cinco pasadas.

Los hombres se abrazaron cálida y estrepitosamente, dándose unas palmadas en la espalda que sonaban como bofetadas.

—Aunque no lo creas, salimos de Río Hondo a las cuatro y media de la madrugada, *Líber* —dijo Aracelio.

—Lo importante ahora es ganar tiempo —insistió Liberato—. Tenemos que llegar al sitio donde está la *llaga* antes de que caiga la noche. Con el regreso no hay problema, ya verán. Pero ahora nos quedan nada más que un par de horas de luz.

Los tres hombres se internaron entre los cafetos silvestres por donde había aparecido Liberato y anduvieron a buen paso por más de veinte minutos por una senda muy estrecha que atravesaba la espesura. Este camino desembocó al cabo de ese tiempo en el apretado y pedregoso cauce de uno de esos ríos provisionales que bajan de la montaña durante la temporada de lluvias. Y, por tanto, un poco más adelante, el surco se tornó inclinado, tanto que en algunos trechos era casi vertical.

—Las piedras te ayudan —decía Liberato, quien se divertía en secreto viendo el trabajo que estaban pasando sus dos amigos—. Usa las piedras como escalones y verás qué fácil.

—Facilito —dijo Pepe Antonio, ya jadeante y cubierto de sudor.

Una hora más tarde, tras varios resbalones y muchas paradas para descansar, llegaron a lo que parecía la cima de aquella montaña. Era como salir de un túnel de vegetación boscosa, porque ahora comenzaban a ver otra vez el cielo.

—Llegamos —dijo Liberato, y ayudó a Aracelio a trepar las últimas piedras—. En cinco minutos más podrán verla...

Así fue. Unos minutos después, los tres hombres llegaban hasta una enorme piedra que se asoma como un balcón natural sobre la llanura que se extiende a todo lo largo del Macanigua, el cual es un río joven y caudaloso, si bien no muy largo. El sol ya declinante iluminaba gloriosamente aquel valle, más vasto y boscoso que el vallecito intramontano de Río Hondo, y también más agreste. El sol también se reflejaba, con un brillo cegador, en la grieta en forma de ojal, llena hasta los bordes de un agua roja, que podía verse casi al pie de la roca donde estaban, unos doscientos metros más abajo.

–La *llaga* de Varacoas– dijo con admiración el maestro Aracelio, mientras se llevaba a los ojos sus antiguos prismáticos.

Pepe Antonio no dijo nada, pero se agarró del brazo de Liberato y se puso de rodillas. Aracelio y Liberato se miraron y el primero alzó las cejas y abrió mucho los ojos. «Si se enteran los del Partido», pensó el maestro, y sonrió para dentro.

–¿Qué planes tienen? –preguntó Aracelio, mirando todavía al alcalde de Río Hondo, que parecía estar en trance–. ¿Ya han venido los del ejército?

–No se han aparecido por aquí hasta ahora –respondió Liberato–. Pero si te fijas, verás que hay muchos *vecinos* acampados en los alrededores de la *llaga*. Y hay muchos otros que no verás, porque están haciendo guardia en todos los caminos que llegan hasta ella. Todos los días llega gente por esos caminos y también llegan remando por el río. Gente de Varacoas ha montado un campamento de tiendas de campaña detrás de aquel palmar que ves a la derecha. Estamos alistándonos por si intentan «tomar» esta área, como hicieron en Río Hondo.

El sol comenzaba a morir tras las montañas del macizo de Varacoas. Y la noche comenzaba a adueñarse de la tarde. La *llaga* seguía, sin embargo, reflejando el cielo rojo y ahora comenzaba a exhalar un efluvio neblinoso. Pepe Antonio se había puesto trabajosamente de pie, pero no volvió a hablar esa noche.

Liberato los condujo, ya casi de noche, a un campamento que un grupo de vecinos suyos había improvisado cerca de allí, en un claro desde donde se podía ver parte del valle.

—Les dije que no tenían que preocuparse por el regreso —les recordó Liberato mientras los ayudaba a acomodarse y les presentaba a varios amigos que habían llegado antes y que pasarían la noche allí.

Después de comer un condumio de campaña y beber de unas canecas varios tragos del excelente ron local, Aracelio salió a caminar y regresó al balcón natural desde donde habían visto la *llaga* unas horas antes. Se sentó allí, encendió un habano que le había regalado Liberato y se adormeció un poco contemplando el fascinante fenómeno, que ahora, a la luz de la luna, adquiría un matiz indudablemente místico.

Unas pisadas lo despertaron y vio la silueta de un hombre que estaba parado cerca de él y que parecía estarlo mirando.

Como Aracelio se sobresaltara un poco con esta aparición, el hombre dijo:

—No se preocupe. Yo soy custodio de la llaga. Mi nombre es Rafael Arcán, para servirlo.

ACLARACIÓN IMPORTANTE

Todos los personajes presentados y los eventos narrados en esta novela son creaciones mías y, por tanto, obra de ficción.

Debo destacar, sin embargo, que todo lo relativo a la aparición de llagas similares a las de Jesucristo en el cuerpo humano, conocidas como *estigmas*, está inspirado en un fenómeno verdadero. Éste ha sido estudiado, documentado y comprobado por métodos científicos a través de toda la historia del hombre, aunque no exista otra explicación que la de su origen sobrenatural. Desde San Francisco de Asís, primer *estigmatizado* que registra la historia, en el siglo XII, hasta otros recientes como el padre Pío de Pietrelcina, muchos hombres y mujeres han experimentado la aparición de estas llagas, si bien la Iglesia Católica sólo ha autenticado algo más de tres centenares de casos.

Durante mi trabajo en este relato, consulté con frecuencia el libro *They Bore the Wounds of Christ: The Mistery of the Sacred Stigmata*, escrito en 1989 por Michael Freze, miembro de la Orden de San Francisco. Se trata de un estudio extenso y profundo sobre este misterio de la fe, y, además, incluye una abundante bibliografía. También puede hallarse mucha información en la Internet, a través de inacabables *links*, a partir de la palabra «stigmata».

EL AUTOR

OTROS LIBROS PUBLICADOS EN LA
COLECCIÓN CANIQUÍ POR EDICIONES UNIVERSAL:

005-4	AYER SIN MAÑANA, Pablo López Capestany
016-x	YA NO HABRÁ MAS DOMINGOS, Humberto J. Peña
017-8	LA SOLEDAD ES UNA AMIGA QUE VENDRÁ, Celedonio González
018-6	LOS PRIMOS, Celedonio González
020-8	LOS UNOS, LOS OTROS Y EL SEIBO, Beltrán de Quirós
021-6	DE GUACAMAYA A LA SIERRA, Rafael Rasco
022-4	LAS PIRAÑAS Y OTROS CUENTOS CUBANOS, Asela Gutiérrez Kann
023-2	UN OBRERO DE VANGUARDIA, Francisco Chao Hermida
024-0	PORQUE ALLÍ NO HABRÁ NOCHES, Alberto Baeza Flores
025-9	LOS DESPOSEÍDOS, Ramiro Gómez Kemp
027-5	LOS CRUZADOS DE LA AURORA, José Sánchez-Boudy
030-5	LOS AÑOS VERDES, Ramiro Gómez Kemp
032-1	SENDEROS, María Elena Saavedra
033-x	CUENTOS SIN RUMBOS, Roberto G. Fernández
034-8	CHIRRINERO, Raoul García Iglesias
035-6	¿HA MUERTO LA HUMANIDAD?, Manuel Linares
036-4	ANECDOTARIO DEL COMANDANTE, Arturo A. Fox
037-2	SELIMA Y OTROS CUENTOS, Manuel Rodríguez Mancebo
038-0	ENTRE EL TODO Y LA NADA, René G. Landa
039-9	QUIQUIRIBÚ MANDINGA, Raúl Acosta Rubio
040-2	CUENTOS DE AQUÍ Y ALLÁ, Manuel Cachán
041-0	UNA LUZ EN EL CAMINO, Ana Velilla
042-9	EL PICÚO, EL FISTO, EL BARRIO Y OTRAS ESTAMPAS CUBANAS, José Sáchez-Boudy
043-7	LOS SARRACENOS DEL OCASO, José Sánchez-Boudy
0434-7	LOS CUATRO EMBAJADORES, Celedonio González
0639-x	PANCHO CANOA Y OTROS RELATOS, Enrique J. Ventura
0644-7	CUENTOS DE NUEVA YORK, Angel Castro
1349-4	LA DECISIÓN FATAL, Isabel Carrasco Tomasetti
1365-6	LOS POBRECITOS POBRES, Alvaro de Villa
1948-4	EL VIAJE MÁS LARGO, Humberto J. Peña
2533-6	ORBUS TERRARUM, José Sánchez-Boudy
3460-2	LA MÁS FERMOSA, Concepción Teresa Alzola
4116-7	EL PRÍNCIPE ERMITAÑO, Mario Galeote Jr.
5144-2	EL CORREDOR KRESTO, José Sánchez-Boudy
129-8	CUENTOS A LUNA LLENA, José Sánchez-Boudy
135-2	LILAYANDO, José Sánchez-Boudy
137-9	CUENTOS YANQUIS, Angel Castro
158-1	SENTADO SOBRE UNA MALETA, Olga Rosado
163-8	TRES VECES AMOR, Olga Rosado
167-0	REMINISCENCIAS CUBANAS, René A. Jiménez

168-9	LILAYANDO PAL TU (MOJITO Y PICARDÍA CUBANA), José Sánchez Boudy
170-0	EL ESPESOR DEL PELLEJO DE UN GATO YA CADÁVER, Celedonio González
171-9	NI VERDAD NI MENTIRA Y OTROS CUENTOS, Uva A. Clavijo
177-8	CHARADA (cuentos sencillos), Manuel Dorta-Duque
184-0	LOS INTRUSOS, Miriam Adelstein
196-4	LA TRISTE HISTORIA DE MI VIDA OSCURA, Armando Couto
217-0	DONDE TERMINA LA NOCHE, Olga Rosado
218-9	ÑIQUÍN EL CESANTE, José Sánchez-Boudy
219-7	MÁS CUENTOS PICANTES, Rosendo Rosell
227-8	SEGAR A LOS MUERTOS, Matías Montes Huidobro
230-8	FRUTOS DE MI TRASPLANTE, Alberto Andino
249-9	LAS CONVERSACIONES Y LOS DÍAS, Concha Alzola
251-0	CAÑA ROJA, Eutimio Alonso
252-9	SIN REPROCHE Y OTROS CUENTOS, Joaquín de León
255-3	LA VIEJA FURIA DE LOS FUSILES, Andrés Candelario
259-6	EL DOMINÓ AZUL, Manuel Rodríguez Mancebo
270-7	A NOVENTA MILLAS, Auristela Soler
282-0	TODOS HERIDOS POR EL NORTE Y POR EL SUR, Alberto Muller
286-3	POTAJE Y OTRO MAZOTE DE ESTAMPAS CUBANAS, José Sánchez-Boudy
292-8	APENAS UN BOLERO, Omar Torres
297-9	FIESTA DE ABRIL, Berta Savariego
300-2	POR LA ACERA DE LA SOMBRA, Pancho Vives
301-0	CUANDO EL VERDE OLIVO SE TORNA ROJO, Ricardo R. Sardiña
303-7	LA VIDA ES UN SPECIAL, Roberto G. Fernández
321-5	CUENTOS BLANCOS Y NEGROS, José Sánchez-Boudy
327-4	TIERRA DE EXTRAÑOS, José Antonio Albertini
331-2	CUENTOS DE LA NIÑEZ, José Sánchez-Boudy
332-0	LOS VIAJES DE ORLANDO CACHUMBAMBÉ, Elías Miguel Muñoz
335-5	ESPINAS AL VIENTO, Humberto J. Peña
342-8	LA OTRA CARA DE LA MONEDA, Beltrán de Quirós
343-6	CICERONA, Diosdado Consuegra Ortal
345-2	ROMBO Y OTROS MOMENTOS, Sarah Baquedano
349-5	EL CÍRCULO DE LA MUERTE, Waldo de Castroverde
350-9	UN GOLONDRINO NO COMPONE PRIMAVERA, Eloy González-Argüelles
352-5	UPS AND DOWNS OF AN UNACCOMPANIED MINOR REFUGEE, Marie Francoise Portuondo
363-0	MEMORIAS DE UN PUEBLECITO CUBANO, Esteban J. Palacios Hoyos
370-3	PERO EL DIABLO METIÓ EL RABO, Alberto Andino
378-9	ADIÓS A LA PAZ, Daniel Habana
381-9	EL RUMBO, Joaquín Delgado-Sánchez

386-x	ESTAMPILLAS DE COLORES, Jorge A. Pedraza
420-3	YO VENGO DE LOS ARABOS, Esteban J. Palacios Hoyos
423-8	AL SON DEL TIPLE Y EL GÜIRO..., Manuel Cachán
435-1	QUE VEINTE AÑOS NO ES NADA, Celedonio González
439-4	ENIGMAS (3 CUENTOS Y 1 RELATO), Raul Tápanes Estrella
440-8	VEINTE CUENTOS BREVES DE LA REVOLUCIÓN CUBANA Y UN JUICIO FINAL, Ricardo J. Aguilar
442-4	BALADA GREGORIANA, Carlos A. Díaz
448-3	FULASTRES Y FULASTRONES Y OTRAS ESTAMPAS CUBANAS, José Sánchez-Boudy
460-2	SITIO DE MÁSCARAS, Milton M. Martínez
464-5	EL DIARIO DE UN CUBANITO, Ralph Rewes
465-3	FLORISARDO, EL SÉPTIMO ELEGIDO, Armando Couto
472-6	PINCELADAS CRIOLLAS, Jorge R. Plasencia
473-4	MUCHAS GRACIAS MARIELITOS, Angel Pérez-Vidal
476-9	LOS BAÑOS DE CANELA, Juan Arcocha
486-6	DONDE NACE LA CORRIENTE, Alexander Aznares
487-4	LO QUE LE PASÓ AL ESPANTAPÁJAROS, Diosdado Consuegra
493-9	LA MANDOLINA Y OTROS CUENTOS, Bertha Savariego
494-7	PAPÁ, CUÉNTAME UN CUENTO, Ramón Ferreira
495-5	NO PUEDO MÁS, Uva A. Clavijo
499-8	MI PECADO FUE QUERERTE, José A. Ponjoán
501-3	TRECE CUENTOS NERVIOSOS —NARRACIONES BURLESCAS Y DIABÓLICAS—, Luis Ángel Casas
503-X	PICA CALLO, Emilio Santana
509-9	LOS FIELES AMANTES, Susy Soriano
519-6	LA LOMA DEL ÁNGEL, Reinaldo Arenas
533-1	DESCARGAS DE UN MATANCERO DE PUEBLO CHIQUITO, Esteban J. Palacios Hoyos
539-0	CUENTOS Y CRÓNICAS CUBANAS, José A. Alvarez
542-0	EL EMPERADOR FRENTE AL ESPEJO, Diosdado Consuegra
543-9	TRAICIÓN A LA SANGRE, Raul Tápanes-Estrella
544-7	VIAJE A LA HABANA, Reinaldo Arenas
545-5	MÁS ALLÁ LA ISLA, Ramón Ferreira
546-3	DILE A CATALINA QUE TE COMPRE UN GUAYO, José Sánchez-Boudy
554-4	HONDO CORRE EL CAUTO, Manuel Márquez Sterling
555-2	DE MUJERES Y PERROS, Félix Rizo Morgan
556-0	EL CÍRCULO DEL ALACRÁN, Luis Zalamea
560-9	EL PORTERO, Reinaldo Arenas
565-X	LA HABANA 1995, Ileana González
568-4	EL ÚLTIMO DE LA BRIGADA, Eugenio Cuevas
574-9	VIDA Y OBRA DE UNA MAESTRA, Olga Lorenzo
575-7	PARTIENDO EL «JON», José Sánchez-Boudy
576-5	UNA CITA CON EL DIABLO, Francisco Quintana
587-0	NI TIEMPO PARA PEDIR AUXILIO, Fausto Canel

594-3	PAJARITO CASTAÑO, Nicolás Pérez Díez Argüelles
595-1	EL COLOR DEL VERANO, Reinaldo Arenas
596-X	EL ASALTO, Reinaldo Arenas
611-7	LAS CHILENAS (novela o una pesadilla cubana), Manuel Matías
616-8	ENTRELAZOS, Julia Miranda y María López
619-2	EL LAGO, Nicolás Abreu Felippe
629-X	LAS PEQUEÑAS MUERTES, Anita Arroyo
630-3	CUENTOS DEL CARIBE, Anita Arroyo
632-X	CUENTOS PARA LA MEDIANOCHE, Luis Angel Casas
633-8	LAS SOMBRAS EN LA PLAYA, Carlos Victoria
638-9	UN DÍA... TAL VEZ UN VIERNES, Carlos Deupi
643-5	EL SOL TIENE MANCHAS, René Reyna
653-2	CUENTOS CUBANOS, Frank Rivera
657-5	CRÓNICAS DEL MARIEL, Fernando Villaverde
667-2	AÑOS DE OFÚN, Mercedes Muriedas
660-5	LA ESCAPADA, Raul Tápanes Estrella
670-2	LA BREVEDAD DE LA INOCENCIA, Pancho Vives
672-9	GRACIELA , Ignacio Hugo Pérez-Cruz
693-1	TRANSICIONES, MIGRACIONES, Julio Matas
694-X	OPERACIÓN JUDAS, Carlos Bringuier
697-4	EL TAMARINDO / THE TAMARIND TREE, María Vega de Febles
698-2	EN TIERRA EXTRAÑA, Martha Yenes — Ondina Pino
699-0	EL AÑO DEL RAS DE MAR, Manuel C. Díaz
700-8	¡GUANTE SIN GRASA, NO COGE BOLA!, (REFRANES CUBANOS), José Sánchez-Boudy
705-9	ESTE VIENTO DE CUARESMA, Roberto Valero Real
707-5	EL JUEGO DE LA VIOLA, Guillermo Rosales
711-3	RETAHÍLA, Alberto Martínez-Herrera
720-2	PENSAR ES UN PECADO, Exora Renteros
728-8	CUENTOS BREVES Y BREVÍSIMOS, René Ariza
729-6	LA TRAVESÍA SECRETA, Carlos Victoria
741-5	SIEMPRE LA LLUVIA, José Abreu Felippe
748-2	ELENA VARELA, Martha M. Bueno
755-5	ANÉCDOTAS CASI VERÍDICAS DE CÁRDENAS, , Frank Villafaña
769-5	CUENTOS DE TIERRA, AGUA, AIRE Y MAR, Humberto Delgado-Jenkins
772-5	CELESTINO ANTES DEL ALBA, Reinaldo Arenas
779-2	UN PARAÍSO BAJO LAS ESTRELLAS, Manuel C. Díaz
780-6	LA ESTRELLA QUE CAYÓ UNA NOCHE EN EL MAR, Luis Ricardo Alonso
781-4	LINA, Martha Bueno
782-2	MONÓLOGO CON YOLANDA, Alberto Muller
784-9	LA CÚPULA, Manuel Márquez Sterling
785-7	CUENTA EL CARACOL (relatos y patakíes), Elena Iglesias
791-1	ADIÓS A MAMÁ (De La Habana a Nueva York), Reinaldo Arenas
793-8	UN VERANO INCESANTE, Luis de la Paz

799-7	CANTAR OTRAS HAZAÑAS, Ofelia Martín Hudson
800-4	MÁS ALLÁ DEL RECUERDO, Olga Rosado
807-1	LA CASA DEL MORALISTA, Humberto J. Peña
812-8	A DIEZ PASOS DE EL PARAÍSO, Alberto Hernández Chiroldes
816-0	NIVEL INFERIOR (cuentos), Raúl Tápanes Estrella
817-9	LA 'SEGURIDAD' SIEMPRE TOCA DOS VECES Y LOS *ORISHAS* TAMBIÉN (novela), Ricardo Menéndez
819-5	ANÉCDOTAS CUBANAS, Ana María Alvarado
824-1	EL MUNDO SIN CLARA (novela) Félix Rizo
837-3	UN ROSTRO INOLVIDABLE, Olga Rosado
839-x	LA VIÑA DEL SEÑOR, Pablo López Capestany
852-7	LA RUTA DEL MAGO (novela), Carlos Victoria
853-9	EL RESBALOSO Y OTROS CUENTOS, Carlos Victoria
854-3	LOS PARAÍSOS ARTIFICIALES (novela), Benigno S. Nieto
858-5	ALGUNA COINCIDENCIA MATEMÁTICA 3-6-9-12-15-18, Sarah Chyzyk Wekselbaum
865-9	COSAS DE MUCHACHOS (ANÉCDOTAS INFANTILES), Rosa Dihigo Beguirstain y Mario E. Dighigo
879-9	HISTORIAS DE LA OTRA REVOLUCIÓN, Vicente Echerri
883-7	VARADERO Y OTROS CUENTOS CUBANOS, Frank Rivera
913-2	EL DÍAS MÁS MEMORABLE (relatos), Armando Álvarez Bravo
914-0	EL OTRO LADO (relatos), Luis de la Paz
916-7	CINCUENTA LECCIONES DE EXILIO Y DESEXILIO, Gustavo Pérez Firmat
919-1	MIAMI EN BRUMAS (novela), Nicolás Abreu Felippe
923-x	LEYENDA DE AMOR (novela), Alexander Aznarez
931-0	DE TRAMPAS Y FANTASÍAS (relatos), Amelia del Castillo
932-9	EL ÚLTIMO ALZADO E ITINERARIO DE UN DESTINO (Ficciohistorias del Escambray), Onilda A. Jiménez
936-1	DIOS EN LAS CÁRCELES DE CUBA (novela testimonio), María Elena Cruz Varela
938-8	UN CAFÉ EXQUISITO (relatos), Esteban Luis Cárdenas
940-x	REINA DE LA VIDA (novela), Benigno S. Nieto /2001/
959-0	LA CIUDAD HECHIZADA (novela), Reinaldo Bragado Bretaña
960-4	SUBASTA DE SUEÑOS (novela), Manuel C. Díaz
961-2	CUENTOS INFANTILES PARA QUE ADULTOS LEAN, Ángel Pérez-Vidal
963-9	LA FUNDACIÓN DE SANTA ELENA DEL YARAYÁ (novela), Carmen Navarro
976-0	EL ENTIERRO DEL ENTERRADOR (novela), J. A. Albertini
977-9	JESSICA. HISTORIA DE UN ABORTO (novela), Leopoldo Elio Ladaga
972-8	ESPERO LA NOCHE PARA SOÑARTE, REVOLUCIÓN (novela), Nivaria Tejera
986-8	EX-CUETOS (relatos), Juan Cueto

989-2	LA ODISEA DEL OBALUNKO (novela), José M. González Llorente
992-2	VUELTA AL GÉNESIS (novela), Onilda A. Jiménez
993-0	MEMORIA DEL SILENCIO (novela), Uva de Aragón
994-9	SABANALAMAR (novela), José Abreu Felippe
978-7	PAN NEGRO (novela), César Leante
999-x	MUELLE DE CABALLERÍA (novela), César Leante
8-001-4	BONPLAND # 8 (novela), Roberto Luque Escalona
8-003-0	EL COMANDANTE YA TIENE QUIEN LE ESCRIBA, Enrisco (Enrique Del Risco)
8-007-3	SIN PERRO Y SIN PENÉLOPE, Rita Martin
8-008-1	ENTRE DOS LUCES (MODELO DE UN DESTINO ANTILLANO) /novela/, Julio Matas
8-009-x	CUENTOS MORTALES, José Abreu Felippe

665-6 NARRATIVA Y LIBERTAD: CUENTOS CUBANOS DE LA DIÁSPORA, Edición de Julio E. Hernández Miyares (Antología en 2 volúmenes que incluye cuento y nota biobliográfica de más de 200 escritores cubanos)